건축의 신 15

반자개 장편 소설

초판 1쇄 찍은 날 | 2017년 8월 24일
초판 1쇄 펴낸 날 | 2017년 8월 31일

지은이 | 반자개
펴낸이 | 예경원

기획 | 위시북스
편집책임 | 이규재
편집 | 이즈플러스

펴낸곳 | 예원북스
등록번호 | 제396-2012-000132호
등록일자 | 2012. 7. 25
KFN | 제1-148호

주소 | 경기도 고양시 일산동구 호수로 646-24 위너스21 II 빌딩 206A호 (우)10401
전화 | 031-819-9431 팩스 | 031-817-9432
E-mail | yewonbooks@naver.com

ISBN 979-11-6098-440-8 04810
       979-11-5845-549-1 (set)

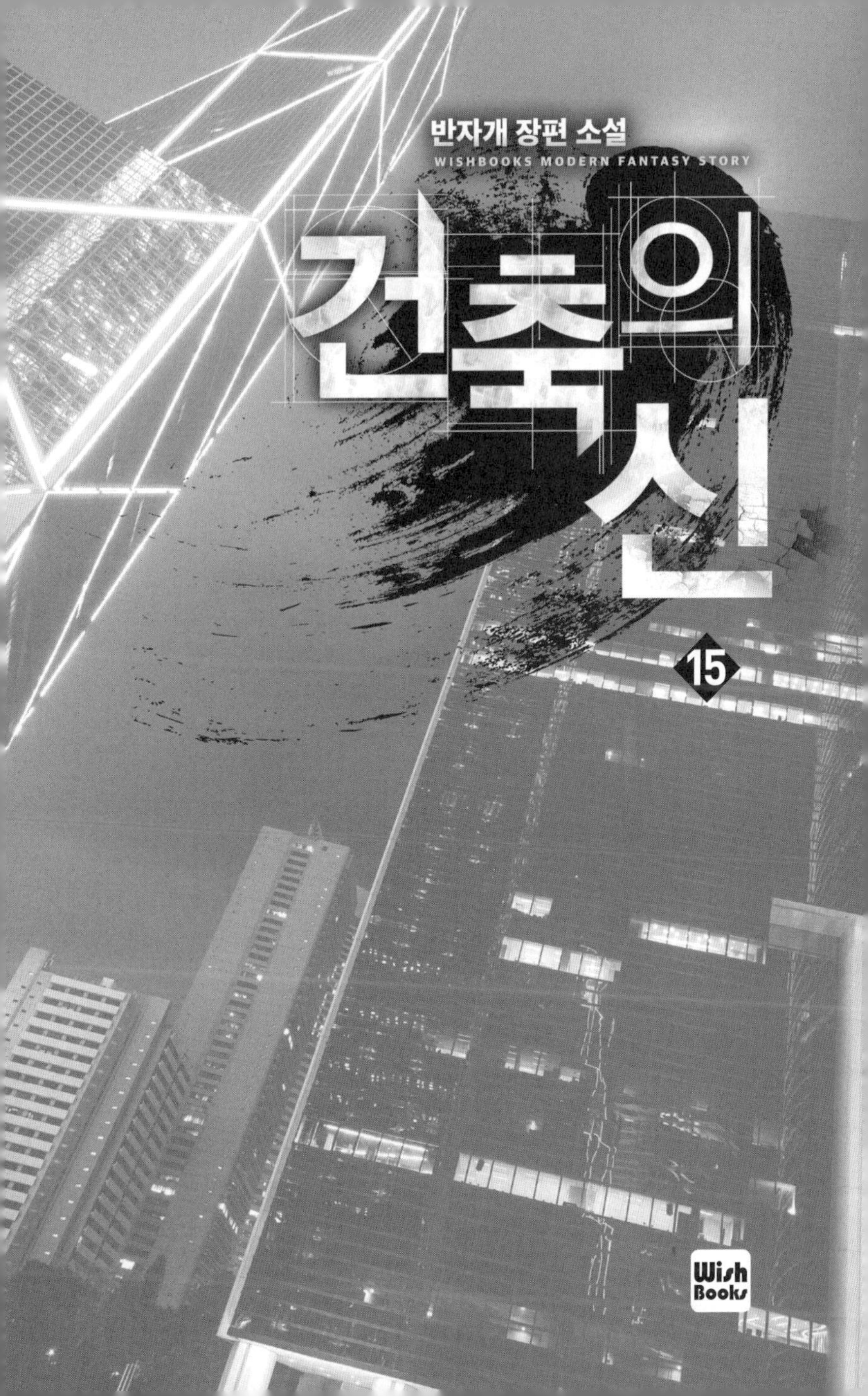
반자개 장편 소설
WISHBOOKS MODERN FANTASY STORY
건축의 신
15
Wish Books

CONTENTS

건축의 신

99장
왕의 부탁

왕이 퇴장하길 기다렸다는 듯이, 알리의 주변으로 사람들이 우르르 몰렸다.

물론 모두 내가 아는 자들이었다.

'카심을 따르던 놈들이니, 당연히 알지.'

권력을 좇던 자들이니, 누가 실세인지 아는 거지.

앞 다퉈 알리에게 고개를 숙였다.

"알리 왕자님, 그간 평안하셨는지요?"

생각지 못한 상황에 알리는 머쓱하게 답했다.

"매일 얼굴 봤으면서, 무슨 가당찮은 말이오?"

보고도 못 본 척하던 자들이 하나같이 얼굴을 들이미니, 알리로서도 당연한 반응이 아닐까?

"평소에 흠모하고 있었지만, 아시잖습니까? 저…… 카

심……."

여전히 카심의 눈치를 보는 것이 못마땅한 알리였다.

"그래서 하고 싶은 말이 뭔가?"

"호텔에 문제가 있다던데, 제게 해결할 기회를 주시면 어떻겠습니까? 제 아비가 지방은행장이잖습니까? 제가 말씀드려서, 가장 싼 금리로……."

그의 말을 끊으며, 다른 사람이 끼어들었다.

"금리는 무슨 금리요? 왕자님! 제게 투자할 기회를 주십시오. 전 왕자님의 호텔이 빠른 시일 내에 정상화될 거라 믿어 의심치 않습니다. 왕자님께 조금이라도 힘이 된다면, 이 한 몸 바쳐……."

이거 은근히 열 받는데?

나는 안중에도 없는지, 툭툭 밀치며 알리에게 접근하기 위해 안간힘을 쓰고 있었다.

'이제 내 눈치는, 볼 필요가 없다? 그거지!'

방금 내 팔을 치고 간 놈의 이름을 불렀다.

"이봐요. 마킨!"

평민에게 이름이 불렸음이 아니 꼬았던가?

그간 내게 머리 숙였던 아니꼬움을 눈으로 발산하고 있었다.

"뭔가?"

하지만 이런 피라미는 직접 상대할 필요도 없지.

"알리!"

알리가 나를 돌아보며 물었다.

"왜 그러나? 성훈?"

마킨을 직시하며 말했다.

"아까 이 사람이 뭐라고 했는지 알아요?"

내 찌푸린 인상에 알리도 인상을 찌푸렸다.

"왜? 자네에게 실례되는 말이라도 했나?"

고개를 갸웃하며, 눈썹을 으쓱였다.

"글쎄요?"

내 어정쩡한 대답에 알리가 그에게 다가갔다.

그러고는 그의 멱살을 틀어잡았다.

"이봐. 마킨! 내 친우에게 무슨 말을 했기에……."

얼굴에 핏기가 가신 마킨을 보며, 느긋하게 말했다.

"그는 내가 일본인인 줄 알았나 봐요."

"뭐? 이놈이! 그런데?"

"일본 놈은 거시기가 좀만 하다며? 라고 묻던데요?"

물론 난 일본인이 아니니, 기분 나쁠 것이 없다. 물론 좀
만 하지도 않고!

소세키 녀석들이 쌍 엄지를 들었던 몸이라고.

하지만 누구를 지칭하고 놀렸는지는 너무나 명확한 상황!

알리는 자신이 모욕당한 것처럼 분노했다.

"그랬단 말이지!"

알리의 목소리가 부들부들 떨렸다.

그는 일그러진 얼굴로 주먹을 치켜들었다.

마킨이 사색이 된 채, 내게 애원했다.

"제가 언제 그랬……."

'그래! 그런 표정이라고. 당신이 내게 보일 눈빛은.'

하지만 저놈 하나 얻어터진다고, 내 위상이 달라지는 건 아니잖아.

그냥 고자질쟁이가 될 뿐이지.

"알리! 그 사람 아닌가 봐요."

내리치던 주먹이 뚝 멎었다.

"엥? 그럼 누구야!"

"헷갈려요. 눈빛을 보면 기억할 것 같은데……."

알리가 화난 목소리로 말했다.

"다들 줄 서 봐. 성훈 앞에!"

군대 사열식처럼 긴장감이 넘친다.

"눈 똑바로 안 들지!"

호통을 치며 내게 물었다.

"누군지 말해 보게. 내 당장 박살을……."

"좀! 기다려 봐요. 기억하려고 하잖아요."

성질 급한 알리에게 잔소리를 하며, 일렬로 내 앞에 선 자들과 일일이 눈을 맞췄다.

얼굴에 비웃음을 띤 채로.

'이봐! 실세를 보기 전에 그 옆에 누가 있는지를 보라고. 등신들아!'

하나같이 내 눈을 외면하기 바쁘다. 왕보다 환관에게 잘 보이라는 말도 모르나! 물론 나는 절대로, 그런 사람이 아니다. 건장한 대한민국 남성이다. 신체에 하자가 있으면, 군대에 못 간다는 건 누구나 알고 있는 사실이라구!

"부왕께서 기다리신다고! 성훈."

그 말을 듣고도 한동안 그들과 아이컨택을 하고는 말했다.

"알리! 저리 좀 가 있어요."

"왜?"

"당신이 있으니까, 이 사람들 긴장해서 아까 눈빛하고 다르잖아요."

"그래도……."

"얼른 저리 안 가요!"

알리가 투덜대며, 압둘이 있는 쪽으로 갔다.

크게 안도의 한숨을 내쉬는 그들에게 말했다.

"마킨, 오사마…… 사비르."

내가 부르지 않았던, 남은 16명의 이름을 모두 호명했다.

그 숫자는 내 앞에 선 사람과 같은 수였다.

각자 이름이 불릴 때마다 흠칫했지만, 알리가 지켜보기 때문인지 여전히 부동자세로 서 있었다.

'이제 알리가 아니라, 나를 두려워해야 할 거야!'

그들에게 말했다.

"이리 와 봐요."

서로 눈치를 보며 슬슬 다가왔다.

"빨리 안 와요? 국왕께서 기다린다잖아요."

"네. 네."

내 바로 앞에 촘촘히 재정렬 했다.

'이 정도면 알리한테 안 들리겠지.'

"어이! 당신들, 운수대통했다고 생각했지?"

느닷없는 반말에 여러 가지 반응이 보였다.

당황하는 자, 얼굴이 붉어지는 자 등등.

그들을 보며 웃었다.

명백한 비웃음!

"허 참! 내가 정말 이름을 기억 못 해서 말하지 않은 줄 아는 모양이지?"

의아해하는 그들에게 말을 이었다.

"아까 아크람이 말리지만 않았어도, 다 불렀을 이름이야. 무슨 말인지 알아?"

그들의 얼굴이 새하얘졌다.

'눈앞에 잃어버릴 뻔한 십 년이 아른거리겠지!'

"미리 말하지만, 아크람에게 말할 거야."

그와 동시에 모두가 애원하는 눈으로 말했다.

"그것만큼은……."

"그래야 아크람이 당신들 주시할 거 아니야. 혹시 알아? 너희 옛 주인, 카심을 못 잊고 내통할지!"

그럼 두말없이 사형이지.

그건 내란과 직결되니까!

그 정도로 간 큰 놈이 있을까마는.

협박으로는 아주 적절했다.

"절대 그런 일은……."

"됐고!"

그들의 애원을 무시하며 말을 이었다.

"어차피 아크람은, 웬만해서는 알리에게 말하지 않을 거야. 당신들을 대체할 사람들이 많지 않을 테니까!"

그래 봐야 오래가지는 못할 테지. 대체 가능한 젊은 신진들이 생기면, 일 순위로 교체될 운명이니까.

왕권에 약간의 위협이라도 된다고 생각한다면, 남겨둘 인물이 아니었다.

'지금도 정 때문에 이들을 남겨둔 건 아니거든.'

안도의 한숨을 쉬는 그들에게 말했다.

"하지만 난 달라!"

"그게 무슨 말씀이신지?"

이제 공손한 말이 나오지.

그 물음에 답했다.

"이 나라가 망하든 말든, 당신들이 알리에게 죽든 말든, 나는 아무 상관 없는 사람이라고!"

"그, 그런……."

사실인 걸 어떡하냐?

내가 네놈들에게 동정심을 가질, 하등의 이유가 없다고!

"내가 당신들이 없다고, 손해 볼 거 있어?"

무슨 할 말이 있으랴?

아무런 대꾸도 못 하는 그들에게 피식 웃으며 말을 이었다.

"난 당신들 이름 말해 주고, 한국으로 가버리면 그만이라고."

"어떻게 그런……."

"참! 전화도 있구나."

누가 네놈들 목줄을 쥐고 있는지, 잘 알고 있으라고.

이제는 알리 앞에서보다 더 긴장한 모습이었다.

아무 말도 못 하고, 눈만 굴리고 있었다.

"무슨 말인지 알아들었어?"

"네. 네!"

나직하게 말했다.

"목소리가 작다."

"네! 알겠습니다."

"내 이름이 뭐라고?"

"김. 성. 훈. 입니다."

"잘 기억해 둬라."

이런 협박이 통하는 건, 아랍 문화권이라서 가능한 일이리라.

여긴 인권을 최우선시하는, 말랑말랑한 민주주의가 안 통하거든! 교리 때문에 사람을 처형하는데, 명분 만들기에 이보다 더 좋은 환경이 어디 있으랴!

날 기다리는 알리를 흘낏 보며 말했다.

"앞으로 지켜볼 테니, 행동 똑바로 해! 무슨 말인지 알아들어?"

한바탕 훈계를 하고, 알리에게 갔다.

"누군지 찾았나?"

그들을 향해 눈을 부라리며, 알리가 물었다.

"잘 모르겠네요. 아랍 사람들은 그 얼굴이 그 얼굴 같아서……."

알리는 콧잔등을 찌그리며 말했다.

"떠오르면 바로 말하게. 내 작살을 내줄 테니. 감히 내 친우를 욕해?"

알리에게 말했다.

"국왕이 기다린다면서요. 얼른 가요."

회장 한쪽 구석에, 외톨이가 된 카심과 자미르가 보였다.

굳은 표정의 알리가 말했다.

"무슨 꿍꿍이일까?"

"신경 쓰지 말고 가요."

저들의 남은 수단이 뭘까?

아까 말했던, 중앙은행장에 관련된 것! 어차피 왕이 임명하는 것, 왕의 신뢰를 받아야만 가능한 것. 그런 은행장이 카심의 사람이라는 것을 왕이 알게 된다면, 그대로 내버려 둘까?

'절대로 그럴 리가 없지.'

그들에게 시선을 둔 알리의 손을 끌며 말했다.

"뭘 하든 안 될 겁니다. 국왕이 해결해 줄 테니까."

그 외의 다른 것들은, 알리 자신이 직접 해결해 나가야 한다.

'그건 왕이 되는 자로서 당연히 헤쳐 나가야 할 알리의 일이지.'

응접실에는 젊은 집사가 대기하고 있었다.

따뜻한 차를 따르며 말했다.

"조금만 기다리시오. 옷을 갈아입고 계십니다."

잠시 후.

왕이 응접실로 들어왔다.

아까의 화려한 예복이 아닌, 수수하고 편안한 차림이었다.

알리와 함께 일어나, 왕에게 인사를 했다.

"됐네. 그만 앉게나. 아까도 한 인사를 또 하는가?"

왕은 편한 웃음으로 손을 내저었다.

아크람의 부축으로 자리에 앉으며 말했다.

"성훈, 고맙네. 카심의 문제는 아주……. 이러지도 못하고 저러지도 못하는……."

아크람이 그의 말을 거들었다.

"그 문제로 국왕께서 많이 골치 아파하셨지요."

"그렇지! 그런데 자네 덕에 깨끗하게 해결되었어."

편안한 표정의 왕에게 말했다.

"거두절미하고 말씀드리겠습니다."

"뭔가? 뭐든지 말하게."

어떤 상이라도 주겠다는 듯, 웃는 얼굴이었다.

"중앙은행장을 잘 아시는지요?"

의아한 눈으로 물었다.

"그럼. 그건 왜 묻나?"

"아까 얼핏 카심과 자미르가 그에 대해 언급하는 것을 들었습니다. 확실한 국왕의 사람이 아니면……."

그 이상은 말하지 않았다. 남의 나라 정치에 끼어드는 것은 실례이리라. 하지만 여기까지 말하는 것만으로도 충분했다.

"알겠네. 다른 사람으로 바꾸도록 해보지."

아크람이 말했다.

"더 적합한 사람으로 찾아 올리겠나이다."

왕이 고개를 끄덕였다.

"그나저나, 아크람 자네의 수가 제대로 먹혔어!"

아크람이 머쓱하게 웃으며 대구했다.

"제대로 먹힌 게 아니라…… 과하게 먹혔지요."

왕이 큰 소리로 웃었다.

"그렇지. 그렇지! 이럴 줄 알았으면, 자네 말처럼 진작 초대할 걸 그랬어? 안 그런가? 아크람."

"그러게 말입니다. 이렇게 일사천리로 해결될 줄은 저도……."

"성훈이 '알라의 축복'이라는 자네 말이 빈말이 아니었어.

아크람, 자네의 공이 크네."

아크람이 겸손하게 고개를 숙였다.

"다 알라의 뜻이 이뤄진 것 아니겠습니까?"

국왕이 고개를 끄덕이며 말을 이었다.

"그래. 그래. 앞으로도……. 내가 알라의 곁으로 간 다음에도 알리를 부탁하네."

알리가 벌떡 일어서며 말했다.

"그게 무슨 말씀이십니까? 부왕! 아직도 정정하신데. 그리고 아직 저는 부왕의 가르침이 필요합니다. 말씀을 거둬주십시오."

아크람이 말했다.

"걱정하지 마십시오. 신 아크람, 충심으로 알리 왕자를 보필하겠습니다."

응당 알리에게 동조할 줄 알았는데?

"아크람!"

놀란 알리가 그를 쳐다보았다.

그러나 대답은 왕에게서 나왔다.

"물론 아크람은 의지가 되는 사람이지. 내 치세는 아크람이 있었기에 가능했지."

알리도 고개를 끄덕였다.

그건 알리뿐만 아니라, 모든 사람이 인정하는 것이 아닌가?

"그건 저도 압니다만, 아직 부왕께서는 정정하십니다."

"흐흐흐."

현자는 자신이 죽는 날을 예측한다고 했던가?

이 경우는 첨단 장비를 갖춘 의사들이 가르쳐 주겠지.

어쨌거나, 나는 내 목적을 달성했다. 이제 알리와 계약만 체결하면 된다. 애초의 목적이 그거였다고!

'그런데 나는 왜 부른 거지?'

상을 줄 거라면, 내일 줘도 되는 거잖아.

멀뚱거리는 나를 아크람이 본 모양이었다.

"전하, 성훈 님이 기다리고 계십니다."

"아 참! 손님을 불러놓고 딴소리만 했군."

나를 보며 말을 이었다.

"부자간에 주책을 떨었군."

머쓱하게 웃으며 말했다.

"아닙니다. 전하."

왕이 진지하게 말했다.

"성훈 자네는 알리의 은인일세. 그리고 나에게도 은인이지."

"그런 생각 안 하셔도 됩니다."

내 목적이 있어서 한 건데, 이렇게 공치사를 받으니, 낯이 간지러웠다.

"그래도 은인인 건 사실이지. 알리, 네 생각은 어떠하냐?"

알리는 고개를 크게 끄덕이며 수긍했다.

"제게는 둘도 없는 은인입니다. 뭐로 갚아야 할지 모를 정도로……."

"그 마음 잊지 않도록 하라."

"명심하겠습니다. 부왕."

"성훈, 자네는 알리를 어떻게 생각하나?"

왕의 느닷없는 물음에 말문이 막혔다.

'어떻게 생각하긴요. 둘도 없는 물주죠!'

하지만 이 말을 왕 앞에서 할 수는 없잖아. 말문이 막힐 수밖에.

왕이 자문자답했다.

"아비인 내가 보기에는 많이 모자란 녀석일세."

수긍도 부정도 못 한 채, 멀뚱히 있었다.

'무슨 말씀을 하시려고.'

"자네도 알다시피, 알리가 좀 외골수라 마음 맞는 형제가 없다네. 그나마 제일 친한 녀석이 이웃 나라의 압둘이지."

하긴 마음 맞는 형제가 하나라도 있었다면, 카심 따위에게 이렇게 일방적으로 밀리지 않았으리라.

"성훈, 자네가 보기에는 어떤가?"

알리를 힐끔 보며 말했다.

"정확히 보셨네요."

그 압둘과도 매번 투닥거리지만.

알리가 자못 진중하게 말했다.

"성훈! 부왕의 앞이네. 농담은 삼가게."

그를 정면으로 응시했다.

"농담 아닌데요! 게다가 융통성도 많이 부족하죠."

"커 흑!"

내가 왜 이러냐고?

아까 응접실로 오면서, 알리가 투덜거렸거든!

'부왕 앞에서 그 왕세자라는 말, 하지 말라고 그렇게 신신 당부를 했잖나!'

'그 덕에 잘 풀렸잖아요!'라는 내 반박에 알리는 이렇게 말 했었지.

'그건 그거고, 이건 이걸세!'

이게 외골수가 아니면, 뭐가 외골수야?

"하하하."

왕이 웃으며 말했다.

"이러니, 내가 어찌 마음을 놓겠나?"

'그래도 제가 할 수 있는 건 없다고요.'

어깨를 으쓱하는 내게 왕이 물었다.

"내, 왕이 아니라, 아비로서……. 자네에게 부탁 하나만 해도 되겠나?"

돈 문제라면 고민을 좀 하겠지만, 돈이라면 산처럼 있는 노인이 내게 그런 부탁을 할 리는 없잖아.

망설이지 않고 말했다.

"네. 말씀하세요. 뭐든지요."

왕이 흐뭇하게 웃으며 말했다.

"알라의 축복이군!"

왕이 밤하늘을 보며 감사하며 말을 이었다.

"성훈! 많이 부족하지만, 알리의 형제가 되어 주게."

'엥?'

"부, 부왕. 뭐라 하셨습니까?"

어리둥절한 표정으로 알리가 물었다.

나도 마찬가지였다.

제대로 뒤통수를 맞은 느낌이랄까?

예상치 못한 부탁에 잠시 정신을 차릴 수가 없었다.

"네?"

국왕의 뜬금없는 제안에 나도 알리도 잠시 공황상태였다.

"어버버……."

말을 잇지 못하는 알리에게 왕이 물었다.

"싫은 게냐?"

왕이 알리에게 관심을 두는 동안, 머릿속으로 열심히 계산기를 두드렸다.

'손해 볼 건 없지 않아? 김성훈?'

어차피 나이로 봐도, 형은 알리가 될 거잖아.

형이나 되어 가지고 동생을 뜯어먹는 건 양심에 걸려도, 동생은 얼마든지 뜯어먹어도 된다. 안 그래?

결론은 금세 내려졌다.

'별로 실익은 없다 할지라도, 어디 가서 협상할 때 유용하겠군.'

알리가 내 배경이라는 걸 알면, 적어도 쓸데없이 나를 간

보려고 하는 작자들은 줄어들 것이다. 그리고 신용으로 본다면, 알리만 한 보증인이 세상에 몇이나 되겠어?

지금은 아니라도, 조만간 왕의 형제가 되는 거라고.

내 안의 김성훈이 웃었다.

'바보냐? 이런 제안을 거부하면 바보라고.'

결론을 내리고, 알리에게 눈을 부라렸다.

'안 할 거예요? 알리!'

이 인간이!

나한테 신세 진 게 얼만데!

거부하면 앞으로 내 얼굴은 볼 생각도 하지 마!

'물주 아니냐고?'

얼굴 안 보고도 거래는 할 수 있다고!

허나 알리도 싫은 기색은 아니었다.

"명대로 따르겠습니다."

왕이 흐뭇하게 웃으며 내게 물었다.

"그럼 성훈은⋯⋯."

씨익 웃으면서 고개를 꾸벅 숙였다.

"명대로 따르겠습니다. 의부."

'일단 비비고 들어갈 때는 확실하게 비비고 들어가야 한다고!'

내 아버지가 살아계셨더라도, 국왕보다는 한참이나 어렸으리라. 이제 아버지라는 배경이 없어도 충분히 독립할 수 있는 나이이지만, 이런 아버지 하나 있는 것도 괜찮지 않아?

'식당 아줌마보고 이모라고 해봐! 반찬이라도 한 번 더 얻어먹는다고!'

의부란 말이 어색했던지, 잠시 멈칫하는 왕에게 아크람이 말했다.

"왕자의 의형제이니, 당연히 왕께는 수양아들이 되지 않겠습니까? 그런 의미로 부른 것으로 생각됩니다."

왕이 손뼉을 치면서 웃었다.

"그렇지. 그렇지. 내게는 양아들이 되는 거로군."

아크람을 보며 환히 웃더니 말을 이었다.

"늘그막에 믿음직한 막내아들이 생겼구먼. 알라의 축복이로세! 허허허."

왕은 내가 꽤나 마음에 든 모양이었다.

그는 기쁜 표정을 감추지 않았다.

"이리 와 보거라. 아들아."

넉살 좋게 웃으며 다가가자, 얼싸안으며 등을 토닥였다.

"비록 몸은 멀리 떨어져 있다 해도, 네 형 알리를 잊지 말고 도와다오."

"네. 걱정 마십시오. 부왕."

한바탕 도원결의가 끝나고, 아크람이 말했다.

"아까 말씀하신 것, 당사자들도 있으니, 지금 이 자리에서 말씀하시는 게 어떠하오리까?"

왕이 고개를 끄덕였다.

"아차! 그랬었지. 기쁨에 겨워 잠시 잊고 있었구만."

'당사자들? 그럼 나도 포함되는 거잖아?'

또 무슨 얘기를 하려는가? 의형제 말고 또 다른 게 있는 건가?

나와 알리는 왕의 말을 기다렸다.

"알리, 네 왕세자 책봉식을 빠른 시일 내에 거행해야겠다."

"하오나 왕세자 책봉은 당분간 보류하겠다 하시지 않았습니까?"

알리의 물음에 왕이 답했다.

"그래. 그랬었지. 너와 카심의 정당한 대결을 위해 여지를 두었던 거였지."

왕이 알리를 보며 말을 이었다.

"헌데 이제는 그럴 필요가 없어지지 않았느냐? 저울이 완전히 네 쪽으로 기울어버렸으니."

아크람이 설명을 덧붙였다.

"아마도. 이제 카심 왕자가 할 수 있는 것은…… 뭐가 되든 도박수가 될 것이 뻔합니다."

일리가 있는 말이었다.

기울어진 판을 뒤엎기 위해서는, 능력 이상의 무리를 하는 수밖에 없을 테니.

'막다른 골목에 몰렸다고 생각하면, 뭔 짓인들 못 하겠어.'

그리고 아직 기회가 남아 있다고 생각한다면, 무슨 짓이라도 하겠지. 왕은 그 기회를 말살시키려 하는 거고.

왕이 꾹 다문 입술을 열었다.

"알리, 내 손으로 녀석의 피를 봐서야…… 되겠느냐?"

카심이 수작을 걸었을 때, 알리의 편을 들어주겠다는 각오였지만, 한편으로 그런 상황이 오지 않기를 바라는 왕의 간절함이 느껴졌다.

왕의 진심에 알리는 말없이 고개를 조아렸다.

"왕자님, 그래서 왕께서는 서두르고 싶으신 겝니다. 확실하게 궁의 위계질서를 잡아둔다면, 가문의 일원들이 흔들릴 일도 없을 것이며, 카심 왕자도 야망을 접을 수밖에 없겠지요."

왕이 고개를 끄덕였지만, 여전히 얼굴은 어두웠다.

그걸 보는 내 마음도 어두웠다.

'미망이야. 미망!'

꼴같잖은 놈이 끝까지 왕에게 걱정거리로 남겠군.

아무리 직책에서 물러나고, 권력을 잃었다고 한들, 여전히 왕의 마음 한구석에 남아 있는데, 그게 무슨.

'마음에 들지 않는군.'

그리고 우리를 앞에 두고 하려는 말이 이런 것도 아닐 거라고. 괜히 알리 마음만 무겁게 말이야!

"의부! 우리나라에는 이런 이야기가 있습니다."

왕이 흥미를 보이며 물었다.

"뭔가?"

"별 재미는 없는데, 한 번 들어나 보세요."

왕이 어깨를 으쓱이며 웃었다.

"일단 말해 보게. 궁금하구만."

"한 노인에게 두 아들이 있었습니다. 맏아들은 짚신을 지어 팔았고, 둘째는 우산을 만들어 팔았죠."

"흠."

"그래서 그 노인에게는 하루도 걱정 없는 날이 없었습니다."

왕이 고개를 끄덕였다.

"그럴 테지. 날이 화창하면 둘째를 걱정하고……."

"비가 오면 짚신 파는 맏이를 걱정했죠."

"그럴 만하군."

속에서 뭔가가 울컥 솟았다.

'그럴 만은 무슨 그럴 만!'

그렇게 쓸데없는 정이 많으니까, 이 꼴이 된 거잖아요!

그동안 온갖 마음고생 하면서 여기까지 달려온 알리였다.

이런저런 혜택 다 받아가면서, 제멋대로 살아온 카심을 제치고 말이다. 칭찬을 해도 시원찮을 판에, 그놈 걱정을 해? 그것도 알리 앞에서.

혹시라도 카심이 정말로 반란이라도 하면 어쩔 건데?

잘도 그놈 목에 칼을 들이대겠다!

당신 얼굴이 먼저 떠오를 텐데.

"그래서 어떻게 되었나?"

이야기의 결론이 꼭 중요한 건 아니잖아?

중간에 바꿔 버렸다.

'어차피 확인하지도 않을 건데, 뭐? 반전 결말도 나름 괜

찮지 않아?'

웃으며 말을 이었다.

"그래서 지나가던 나그네가 안타까웠던지, 그 노인에게 이렇게 말했답니다."

"뭐라고?"

"비 오면 둘째더러 맏이를 도우라 하고, 화창하면 맏이더라 둘째를 도우라 하시오. 라고요."

왕이 손뼉을 딱 쳤다.

"명안이로고!"

'당신 얘기라고요. 철없는 의부!'

당신이 카심을 달래라고요!

알리한테 납작 엎드리라고!

그게 승자독식 게임에서 승자의 권리 아닌가?

"그런데 그 노인이 뭐라 했는지 아십니까?"

왕이 귀를 내 쪽으로 쭉 뺀다.

"우리 아들들은 자존심이 세서 그게 안 된다우."

기가 찬 듯, 왕이 한숨을 내쉬었다.

"허 참. 골치 아픈 집안일세."

알리와 왕은 내 이야기에 집중하고 있고, 아크람만이 미간을 찌푸리고 있다.

'무슨 얘기인지. 아크람, 당신은 알겠죠?'

이 골치 아픈 집안이 어느 집안인지는 아크람이 제일 잘 알고 있으리라. 그 집안의 집사니까!

"그래서 나그네가 뭐라 했는지 아십니까?"

"어떤 말을 했는가?"

울컥한 마음에 나도 모르게 감정이 실렸던 것 같다.

"에라이! 이런 눈치 없는 노인네야!"

뜨끔하고 놀란 왕이 어깨를 뒤로 젖히며 눈을 동그랗게 떴다.

"당신이 자식을 그렇게 키운 걸 어떻게 해!"

왕을 보며 말을 이었다.

"당신 걱정이 끊이지 않는다 했어? 당신 자식 생각은 안 해봤어?"

"호오. 그런 말을?"

"간만에 화창해서 짚신을 잔뜩 팔고 기분 좋게 들어왔는데, 당신이 얼굴을 찌푸리고 있어! 그 아들이 보면 기분 좋겠어?"

쉬지 않고 말을 이었다.

"당신 그런 표정을 보고, 일할 맛이 나겠냐고?"

내 말에 아크람이 제동을 걸었다.

"성훈 님, 말씀이 지나치십니다."

이야기를 듣고 보니, 왕도 느끼는 게 있었던 것 같다.

씁쓸한 표정으로 말했다.

"아크람, 이야기일 뿐일세. 과민반응하지 말게."

"그래도…… 전하."

그는 아크람에게 손사래를 치며 말했다.

"그래서 어떻게 되었나? 마저 말해 보게."

"그 나그네는 이렇게 말을 맺었답니다. '같이 짚신을 지어 주지는 못할망정, 잘하는 아들놈 기분에 초를 치지는 말라는 말이네' 하고 말입니다."

어색한 침묵이 감돌았다.

'아이고! 욱해서 왕에게 잔소리를 해버렸네.'

머쓱하게 웃으며 정적을 깼다.

"그러게! 제가 미리 말씀드렸잖아요. 재미없다고요."

왕이 허허로이 웃었다.

"아닐세. 재미있게 잘 들었네. 한국에는 재미있는 이야기 가 많구만."

그리고 허공을 보며 말을 이었다.

"눈치 없는 노인네……. 그 말이 딱 맞구먼. 그래."

아크람이 조용히 말했다.

"전하, 자식 이기는 부모가 있겠습니까? 어느 부모나 마찬 가지일 겁니다."

"음. 그럴 거야. 왕이 아니라면 말이야."

"아크람, 자네 아들들은 어떻게 지내나?"

아크람이 고개를 모로 돌리며 답했다.

"부모 뜻대로 되는 자식이 있겠습니까?"

"자네도 자식 농사는 별로인가? 걱정이 많겠구만."

"안사람이 그러더군요. '세 놈 중에 한 놈만 성공하면, 죽 어도 여한이 없겠다' 하더이다."

아크람의 말에 왕이 피식 웃었다.

"그렇지. 온전한 놈 하나만 건져도, 농사는 성공한 거라 볼 수 있지."

알리를 돌아보며 말했다.

"그런 의미에서 난 성공한 건가?"

아크람이 웃으며 답했다.

"이를 말입니까? 모든 걸 가진 카심 왕자를 제치고, 이 자리에 선 알리 왕자입니다. 이는 충분히 칭찬받아 마땅한 일이옵니다."

"알리, 그동안 서운함이 많았겠구나."

"아니옵니다. 소자는 그런……."

"부모 마음이 이러하여, 네 심정을 헤아리지 못했구나. 그동안 얼마나 고생이 많았을꼬. 제대로 된 칭찬 한 번 한 적이 없었구나."

아크람을 돌아보며 물었다.

"카심의 재산들, 파악하고 있겠지? 아크람."

"네. 전하."

"모두 몰수하도록 하라."

"전하, 그것은?"

아크람의 만류에도 왕은 마음을 바꾸지 않았다.

오히려 웃으며 말했다.

"장마가 지나갔으니, 이제 짚신 파는 아들의 얼굴에 웃음꽃이 피겠구나. 아크람, 자네는 날 더러 눈치 없는 노인네가 되라 하는 건가?"

일리를 보며 말을 이었다.

"알리에게는 수십 년이 비구름 궂은 날이었으리라. 이제 해가 빼꼼 얼굴을 내밀었는데, 아직도 먹구름이 끼어 있으면 맘 편히 짚신을 삼을 수 있을까?"

알리의 동그란 눈을 뒤로한 채, 아크람이 고개를 조아렸다.

"즉시 뜻대로 시행하겠나이다."

왕이 멍하게 있는 알리에게 말했다.

"알리, 네 뜻대로 행하라. 누구의 눈치도 보지 말거라. 내가 살아 있는 한, 네 앞길을 막은 어떤 무리도 용서치 않겠다. 설령 그게 카심이라 할지라도 말이다."

단호한 왕의 말이었다.

"부왕……."

"네 뒤에 내가 있다는 것을 항상 명심하거라. 알리."

절로 알리의 목소리에 힘이 들어갔다.

"알겠습니다. 부왕! 궁의 안정을 위해 최선을 다하겠습니다."

알리의 어깨를 토닥이며 격려한 왕이 물었다.

"성훈, 이것 말고도 다른 이야기도 많은가?"

"뭐. 잘은 몰라도, 비슷한 건 수도 없이 많을 걸요."

대수롭지 않게 대답했다.

"나중에 또 이야기해 주게나. 아니지. 아크람! 찾아서 가져오게. 시간이 날 때 읽을 수 있게."

"네. 전하."

둘의 대화에 뜨끔해서, 다급하게 끼어들었다.

"별로 재미도 없는 이야기인데, 굳이 그럴 필요가 있겠습니까?"

"아니야. 아주 흥미로운 이야기였네. 우리나라에도 비슷한 이야기는 있지만, 한국 사람들은 전혀 다른 해석을 한 모양이야."

당연하죠. 내 멋대로 해석한 거니까, 그렇죠!

'이 이야기가 있었던가? 후반부는 완전 내 멋대로 한 건데……'

다급하게 말을 이었다.

"아크람, 책을 잘 찾으셔야 할 겁니다. 이 이야기는 여러 버전이 있어서요."

아크람이 의미심장하게 웃었다.

"최선을 다해 찾도록 하겠습니다."

"그게…… 그러니까, 이 버전이 하도 오래된 거라서 없을 수도 있다고요."

"성훈 님, 저도 알고 있습니다. 이야기란 때때로, 화자의 의도에 따라 바뀌기도 하지요. 그렇지 않습니까? 전하."

왕도 웃으며, 그와 장단을 맞추었다.

"그럼. 재치 있는 입담꾼은 그게 가능하다고 하더군."

"끄응."

신음하는 나를 보며, 아크람이 말했다.

"전하, 왕세자 책봉식에서 하사할 선물에 대해 말씀하시기로 하셨지 않습니까?"

"아. 그랬지. 성훈의 이야기가 너무 재미있어서 잊고 있었네. 그려! 허허허."

"왕세자 책봉식은 경사스러운 자리이옵니다."

"그럼. 경사스럽고말고. 나라의 기둥이 결정되는 일이 아니던가?"

아크람이 말을 이었다.

"그리고 왕세자에게 선물을 하사하는 것은 오랜 나라의 전통이었지요."

왕이 고개를 끄덕였다.

"암! 그런 자리에 선물이 없으면 안 되지."

왕이 골몰히 생각에 잠겼다.

"흠······. 카심, 그 녀석에게는 무얼 선물했더라?"

그는 삼십 년도 넘은 일을 떠올리려 하고 있었다.

아크람이 지긋이 웃으며 말했다.

"걸프만에 있는 정유공장 하나를 관리하게 하셨지요."

"아 참! 그랬었지."

생산관리나 품질관리를 맡긴 것은 아닐 것이다.

거기서 나오는 매출을 관리했다는 말이 아닐까?

'알아서 써라!'라는 의미의.

'선물의 규모가 다르네. 이거야 원!'

기가 차서 웃는데, 아크람의 말이 이어졌다.

"그 뒤로도 카심 왕자에게는 많은 선물을 하사하셨지요."

아크람은 세월을 이야기하고 있었다.

알리가 이 자리에 서기 위해 오랜 시간이 걸린 만큼, 카심의 선물과 같아서는 안 될 것이라는 말을 하고 있었다.

"음……. 일단은 카심에게서 몰수한 재산을 모두 알리에게 하사할 것이다."

"네? 그 많은……."

사우디아라비아의 주인은 국왕이다.

아마 그다음으로 재산이 많은 사람을 꼽자면, 아마 왕세자가 아닐까?

그 재산을 모두 알리가 물려받는 것이다.

왕이 그를 기특하게 바라보았다.

"그래. 그 많은 재산을 가진 카심을 꺾고 이 자리에 왔도다. 그 고생은 이루 말할 수 없을 것! 겨우 그것으로 보답이 되겠느냐?"

"부, 부왕!"

상상이나 되는가?

왕이 희미하게 웃으며 물었다.

"그래. 이걸로는 성에 차지 않겠지."

"부……."

아크람이 말했다.

"이게 왕세자의 권한입니다. 응당 받으셔야 하는 것을 지금 받으시는 겁니다."

"허나……."

"혹여 따로 받고 싶은 게 있느냐?"

알리가 왕에게 머리를 조아렸다.

"저는 부왕께 지금까지 받은 것으로 충분합니다."

왕이 흐뭇하게 웃었다.

하긴 원하는 게 뭐냐 묻는다 해서, 넙죽 말하면 그 또한 어색하리라.

나 같으면, 왕 소유의 호텔을 달라고 했을 텐데.

'줄 때 날름 받아야지. 빼면 차례가 넘어간다고.'

"이렇게 욕심이 없어서야. 이제 모두 너의 것인즉, 좀 먼저 주는 것뿐이니, 말하라."

소탈하게 웃으며 아크람에게 물었다.

"아크람은 어떤 게 좋다고 생각하오?"

그에 아크람은 기다렸다는 듯 대답했다.

"알리 왕자께서는 사우디아라비아의 미래를 유전이 아닌, 다른 곳에서 찾으려 하지 않습니까? 그렇지 않습니까? 왕자님."

그 말에 알리가 묵직하게 고개를 끄덕였다.

"석유가 알라의 축복인 것은 분명한 사실입니다. 하지만 그것에만 의지해서는 미래가 불분명해진다 생각했습니다."

언젠가는 바닥이 날 석유였다.

바닥이 나면 그때는 어떻게 할 것인가?

"알라의 축복 위에 우리의 땀과 노력을 더 하여, 미래를 준비해야 한다 생각했습니다."

왕이 입꼬리를 올리며 고개를 끄덕였다.

"그래야지. 주신 것만으로 만족해서는 안 되지. 알라께서 흡족하게끔 우리는 우리가 할 수 있는 노력을 다해야겠지"

찻잔을 들며, 왕이 말을 이었다.

"과연! 많이 고민했구나. 그래서 선택한 것이 호텔과 관광 산업이라……."

"많은 방법 중 하나일 뿐입니다. 그저 제게 맞는 것을 선택했을 뿐입니다."

왕은 장성한 아들을 보며, 빙그레 웃었다.

찻잔을 내려놓으며 말했다.

"아크람, 내 호텔을 알리에게 주는 것에 대해 어찌 생각하나?"

알리의 눈이 휘둥그레졌다.

아직은 중동에 하나뿐인 6성 호텔!

호텔 칼리프!

"부, 부왕! 콜록."

감격에 목이 멨던 모양이다.

왕의 말에 아크람이 은근한 미소로 답했다.

"과연 영명하신 선택이 아닐 수 없습니다."

"음. 그렇지?"

왕은 스스로 만족한 듯, 호탕하게 말을 이었다.

"좋다. 가져가서 경영하도록 하라."

알리가 벌떡 일어나 왕의 앞으로 다가가 무릎을 꿇었다.

"가, 감사합니다. 부왕! 기대에 부응하도록 최선을 다하겠습니다."

그런 알리의 머리를 쓰다듬으며 왕이 말했다.

"이렇게 좋아할 줄 알았다면 진즉에 줄 걸 그랬구려. 아크람."

"그러게 말입니다. 하지만 이 또한 그간의 노력이 있었기에 가능한 것이 아니겠습니까?"

"이제 압둘 녀석에게 꿇릴 일이 없겠지?"

알리가 고개를 번쩍 들었다.

"내내 신경이 쓰이더구나. 압둘 녀석은 이미 제 아비에게서 호텔 쿠웨이트를 물려받았는데 말이다."

왕의 조용한 읊조림에 알리의 눈시울은 대번에 붉어졌다.

"부, 부왕!"

국왕이 자신의 소소한 일상에도 관심을 가졌었다니, 알리는 고개를 더 깊이 숙였다.

"그동안 무심하다 많이 원망했겠구나."

"절, 절대 그렇지 않습니다."

아니긴 뭐가 아니야!

감격에 겨워서, 목소리가 부들부들 떨리고 있구만!

부자의 부둥켜안고 있는 모습을 보며 아크람이 조용히 말했다.

"국왕께서는 한시도 알리 왕자님을 마음에서 놓지 않으셨습니다. 다만 그럴 기회가 마땅치 않았을 뿐입니다."

그동안의 서러움이 복받쳐 올랐음인가?

알리가 울먹이며 말했다.

"부왕! 저는 한 번도 원망한 적이 없습니다. 언젠가 알아주시리라 믿었습니다."

왕이 그의 어깨를 안아 세웠다.

"이제 일어나거라. 이제 앞으로는 누구에게도 무릎 꿇지 말라. 네가 이 나라의 왕이다."

알리가 눈을 비비고, 왕에게 다시 절하고 의자에 앉았다.

눈시울이 붉어진 알리에게 왕이 물었다.

"알리, 호텔 하나를 얻었으니, 나머지 호텔은 어찌할 생각이냐?"

"네?"

알리의 되물음에 아크람이 웃으며 말했다.

"은혜는 이자가 높다 하지 않습니까? 빨리 갚을수록 좋은 것이지요."

이미 말을 맞춘 듯, 왕이 아크람을 보고 말했다.

"의형제가 된 기념으로 성훈에게 선물하는 건 어떠냐?"

"네?"

예상하지 못한 말에 내 목소리가 절로 올라갔다.

놀란 내 표정을 본, 알리의 고민은 길지 않았다.

"알겠습니다. 부왕!"

나를 보며 말을 이었다.

"성훈, 자네 덕에 이리되었으니, 충분히 자격이 있다고 생각하네."

예상치 못한 전개에 잠시 당황했다.

기분도 좋았다. 이들에게 이렇게 인정을 받다니 말이다. 그리고 그 호텔이 얼마짜린데! 사우디아라비아 수도, 리야드 중심에 우뚝 솟은 호텔!

'시가로 일억이 넘는다고. 달러로!'

누구라도 놀랄 수밖에!

─야! 김성훈. 받으라고. 고민할 게 뭐 있냐?

내 안의 김성훈은 결단을 촉구했지만, 난 쉽사리 결정을 내리지 못했다.

'왜냐고? 왠지 뒤통수가 간지럽거든!'

이유가 뭘까?

─의형제가 된 기념으로 주는 거잖아!

'기다려 봐! 김성훈. 이 성급한 놈아!'

모두의 시선이 내게로 집중되어 있었다.

─거봐! 얼른 받으라고 눈으로 압박하고 있잖아!

나에게 향하는 호의가 느껴진다.

'이걸 위해서 그렇게 뜸을 들였던 겁니까?'

허나 호의는 호의, 현실은 현실!

알리도 기분 좋게 웃으며 물었다.

"내 마음을 표현하기에, 그걸로 부족한 건가?"

그의 웃음에 마주 보며 웃었다.

'마음이야 차고 넘치죠! 당신이 그렇게 애지중지하던 호텔인데!'

지금 내가 가진 어마어마한 돈으로도 사기 어려운 호텔이다.

하지만 이미 계산을 마친 내 대답은 '노'였다.

알리에게 웃으며 답했다.

"이건 받아서는 안 될 것 같네요!"

나를 제외한, 세 명의 입이 딱 벌어졌다.

"뭐, 뭐라고?"

왕이 황당한 시선으로 아크람을 돌아보았다.

'이렇게 욕심이 없는 사람이었나? 아까 자네가 한 말이랑은 전혀 다르지 않나?'

아크람도 당황스럽기는 마찬가지.

조용히 고개를 저었다.

'아니옵니다. 신이 알기로 욕심이 과하면 과하지, 절대로 저런 사람이 아니옵니다.'

왕의 미간에 내 천(川)자가 새겨졌다.

'그럼 이게 어찌 된 일인가?'

영문을 알 수 없는 성훈의 대답에 아크람의 수심이 깊어졌다.

응접실에 오기 전, 이 상황을 만들기 위해 얼마나 왕과 머리를 맞댔던가?

"난 오늘 자네 안목에 감탄했다네."

아크람이 머쓱하게 웃는 것을 보며, 왕은 말을 이었다.

"성훈, 그 친구! 어찌 그리 능청스럽게 연기를 잘한다는 말인가? 자네 각본이지? 난 오늘 다시 한 번 자네에게 감탄했다네! 거기서 그런 묘수를 생각해 낼 줄이야."

"그것이⋯⋯."

왕은 말을 듣지도 않고, 아크람의 등을 토닥였다.

"그런 일이 있으면, 앞으로는 미리 내게 말을 해주게나. 난 그것도 모르고, 진짜로 화를 내지 않았던가!"

십여 분 전, 옷을 갈아입으며 왕이 한 말이었다.

"중신들이 있는 곳에서 자넬 칭찬할 수 없어서, 내 입이 얼마나 근질거렸는지 아는가?"

하지만 아크람의 입에서는 그의 예상과 전혀 다른 말이 나왔다.

"오호라! 그런 일이 있었단 말인가?"

회장에서 있었던 일을 아크람이 간략하게 고하자, 왕의 입에서 나온 감탄이었다.

"그럼! 카심을 궁지로 몰아넣은 것이 아크람 자네의 생각이 아니었단 말인가?"

아크람이 머리를 조아렸다.

"신 또한, 전혀 예상하지 못했던 일입니다. 오히려 사태를

축소하기 위해, 골머리를 앓았사옵니다."

"어허! 난 자네의 계략인 줄 알고 감탄을 했더니……."

"오히려 제가 성훈 님을 말리지 않았다면, 거기 있던 왕족들은 모두……. 지금도 생각하면 식은땀이 흐르는군요."

"으음. 잘했군. 아직은 알리의 인맥만으로는 국정을 헤쳐 나가기 어렵지."

"그렇습니다. 아무리 머리가 뛰어나면 뭘 하겠습니까? 한 손으로 열 손을 막을 수 없는 법이지요."

왕의 얼굴에 미소가 걸렸다.

"배짱이 보통이 아닌 친구로군."

아크람이 고개를 끄덕였다.

"상황을 보는 눈과 그 상황을 주도하는 심계가 심히 비상합니다. 이런 일이 생기리라 예상이나 하셨는지요?"

왕이 웃으며 말했다.

"아까는 나도 화가 났지만, 끝나고 보니 감탄 말고는 아무것도 할 수 없었다네."

"왕족 중 누구도 건드리기 어려운 민감한 부분을 집요하게 파고들었지요."

"음……."

왕의 신음성을 토하는 동안, 아크람은 결론을 내렸다.

"덕분에 깔끔하게 정리가 끝났지요."

알리와 성훈이 응접실에 도착했다는 말을 들었지만, 왕은 일부러 미루며 말했다.

"아크람, 성훈을 어떻게든 알리와 이어주고 싶은데, 자네 생각은 어떤가?"

"좋은 생각이십니다."

"알리와 형제가 되라고 하면, 거부하지 않겠지?"

"당연하지요. 하지만……."

"문제가 있나?"

"허울뿐인 의형제가 될 뿐, 적극적으로 돕지는 않을 겁니다."

"이번에는 돕지 않았나?"

"그야 자신의 목적과 부합되기 때문이 아니겠습니까?"

"무슨 목적?"

"알리 왕자의 호텔과 관련된 것만 알 뿐, 신도 아직은……."

"흠. 그런가?"

왕이 물었다.

"성훈에 대해 아는 대로 말해 보게."

둘의 이야기가 한참 동안 이어졌다.

그리고 지금, 아크람의 머릿속은 갖가지 생각으로 얼룩져 있었다.

김성훈!

돈이라면 사족을 못 쓴다. 가격 협상에서 물러서지 않는다. 대신 돈 가치만큼은 일해 준다. 그게 뭐가 되었든!

이게 알리와 압둘이라는 산증인을 통해 얻어낸 정보였다.

그러다가 스스로 머리를 탁 쳤다.

'아! 그러고 보니, 이번 모형은 압둘 왕자가 200만 달러를 불렀는데도, 그쪽으로 팔았었군!'

알리는 그 가격의 1.5배인 300만을 불렀는데도 말이다.

아크람의 머리가 더 복잡해졌다.

'성훈 님! 도대체 당신, 정체가 뭡니까?'

알리가 답답해하며 말했다.

"성훈! 난 자네가 안 받겠다는 이유를 도무지 이해할 수가 없군!"

그는 황당해하는 왕을 보며 말을 이었다.

"이건 부왕께서 자네와 나의 의형제 인연을 축하하며, 하사하시는 거란 말일세."

'누가 그걸 모릅니까?'

"자네처럼 눈치 빠른 사람이 갑자기 이리 답답하게 구는 건가? 이런 기회는 흔치 않다네."

알리가 제 가슴을 텅텅 쳤다.

그들을 보며, 살며시 미소 지었다.

'잘했어! 이게 맞아.'

갑자기 청백리라도 된 거냐고?

'나, 김성훈을 그렇게 모르나?'

급히 먹는 떡이 체한다는 건, 이 경우를 말하는 거다.

천천히 소화 시킬 정도가 되었을 때, 먹어도 충분한데, 굳이……

급히 삼킬 이유가 없다고. 거기다 경쟁자도 없잖아! 게다가 이들은 내게 그걸 주고 싶어서 안달이 나 있지!

'뭐가 문제야? 맛있는 걸 제대로 먹겠다는데!'

왕의 얼굴에 묘한 기색이 어렸다.

굳이 말로 표현하자면, '뭐. 이런 놈이 다 있지?' 정도의 의미가 되리라.

평생 거절당해 본 적이 있었던가?

게다가 이건 명령도 아니고, 선물이라고.

갸우뚱하며 아크람에게 눈짓했다.

'이유라도 좀 알자고. 도대체 왜!'

아크람 또한 궁금하기는 마찬가지.

'도대체 성훈의 기준이 뭔지라도 알아야겠군.'

아크람이 말했다.

"오늘은 정말 놀라운 일의 연속이군요. 카심 왕자의 건도 그렇고 말입니다."

그는 성훈에게 웃으며 말을 이었다.

"아무런 이유 없이 거절할 분이 아니라 생각됩니다. 그 연유를 여쭤 봐도 될까요?"

궁금하겠지. 하지만 내가 보기에는 이걸 받으면 도박하는 거랑 똑같다고.

잘되면 다행이지만, 잘못되면 쪽박을 차는!

'이런 걸 선물이랍시고. 나한테 들이민단 말이야? 내가 짱구야?'

평온한 표정을 가장하며 말했다.

"알리 형께서 그 호텔을 얼마나 소중하게 여기는지 너무나 잘 알고 있습니다."

"그래! 그건 내 땀의 결정체라고. 그냥 고맙게 받아! 쫌! 재지 말고."

"그래서 저도 웬만하면 고맙게 받으려고 했죠!"

"그런데 뭐가 문제야?"

"아까 오면서 비행기에서 들었는데."

"뭘?"

"그 호텔에 은행 대출이 있다면서요?"

"당연하지. 내가 카심도 아니고! 나같이 가난한 놈이 무슨 수로 대출 없이 사업을 했겠어?"

가난 같은 소리 하고 있네.

진짜 가난한 사람들이 들으면, 돌 맞을 소리를!

국왕이 측은한 듯, 알리를 보며 말했다.

"알리, 많이 힘들었겠구나. 돈이 없어서 은행에 손을 벌릴 정도였다니. 내가 너무 무심했어."

그의 말을 들으며, 속으로 한숨을 푹 내쉬었다.

'휴. 내가 말을 말아야지. 젠장!'

알리에게 말했다.

"그게 중요한 게 아니라."

"그럼?"

"그 대출금이라는 게, 한두 푼이 아닐 거 아니에요? 그쵸?"

알리가 답답한 듯 말했다.

"끽해야 삼억 정도밖에 안 남았어. 거의 다 갚은 거나 마찬가지라고."

"커흑! 뭐? 삼억?"

목소리가 절로 떨려 나왔다.

'삼억 불이면…… 지금 환율이…… 그러니까 적어도 오, 오천억 원이네?'

휴! 덥석 안 물기를 백번 잘했지!

안도의 한숨이 절로 나왔다.

'내가 가진 돈 다 꼬라박아도, 갚을 수 있을지 없을지 가늠이 안 된다고.'

돈을 숫자로밖에 생각하지 않는 나에게도 살 떨리는 금액이 아닐 수 없었다.

'잠깐? 대출금이 삼억이라고?'

은행에서 바보가 아닌 이상, 왕자라고 묻지도 따지지도 않고 신용대출을 해줬을 리는 만무하다.

'그럼 호텔이 얼마라는 거지?'

바로 물어보고 싶었지만, 생각은 머리에서만 맴돌았다.

'그럴 수는 없잖아. 속물처럼.'

금액을 알았다고, 바로 말을 바꿔서 달라고 하는 것도 우습지 않은가?

"그, 그럼…… 대출 금리는 얼만데요?"

대범하게 말했지만, 나도 모르게 목소리가 떨려 나왔던 것 같다.

알리는 아무것도 아니라는 듯, 콧방귀를 꼈다.

"훗. 겨우 10%밖에 안 돼!"

'어떻게! 10%에 겨우라는 말이 붙는 거냐?'

삼억에 일부 이자면, 매년 삼천만의 생돈이 나가는 거고, 그럼 대충 매월 삼백만, 매일 십만이 나가는 거네?

그러고도 원금은 변하지 않는다.

'여기서 간과하면 안 되는 게, 단위가 달러라고.'

하루에 2억 원 가까운 돈을 상환해야 하는 거다.

그것도 이자로만!

"허참! 성훈. 똑똑한 줄 알았더니……."

"뭐가요?"

"그 호텔, 지난달 매출이 오천만이었다고! 원금 상환하는 건 금방이야."

자신만만한 알리에게 쏘아붙였다.

"그 호텔, 지금 파리 날리잖아요!"

어디서 구라질이야!

방금 전에 그거 때문에 똥줄이 탔으면서.

내 지적에 당황한 알리가 버벅거렸다.

"크흠! 지금 당장은 그렇지만, 정상화되기만 하면 아무런 문제가 없어."

"정상화되기 전까지는 매일 돈을 쏟아부어야 하죠."

"투자라고 생각하면 편하잖아. 안 그래?"

알리의 말에 일침을 가했다.

"알리! 뭔가 착각하시는 것 같은데……. 저는 중동의 부자가 아닙니다."

왕이 고개를 끄덕였다.

"그건 성훈의 말이 맞다. 우리가 너무 우리 기준으로 생각했던 거로군."

아크람도 왕에게 동의했다.

"그렇군요. 선물을 준다는 것만 생각했지. 받는 성훈 님의 사정이나 기분을 생각하지 못했군요. 이건 명백히 저의 실수입니다."

왕이 고개를 끄덕였다.

"그렇지. 받는 사람이 온전히 기뻐하지 못하는데, 그건 선물이라 말할 수 없겠지."

왕이 허연 수염을 쓰다듬었다.

"그럼 어찌하면 좋을까?"

그의 눈을 외면하며, 창으로 시선을 돌렸다.

'그걸 왜 나한테 물어요?'

대출금을 다 갚아달라고 말하리까?

나에게 그걸 요구할 자격이 있을까?

선물이 마음에 안 들면 안 받으면 되지.

이리저리 바꿔 달라고 하는 건 예의가 아니지 않나?

'그런 고민은 주는 당신들의 몫이고요.'

하지만 내 입은 생각과 다르게 움직였다.

"아닙니다. 이런 거금을 주시려고 하신 마음만으로도, 저는 충분합니다."

"허. 이거 참!"

왕이 난감한 표정으로 알리와 아크람을 돌아보았다.

"내 평생 이런 적은 없었다."

그건 알리도 아크람도 마찬가지였다.

주면 주는 대로 받는 사람은 수없이 봤어도, 맘에 안 든다고 퇴짜 놓은 사람은 성훈이 처음이었다.

알리도 어이없다는 표정이었다.

"소자도 처음입니다. 부왕!"

이마를 툭 치며 말을 이었다.

"공사비만 십억이 든 호텔인데 말입니다. 허허허."

속으로 뜨끔하지 않을 수 없었다.

'헉! 역시 이상했어. 내가 '0' 하나를 빼고 읽은 거였군.'

하지만 이왕 호랑이 등에 올라탄 거!

죽이 되든 밥이 되든, 끝까지 가본다.

'돈은 지금도 넘칠 정도로 많다고!'

알리가 기분 나쁘다고 안 주면?

'없던 셈 치면 되는 거잖아. 원래 내 것도 아니었고. 위험 부담을 지는 것보다 백배 낫다고!'

못 들은 척 시치미를 뚝 떼며, 창밖을 주시했다.

왕이 탁자를 탁 쳤다.

"오기다! 방법을 찾아!"

선물을 받을 당사자를 앞에 두고, 어떻게 하면 받을지 주려는 자들이 머리를 맞댔다.

아크람이 먼저 말을 꺼냈다.

"그럼 대출 없이 깨끗하게 만들어 선물하는 것이 어떠하오리까?"

이에 알리가 호기롭게 말했다.

"애초에 제가 만든 대출이니, 제가 갚겠습니다."

왕이 물었다.

"네가 무슨 돈으로? 돈이 없어서 은행에서 대출을 받았다면서⋯⋯."

"그야 이번에 부왕께서 선물하신⋯⋯."

"됐다! 일없다. 너마저도 내 선물을 반쪽짜리로 만들 셈이냐? 그 호텔의 대출금은 내가 처리하도록 하마!"

"부왕, 굳이⋯⋯."

"네 호텔을 주는 거지만, 내가 주는 거랑 뭐가 다르냐? 그렇지 않은가? 아크람?"

"결국은 그런 셈이지요. 전하."

처음에 성훈에게 선물을 제안한 사람도 국왕이 아니던가?

"험험! 이 정도면 될까?"

아크람에게 하는 질문이었지만, 그의 시선은 나를 향하고 있었다.

'창유리로 다 보인고요.'

못 들은 척하고 있자, 아크람이 말했다.

"흠흠. 성훈 님."

'이 정도면 되겠습니까?'라는 의미가 아닐까?

어두운 밤하늘의 별을 세며 말했다.

"저 돈 없어요."

아크람이 한숨을 푹 쉬며 말했다.

"휴! 그건……. 몇 번이나 들어서 알고 있습니다."

그의 눈이 물었다.

'그래서……. 또 어디에 돈이 들어가는지나 말씀해 주시지요.'

아크람의 이마에 주름이 하나 더 늘었다.

"알리 형!"

"왜 그러나? 성훈 아우!"

시큰둥한 대답이었다.

"그 호텔, 직원이 몇 명이죠?"

"왜 그러나? 음. 500명이 조금 안 되지."

대출금이 해결되었다고, 모든 게 해결되었다고 생각하면 오산이라고.

그 500명한테 내가 월급 줘야 하는데!

내 생돈이 나간다고!

왕에게도 들리도록 큰 소리로 읊었다. 응접실이 웬만한 거실 저리 가라 할 정도로 커서 어쩔 수 없다고.

왕이 못 들으면 어떡해?

"그럼 연봉 대충 평균으로 3만 불 정도 치고……."

내 계산을 알리가 정정했다.

"아니지. 자네가 잘 모르는군. 우리 사우디 사람들은 그거 받고 일 안 해. 놀고 말지."

어이없는 웃음을 지으며 물었다.

"그럼 얼만데요?"

"청소부도 6만 불은 줘야지."

'허허허. 한국 대졸 초임이 삼만 불이 안 되는데.'

어찌 헛웃음이 안 나올 수가 있어.

"끄응. 어쨌거나. 연봉으로만 최소 3,000만 불이 나가네요. 평균으로 따지면……. 더 높겠죠."

"그쯤 될 거네."

"아 참!"

바로 말을 이었다.

"이건 호텔 비품이나 기타 자재비용은 제외한 순수 인건비만 말씀드린 겁니다."

알리도 이해가 가는 듯, 고개를 끄덕였다.

"흠. 듣고 보니 그렇군."

"이건 누가 부담하죠? 호텔에 파리 날리는데?"

"헛!"

알리가 천장을 보며 혀를 내둘렀다.

국왕이 진지한 표정으로 고개를 끄덕였다.

"음. 역시 성훈의 말을 들어보니 일리가 있군."

아크람도 왕을 마주 보며 호응했다.

"그렇군요. 이런 세세한 부분은 미처 생각하지도 못했는데……. 하마터면 은인에게 선물이 아니라, 큰 손해를 안길 뻔했습니다."

경영자가 알리라면 전혀 문제 될 것이 없었다.

이건 내가 주인이 되기 때문에 생기는 문제지.

물론!

약간 모험한다 생각하고 덤비면, 처리하지 못할 문제는 아니었다.

하지만 내가 왜!

'이런 골칫거리를 떠안아야 하는데?'

별을 보며 속으로 투덜거렸다.

이런 걸 내가 어떻게 받아?

'이게 선물이냐? 폭탄이지!'

받는 순간, 내 전 재산으로 빚잔치해야 한다고.

돈에 욕심 없는 사람도 있을까?

한번 죽었다 살아 봐!

돈을 대하는 시선이 바뀔 테니까.

인간답게 살기 위해 돈을 벌지만, 그 돈 때문에 인간이기를 포기한다. 인간을 포기하는 이유도 방법도, 세상에 있는 인간의 수만큼 다양하다.

그럼 나는 돈에 관심 없냐고?

좋아는 하되, 집착하지는 않는다.

내 안의 김성훈이 피식 웃으며 물었다.

'야! 그런 놈이! 돈에 집착하지 않는다면서! 이렇게 사람을 귀찮게 하냐?'

왜 이렇게 꼼꼼하게 따지냐고?

알리도 그렇게 묻고 싶은 것 같았다. 눈썹 사이에 패인 주름이 그렇게 묻고 있었다.

그의 마음에 들어갈 수 있다면, 투덜거림을 들을 수 있을지도 모른다.

'선물 하나 주는 게, 이다지도 복잡한 일이었나? 선물도 부탁하면서 줘야 하는 거야!'

이렇게 말하고 있을걸!

하지만!

난 돈을 벌기 위해서 투자를 하거나, 혹은 직접 사업을 할 생각이 눈곱만치도 없다.

내가 항상 돈돈 그러니까, 뭔가 착각한 모양인데!

나, 김성훈이 돈에 집착하는 경우는!

딱 하나뿐이다.

내 작품의 가치를 매길 때!

물론 내 장인들의 가치를 평할 때도 포함된다. 그 가치를 높이기 위해 가격을 높이고, 경쟁을 시키는 거지!

돈은 내 목적이 아니다. 돈은 지금도 많다고. 나 혼자 평생 써도 다 쓰지 못한다고 확신한다.

'하루 이자가 웬만한 사람 연봉보다 높을걸? 아마!'

물론 돈이 많으면, 좀 더 진귀한 음식, 혹은 맛있는 음식을 먹을 수 있겠지!

좋은 옷과 집에 살 수도 있겠고. 하지만 그래서 뭐! 맛있는 거 먹으면, 황금색 변을 보나?

그래! 백 보를 양보해서 본다 치자! 황금색 변에서는 향기 난다디? 내게 아무런 가치를 부여하지 못한다. 좋은 옷을 입고, 좋은 집에 산다고, 그 사람의 품격이 높아지나?

물론 그렇게 보인다는 것을 부정할 생각은 없다.

'하지만 난 결코, 그런 것들을 위해 내 시간을 투자할 생각도, 나 자신을 혹사할 생각도 없다고!'

차라리 작품을 위해서 몇 날 밤을 새우면 몰라도!

"의논하시는 중에 죄송한데요."

세 아랍인의 고개가 모두 내게로 향했다.

지성이면 감천이던가?

'그렇지. 아무리 양심에 털 난 놈이라도, 이 정도 정성이

면…….'

알리가 빙그레 물었다.

"왜? 이제 받을 마음이 들었나?"

웃는 알리에게 미안한 마음이 들었다.

'전혀 그런 마음이 아니거든요.'

"알리! 생각해 보니까……."

"그래 생각해 보니까?"

모두 웃으며 내 대답을 기다리고 있었다.

"돈은 별로 큰 문제가 아니네요."

"헐. 돈 말고도 큰 문제가 있다고?"

고개를 끄덕이며 말했다.

"알리! 직원들은 어떻게 할 거예요?"

그는 고민할 필요도 없는 듯, 즉답했다.

"나와 십 년 가까이 일해 온 사람들이네. 당연히 내가 책
임져야지."

"그 말은 호텔 칼리프로 데리고 가겠다는 말씀이네요?"

알리가 굳은 입매로 말했다.

"응당 그래야겠지."

그의 말에 고개를 끄덕였다.

"그렇군요."

"그게 당연한 거 아니겠나?"

"그럼 안 받을래요! 돈을 뭉텅이로 안겨줘도."

알리가 허탈하게 웃었다.

"허허허. 또 왜!"

생각해 보라고! 호텔 경영하랴, 사람 관리하랴! 언제 내가 하고 싶은 건축 설계를 하겠어?

내가 돌았어?

'돈 벌려고 내가 그 짓을 왜 해?'

알리의 미간이 심하게 구겨졌다.

"그럼 자네 말은 나더러, 그 사람들을 내치라는 말인가? 날 믿고 지금까지 따라온 사람들이야!"

"뭐하러 내쳐요? 그냥 그 호텔에 두시면 되지."

"응?"

"데려가지 말고, 그냥 놔두라고요. 월급은 제가 안 밀리고 따박따박 줄 테니까."

알리는 어이없는 웃음을 흘렸다.

"허허허. 날로 먹으려 하는군."

"그렇잖아요."

'원래 선물은 날로 먹는 거 아니던가?'

"허허허."

알리의 입에서 허탈한 웃음이 흘러나왔다.

왜 직원을 새로 뽑지 않느냐고? 어느 세월에 500명을 면접 보고 있냐고!

또!

채용한 뒤에는 일을 성실하게 잘하는지, 아니면 호텔의 일에 잘 어울리는 지켜봐야 한다. 또 열심히 잘한다고 치자!

한 달 매출이 5,000만 불인 호텔이다. 1%만 다른 곳으로 새도, 50만 불이라고. 나는 그 새 직원들을 얼마나 신뢰할 수 있을까?

귀찮게 신경 쓰느니, 구관이 명관이라고.

차라리 그대로 두는 게 나아. 오너가 그렇게 신경을 안 쓰는데, 호텔이 제대로 돌아갈까? 하는 염려가 생기지!

그렇게 문제가 생기면 어떡하냐고? 그때는 알리를 갈궈야지! 내 말은 안 들어도, 알리 말은 들을 거거든.

'여기는 왕 말이 법이지.'

누차 말했지만, 난 호텔을 경영할 생각이 전혀 없다고.

'호텔 매출만 나한테 들어오면 돼!'

나는 정말로 날로 먹을 생각이거든! 아니면 안 받을 거야.

돈이야 다다익선이지만, 거기 쓰는 시간은 아깝다고!

가만히 우리의 대화를 경청하던 왕이 물었다.

"알리, 정말로 네 호텔의 직원들을 다 데려오려 했더냐?"

"당연한 말씀을⋯⋯."

알리의 말에 왕이 고개를 끄덕였다.

"그건 미처 생각을 못 했군. 아크람."

의아해진 알리가 물었다.

"제가 무슨 잘못이라도⋯⋯."

왕 대신 아크람이 답했다.

"왕자님께서도 아실 겁니다. 그 호텔에 전하께서 얼마나 많은 관심을 쏟으셨는지⋯⋯."

"알다마다요. 괜히 6성 호텔이 된 게 아니잖습니까?"

아크람이 조용히 말을 이었다.

"호텔의 격을 높이기 위해, 국왕께서 10년 동안 공을 들이셨습니다."

무슨 말을 하려는 것일까?

왕이 차분한 음성으로 말했다.

"그게 단지 건물의 화려한 외관 때문이겠느냐?"

왕은 알리에게 질문을 던지고 있었다.

시설만 좋으면 최고의 호텔인가? 호텔의 진정한 가치는 건물이 아니라, 고객에 대한 서비스가 아닐까? 좋은 건물을 구경하기 위해 돈을 지불하는 것이 아니라, 좋은 건물에서 편하게 쉬기 위해 거금을 지불하는 것이 아닐까? 서비스의 질을 결정하는 것은 그 안에서 봉사하는 사람들이 아닐까?

방을 정리하는 청소 요원, 차량을 정리하는 주차요원, 짐을 옮기는 보이들, 셰프, 그 전체를 총괄하는 지배인까지. 그 하나하나가 고객을 편안한 휴식을 위해, 사소한 몸가짐부터 교양을 훈련받는다.

왕이 물었다.

"칼리프가 처음부터 6성이 아니었다는 건, 너도 알고 있겠지?"

"알고 있사옵니다."

둘의 대화에 아크람이 끼어들었다.

"외람된 말씀이오나, 왕자님. 그 호텔에 근무하는 사람들 또한 마찬가지가 아니겠습니까?"

"어떤 말씀인지……."

"국왕의 부름을 받고, 평생을 그곳에서 봉사한 사람들입니다. 그 호텔이 그들의 모든 것이지요."

알리는 그의 말에 아무런 반박도 할 수 없었다.

"왕자님께서 지금의 직원들을 데리고 가시면, 그 호텔의 직원들은 하루아침에 실직자가 되겠지요."

그의 말을 이해한 알리가 고개를 끄덕였다.

"그렇군요. 제가 생각이 짧았습니다. 부왕."

내게로 고개를 돌리며 물었다.

"자네 말대로 그대로 두도록 하지. 이제 된 건가?"

나를 돌아보며 묻는 알리에게서 지친 기색이 느껴졌다.

'휴! 이제 좀 받아라!'라는…….

국왕과 아크람도, 한마음이리라.

그런데 어떡하나?

마음이 식어버렸는걸.

"알리, 전 호텔 경영에 대해서 전혀 몰라요."

그 말에 그가 피식 웃었다.

"하나하나 배워가면 되는 거지. 뭐가 문제인가?"

입을 오므리며 물었다.

'뭔가 일을 만드는 느낌이야.'

"어떤 걸 배워야 하는 건데요?"

"인원관리부터 품질점검까지……. 그런 거야. 어렵지 않아."

"그런 거, 지배인한테 맡기면 되는 거 아니었어요?"

"대부분은 그렇지만, 직접 돌아봐야 할 때도 있지. 오너가 게으르면, 직원들도 게을러지는 법이야."

인상이 점점 구겨졌다.

"매일 보고도 받고 해야 하는 거죠?"

"그야…… 당연한 거 아닌가?"

알리의 표정이 말했다.

'물을 걸 물어라! 돈 벌기가 쉬운 줄 알아?'

가슴에서 어두운 구름이 뭉실뭉실 솟아올랐다.

"쩝!"

줄 거면 부채 없는 깨끗한 걸 줘야지.

빚이랑 일거리도 같이 선물하는 건, 어느 나라 선물 방식이야?

그렇다고 이걸 포기하기는 너무 아깝다.

'무려 십억 불짜리라고! 공사비만!'

그럼 지금 시가는 얼마겠어?

어떻게 혹하지 않을 수가 있어!

'한 번 강짜 부려봐?'

아까 왕의 표정으로 봐서는, 이거 아니면 다른 거라도 줄 것 같던데.

'젠장. 아 몰라! 한 번 더 튕겨보지 뭐!'

되면 좋고, 안 돼도 그만!

"의부!"

"마음을 정했나? 성훈."

"네."

입술을 삐죽이며 말을 이었다.

"의부께서 호텔을 선물 하시는 건, 지속적인 이익을 얻으라는 의미라 생각했습니다."

왕은 말없이 고개를 주억거렸다.

"그게 아니셨다면, 그냥 돈이나 보물을 주셨겠지요."

"으응. 그렇지. 암!"

그가 말을 이었다.

"하지만 돈 따위가 무슨 선물이 되겠어? 그건 뇌물이지."

"그런데 전 의부께서 생각하시는 것처럼, 그렇게 부지런한 사람이 못 됩니다. 아마 채 일 년도 안 되어 쫄딱 말아먹을 겁니다."

알리가 소리쳤다.

"그게 무슨! 말도 안 되는 소리를! 현장에서 날아다니는 걸 내가 이 두 눈으로! 똑똑히 봤는데!"

"그건 현장이잖아요."

그가 어이없는 표정을 지었다.

"현장이나 호텔이나 뭐가 달라?"

'뭐가 다르냐니? 완전히 다르지!'

하고 싶어서 하는 것과 돈 벌려고 하는 게, 어떻게 같아?

알리에게 눈을 부라렸다.

"완전히 다르죠! 차원이 다르다고요!"

현장 점검을 하라고 하면 잘할 자신이 있다. 그건 내 전공이거든. 종일 빨빨거리며 뛰어다녀도, 전혀 힘들지 않다고!

그런데…… 이건…….

왕에게 사정했다.

"의부! 이건……. 저하고 안 맞네요."

그가 의아한 표정으로 물었다.

"흠. 이유가 뭔가?"

"사실대로 말씀드릴게요."

"그래! 뭐든지 말하게. 액수가 좀 크다고 해서 부담 가지지 말고."

"돈은 저도 충분히 있어요. 물론 알리에 비하면 새 발의 피겠지만."

"그런데 뭐가 문제인가? 돈은 많으면 좋은 것을……."

"귀찮아요. 매일 호텔에서 보고를 받는 것도."

알리가 내 말에 반박했다.

"꼭 여기 있을 필요도 없잖아? 전화로 보고받으면 되지."

"그래도 어느 정도는 신경을 써야 하는 건 사실이잖아요."

"그야 당연한 거고……."

"돈 들어오는 것도 맞는지, 비는 게 있는지 확인도 해야 할 거고."

"그야……."

알리의 목소리가 점점 작아졌다.

돈이고 뭐고 귀찮다는데, 뭐라고 할 것인가?

"한두 푼도 아닌데. 당신 말마따나 한 달 오천만이라면 돈만 세다가 한 달 다 갈걸요."

어안이 벙벙한 알리를 보며 말을 이었다.

"명색이 건축가라는 놈이! 돈 세느라, 도면 그릴 시간이 없다고 하면……. 그건 좀 우습잖아요."

푸념하듯 말을 맺었다.

"이거 하다가는 저, 제 명대로 못살아요. 그래서……."

"허허허허. 이거 참! 내가 졌군."

왕의 허탈한 웃음이 허공을 갈랐다.

"무슨 수를 써도 안 되는 건가?"

"쩝. 저도 정말, 정말 아쉬워요. 마음에 드는 선물이었는데……."

최대한 아쉬운 표정을 강조했다.

'눈치채라고. 제발.'

일하지 않은 자, 먹지도 말라고? 그건 선물이라는 거에 통하지 않는다고.

선물은 원래 불로소득이거든!

조용히 지켜보던 아크람이 입을 열었다.

"성훈 님. 만약에 말입니다."

뭔가를 눈치챈 듯, 조심스러운 물음이었다.

"네. 말씀하세요. 아크람."

"만약에 그, 성훈 님께서 호텔 경영에 전혀 신경을 쓰지 않아도 된다고 하면 어쩌시겠습니까?"

'그럼 뭐! 꿀이지.'

머리를 긁적이며 시치미를 뗐다.

"그럼 좋기야 하지만, 저도 양심이 있지⋯⋯."

아크람이 왕을 보며 슬며시 웃었다.

둘 사이에 눈짓이 오가고, 왕이 손뼉을 짝 쳤다.

"좋아! 그럼 됐어! 그렇게 해!"

"네? 그게 무슨 말씀이십니까? 의부."

"성훈이 호텔에 신경 쓰지 않고, 돈 셀 필요도 없게, 통장에 돈이나 찍히게 해!"

나를 보며 말을 이었다.

"어때? 그러면 받겠다는 거지?"

"하지만 일하지도 않는데, 돈을 번다는 건⋯⋯."

너스레를 떠는 내게 왕이 말했다.

"그러니까 선물이지. 다른 게 선물인가?"

내 말이 그 말이거든요!

기필코 선물을 주고야 말겠다는 듯, 왕의 눈에 오기가 풀풀 뿜어져 나오고 있었다.

'틈이 다 들었군.'

하지만 아직 안심하기는 이르다.

"의부, 그럼 호텔은 누가 경영하는 겁니까? 제가 하지 않으면?"

알리의 표정을 보며, 은근히 물었다.

'답은 정해져 있지 않나? 전 경영자!'

왕의 시선도 그에게로 향했다.

"알리."

"네. 부왕!"

"네가 해라. 내가 주는 숙제다."

"네?"

느닷없는 명령에 알리의 입이 딱 벌어졌다.

"그럼 저는 칼리프도 하고, 그 호텔도 경영을……."

왕이 얼굴에 느물거리는 웃음이 떠올랐다.

"내가 칼리프에 마지막으로 간 게, 언제인지 아느냐?"

하긴…….

왕이 호텔 경영에 신경 쓰는 것을 본 게 어언 몇 년 전 일이었다.

"거기 총지배인이 일을 잘해! 직접 갈 필요가 없다고. 너보다 더 칼리프에 대해 잘 아는데, 네가 따로 지적할 일이 있을 것 같으냐?"

"하오나……."

"내 말을 믿어라. 그는 내가 아크람만큼이나 믿는 사람이야!"

왕이 말을 이었다.

"네 의제가 저리 귀찮아하는데, 다른 방법이 있느냐?"

"끄응."

알리가 신음성을 토해냈다.

"네 능력을 보도록 하마. 나를 실망시키지 않으리라. 믿는다."

"네. 부왕."

왕의 단호한 명령에 알리는 어쩔 수 없이 고개를 숙였다.

'자! 그럼 경영자도 구해졌고. 받아서 호텔 수익만 먹으면 되는 건가?'

잠깐만!

지금 받으면······.

호텔 수리는 내가 해야 하는 거잖아.

내 돈 내고, 내가 현재건설에 의뢰해야 하는 상황이 되는 거네?

'그럼 완벽한 선물이 아니잖아!'

"의부!"

"응? 아직도 마음에 안 드는 게 있나? 성훈."

뜨끔하며 돌아보는 그에게 말을 이었다.

"솔직히 지금은 받아도, 머리만 아플 것 같은데요."

"왜? 대출은 내가 갚아준다고 했고, 직원들도 모두 그 자리에 두기로 했는데?"

"그래! 성훈, 자네는 가만히 앉아서 통장만 보면 된다고."

나 때문에 일거리가 늘어난 알리가 심통을 부렸다.

'그러게 누가 빚덩어리를 선물로 주래?'

찡그린 표정의 알리를 보며 작게 투덜거렸다.

"어차피 파리 날려서 수익도 없는데, 통장에 찍힐 게 뭐 있다고. 쳇!"

"크으. 파리! 파리! 그럼 어쩌라고?"

"이왕 주는 선물, 제대로 주면 좀 좋아요? 형님!"

"그러니까 방법을 말하라고."

"질질 끌 거 뭐 있어요? 바로 인테리어 공사 들어가죠. 아까 압둘이랑 말했던 그거요."

내가 원래 온 목적이 그거라고!

'호텔은? 덤이지.'

배하고 배꼽이 바뀐 감이 없잖아 있지만, 그래도 난 그 일을 꼭 따가야겠거든!

"음. 그러려면 또 대출을 받아야 하는데."

"돈이 없어요?"

왕을 돌아보며 말했다.

"의부, 알리 형이 돈이 없다는데요?"

왕이 어이없다는 듯이 웃었다.

"네 호텔 수리하는 데, 돈을 대라? 그거냐?"

씨익 웃으며 너스레를 떨었다.

"말이 그렇게 되는 건가요? 하지만 전 아직 받는다고 안 했는데요?"

뻔뻔한 내 말에, 왕은 웃으며 말했다.

"그 외의 다른 요구사항은 없는 거냐?"

"더 요구하면 양심도 없는 거겠죠. 나머지는 알리 형이랑 상의하도록 하겠습니다."

"아크람, 원하는 대로 주도록 하라."

아크람이 그의 말을 받았다.

"그리하도록 하겠습니다."

"양아들이 된 기념으로 선물 한 번 하는데, 이리 진을 뺄 줄이야! 선물하기가 이리도 어려운 줄, 난 오늘 처음 알았다네."

"하지만 괜찮은 하루 아니었습니까? 골치 아픈 문제가 해결되었고, 아들 하나를 얻으셨잖습니까?"

"그렇지. 괜찮은 하루였어."

"이제 그만 침소에 드시지요. 밤이 늦었습니다."

일어나 응접실을 나가는 왕에게 고개를 숙였다.

"의부, 선물 감사하게 잘 받겠습니다."

왕이 피식 웃으며 말했다.

"알리는 올해가 끝나기 전에 호텔 수리를 끝내고, 성훈에게 인계하도록 하라."

"끙. 알겠습니다. 부왕!"

알리가 삐딱한 시선으로 물었다.

"이제! 만족하나? 성훈 동생!"

환하게 웃으며 대답했다.

"선물 고마워요. 알리 형님! 흐흐."

"정말 날로 먹을 줄이야. 그 돈으로 뭐할 건가?"

"글쎄요……."

여태껏 돈을 벌었지만, 그걸로 나를 위한 뭔가를 한다는 생각을 해본 적은 없었다.

"일반인들은 세계 일주가 평생의 꿈이라고 하던데, 자네는 그런 거 없나? 하긴 소시민도 아니지만.”

지난 삶에서는 그런 꿈도 있었지.

구속받지 않고 여행하는 그런 꿈.

“잠수함이나 한 대 살까요?”

“엥? 잠수함? 그건 뭐하게?”

“글쎄요. 언젠가는 물속에 집을 지을 날도 오지 않겠어요?”

“크크크. 그런 집을 짓게 되면, 나를 제일 먼저 떠올려 주게.”

알리가 웃으며 내 등을 밀었다.

“우리도 가자고. 밤이 깊었으니.”

“크하하하! 그래서! 성훈의 호텔을 알리, 자네가 경영해 주기로 했다고?”

우리의 이야기에 압둘이 박장대소하며 웃었다.

주변에 사람들이 있을 때는 근엄한 모습을 유지했지만, 다른 사람들이 없을 때는 소탈한 모습을 보이는 알리와 압둘이었다.

알리는 혀를 차며 대꾸했다.

“쯧. 어쩌겠나? 부왕의 명인데!”

“성훈?”

“네? 왜요?”

“알리 월급은 얼마로 책정했나?”

"무슨 월급이요?"

"자네를 위해 일을 하는데, 설마 무급으로 부려 먹을 생각인가?"

빙글거리며 웃는 것이, 알리를 놀리려는 게 분명했다.

'장단 맞춰 봐?'

"제가 생각이 짧았네요. 월급도 안 주는데, 제대로 일할 리가 없죠."

압둘이 손가락을 튕기며 대꾸했다.

"역시 자네는 말이 잘 통해."

알리가 손을 내저으며 툴툴거렸다.

"말이 되는 소리를 하게나. 저 짠돌이의 손에서 일 센트짜리 하나라도 나올 것 같은가?"

그의 말에 즉시 반박했다.

"아니죠. 월급은 투자인 걸요. 그래야 부려먹어도 맘이 편하죠."

알리는 엄지로 자신을 가리켰다.

"뭐! 이 나를 부려먹겠다고?"

어림없는 소리 말라는 표정!

눈을 부릅뜬 그에게 손사래 치며 말했다.

"에이. 말이 그렇다는 거죠. 설마 제가 왕세자를 부려먹을 정도로 간이 커 보이나요?"

"그래. 알리! 자네는 이제 왕이라고. 누가 자넬 부려 먹겠어?"

하지만 여전히 알리는 부정적이었다.

"그래도 불안해. 어찌 되었든, 돈 관련으로 이 녀석과 엮여서 좋은 꼴 보기 어려워.

압둘은 고개를 내젓는 알리의 옆으로 바짝 다가앉았다. 그리고 은근한 음성으로 속삭였다.

"어차피 부왕의 명령 때문에 해야 하는 것 아닌가? 안 그래?"

"그야 어쩔 수 없지."

"그럼 호텔도 날로 빼앗겼는데, 자네 월급으로라도 보충해야 하지 않겠어? 나라면 그럴 텐데. 어차피 할 일! 틀렸나? 내 말이!"

알리의 고개가 절로 끄덕여졌다.

"흠. 일리가 있군."

"잘 생각해 봐. 성훈에게서 돈을 뜯을 수 있는 두 번 다시 없을 기회라고."

압둘의 은근한 설득에 알리의 눈동자가 번뜩거렸다.

"성훈, 미리 말해 두지만, 나는 비싼 몸이야."

그에게 미소 지으며 물었다.

"월 100만 불! 어때요?"

"오! 성훈. 통 크게 쏘는데!"

압둘은 환호성을 지르며, 알리의 어깨를 토닥였다.

"알리, 축하해! 좋은 고용주를 만났군. 조만간 거부가 되겠어!"

100만 불이 그에게 기별이나 가겠냐만!

알리도 웃으며 대꾸했다.

"부러운가? 압둘?"

"부러워 죽겠군. 저 짠돌이 성훈에게서 돈을 뜯어낼 수 있다니! 대단하군."

압둘의 칭찬에 알리는 고개를 치켜세웠다.

"자네가 아까 이 친구 하는 거, 직접 봤으면 기도 안 찰 거야. 호텔 하나를 날로 먹어치우다니!"

"크크크. 말만 들어도 알겠어! 날도둑도 그런 날도둑이 없지!"

둘의 대화를 들으며 속으로 미소 지었다.

'그래! 물기만 해! 열 배로 뽑아내 줄 테니까!'

압둘의 반대편으로 앉으며 물었다.

"그럼 계약 완료인가요? 알리 형님?"

알리는 나와 압둘 사이에 앉아 있다.

압둘이 목을 쭉 내밀어 나를 보며 물었다.

"성훈, 뭐 계약서 같은 거 필요 없겠어?"

"에이 그런 게 뭐 필요해요? 사나이가 이거면 되죠, 안 그래요?"

엄지로 손도장을 만들며 물었다.

"스스로 뱉은 말을 안 지킬 분도 아니고."

"당연하지! 나 알리라고!"

자신만만한 알리를 보며, 압둘이 묘한 웃음을 지으며 말했다.

"성훈, 계약은 언제까지 할 건가?"

"우리 사이에 당연히……."

"당연히?"

압둘의 물음에 답했다.

"종신 계약이죠."

"크. 알리에 대한 신뢰가 대단하군. 그의 평생을 책임져 주겠다니. 알리, 복 받았어."

'엇!' 하는 사이에 모든 것이 결정되어 있었다.

분위기에 휩쓸렸던 알리는 정신을 차리고 재빨리 좌우를 번갈아 훑었다. 그러다 내 표정을 본 모양이다.

대어를 잡기 직전의 표정이었을걸!

금세 알리의 얼굴이 묘하게 변했다.

"자, 잠깐! 그 웃음의 의미는 뭐지? 음흉한데?"

"제가 뭐요? 알리. 한다는 거죠?"

뜨끔하며 놀란 알리가 물었다.

"정말 주려고? 장난 아니었어?"

'아까까지는 장난이었죠.'

지금은.

당연히 아니지!

'나랑 엮이기 싫으면 칼리프의 총지배인을 내 호텔로 보내라고 해야지. 크크크.'

그는 호텔 칼리프를 6성급으로 만든 노하우를 모두 알고 있으리라.

그의 물음에 느물느물하게 웃으며 손도장을 내밀었다.

"그럼요! 전 돈 가지고 절대 장난 안 해요."

분위기가 이상함을 눈치챈 것인가?

알리가 소파에서 엉덩이를 슬쩍 들었다.

"압둘! 이거 이상해! 이 짠돌이가 이럴 리가 없는데?"

압둘은 손가락을 저으며, 그를 안심시켰다.

"아니지. 난 이해가 되는데! 너무 큰 선물을 받아서 그 보답을 하고 싶은 게지."

알리의 표정이 일그러졌다.

"뭐! 저, 성훈이! 보답을 한다고?"

알리가 벌떡 일어서며 말을 이었다.

"무슨 그런 타조 날갯짓하는 소리를 하는가? 손해에 대한 보복이라면 몰라도!"

나와 압둘이 시선을 교환했다.

'저에 대해 완벽하게 이해했는데요? 어쩌죠?'

'그러게. 알리 녀석, 눈치가 많이 늘었군. 그냥 강제로 진행하자고!'

동시에 벌떡 일어서며, 알리의 양팔을 하나씩 겨드랑이에 끼웠다.

"좋아서 미친 건가 보지. 호텔을 준 의형이 너무 고마워서 말이야. 안 그래, 성훈?"

"그러게요. 사내가 한 입으로 두말 하긴가요?"

순식간에 몸이 구속된 알리가 몸을 뒤틀었다.

"끙. 아직 한다고 안 했다고. 이 친구야. 그리고…… 이거 이상해. 아주 이상하다고."

압둘에게 소리쳤다.

"얼른 그 손, 이쪽으로 밀어요? 손도장 찍게!"

압둘이 버티는 손을 밀며 말했다.

"끄응. 뭐가 이상해? 돈 주고 일 시키겠다는데! 설마 성훈이 의형을 잡아먹기야 하겠어?"

알리의 엄지와 내 엄지가 거의 맞닿을 정도가 되었다.

알리가 고함치며, 몸을 뒤틀었다.

"그럼! 성훈은 당연히 그럴 놈이지! 털도 안 뽑고 날로 삼키는 인간이!"

최대한 힘을 줬으나, 건장한 두 남자 사이에 끼었으니 벗어날 방도가 있으랴?

압둘이 승리의 미소를 흘렸다.

"흐흐흐. 고액 연봉자가 된 걸 축하하네. 알리!"

"크윽!"

꼬꾸라진 압둘의 신음 소리였다.

남자라면 절대로 참을 수 없는 고통!

그가 엎드린 채로 고개를 들었다.

"아깝다. 성훈! 네 능력이라면 본전의 열 배는 충분히 뽑았을 텐데."

"열 배! 열 배 같은 소리 하고 있네. 이 협잡꾼들아!"

내게도 파란(破卵)의 발차기를 날리려는 걸, 잽싸게 피했다.

구속에서 풀려난 알리가 목을 돌리며 으르렁거렸다.

"휴! 십 년 감수했네! 압둘, 네 이놈! 친구를 팔아먹어!"

"부족해요? 그럼 20억 줄게요!"

내 제안에 알리가 인상을 팍 구겼다.

"주긴 뭘 줘! 안 받아! 날도둑놈아! 푼돈 쥐여 주고 얼마나 부려먹으려고!"

그가 눈을 부라리며 말을 이었다.

"안 받고 내 맘대로 할 테니까. 그렇게 알아!"

어깨를 으쓱하며, 일어서는 압둘을 부축했다.

"압둘, 방법이 없네요. 줘도 안 받는데."

"어허! 알리! 고용주에게 그러면 쓰나. 좀 더 고개를 낮춰야지."

"크. 안 한다고! 어쨌거나 난 호텔 정상화까지만 신경 쓸 테니까, 그 뒤로는 지배인하고 직접 하라고."

아쉬움의 한숨을 삼켰다.

"아! 아깝다. 다 된 밥이었는데."

"그러게 말이야. 성훈. 아까워. 흐흐흐."

리야드 공항의 라운지.

지금 이곳에는 우리 외에는 아무도 없었다.

왕의 갑작스러운 행차로 인해, 이용객들이 모두 자리를 피한 상황이었다.

"의부, 직접 나오실 필요까지는 없으셨는데……."

내 말에 왕이 흐뭇한 표정으로 수염을 훑었다.

"비록 혈육의 정은 아니라 하나, 알라의 은총으로 맺게 된 연이다. 어찌 소홀할 수 있겠느냐?"

내게 오라 손짓하며 말을 이었다.

"이리 급하게 가게 되어 아쉽구나. 이리 오너라."

나를 품에 안으며 등을 토닥였다.

"부디 건강하도록 하고, 시간이 날 때마다 나를 보러 오려무나. 내 너를 볼 시간이 얼마 남지 않은 것 같으니."

"네. 알겠습니다. 의부!"

포옹을 풀며 말했다.

"알리!"

"네. 부왕!"

"너는 가슴에 새기도록 하라. 너를 왕으로 만든 자가 누구인지!"

알리는 차분한 눈으로 고개를 끄덕였다.

요 사흘간 나는 잠자는 시간을 제외하고는 왕과 아크람, 그리고 알리와 시간을 함께 보냈다.

그들의 정과 마음을 느끼기에 충분한 시간이었다.

아크람이 왕에게 고개를 숙이며 말했다.

"전하, 겨울바람이 찹니다. 이제 일어나시지요."

"그래. 이별이 길어서는 아쉬움만 커질 뿐이지."

왕이 우리 둘의 손을 잡아 포갰다.

"알리! 비록 나이는 너의 아우이나, 받은 은혜를 기억하며, 형 대하듯 하거라."

"네. 부왕!"

"성훈, 너는…… 스스로의 힘으로 일가를 이루었다. 네가 가진 능력이 범상치 않으나, 교만하지 말고 항상 겸손하도록 하라. 네 앞길에 영광만이 가득하기를 기도하노라."

"네. 의부!"

그가 손을 포갠 채로, 눈을 감았다.

"우리에게, 그리고 선행을 실천하는 알라의 종들에게도 평화가 깃들기를."

왕은 아크람과 함께 궁으로 돌아갔고, 알리와 담소를 나누다가 탑승 안내 방송을 듣고 일어났다.

"진짜로 나오실 필요는 없었는데……."

"그만큼 부왕께서 아쉬우셨던 게지."

"덕분에 편하게 왔네요. 그리고 미리 축하드릴게요. 왕세자가 되는 것."

"다 자네 덕분이지. 나도 미리 축하하지. 호텔 오너가 되는 것!"

"잘 관리해 줘요. 공짜로 일한다고 대충하지 말고!"

"큭! 알겠네. 그나저나 아쉽군. 내 왕세자 책봉식까지 보고 가면 좋았을 텐데."

"그건 저도 그래요. 꽤나 성대하게 거행할 모양이던데. 아크람이 뛰어다니는 것을 보니."

"그야⋯⋯."

막상 그 자리의 주인공이 자신이라는 것이 떠오르자, 낯간지러워졌음인가?

뭉툭한 코끝을 만지작거리며 말을 이었다.

"그러게! 뭐 그리 거창하게 준비할 게 있다고."

"왕국의 입장에서는, 30년 만에 겨우 제대로 된 왕세자를 맞이하는 거니까요."

"흠. 자네의 그 말을 들으니, 어깨가 더 무서워지는군."

"당신은 잘할 수 있을 거예요."

그가 고개를 끄덕이며 말했다.

"그래야지. 그래도 며칠 더 쉬었다 갈 것이지. 자네가 불편할까 봐 부왕께서도 말씀은 하지 않으셨지만, 많이 섭섭하셨을 걸세."

아쉬움이 담긴 알리의 말이었다.

"실제 공사를 하게 되면, 몇 달 동안은 여기서 살다시피 할 텐데요. 그리고 벌써 사흘이나 쉬었다고요."

내 말에 알리는 어이없는 웃음을 터뜨렸다.

"그게 쉰 거야? 사흘 동안 나를 괴롭힌 게!"

"어쩔 수 없잖아요. 전화통 붙들고 말하는 것보다, 직접 보고 말하는 게 훨씬 빠르다고요!"

압둘 호텔의 모형을 콘셉트로 삼는다고 해도, 그것을 실제로 적용하려면 해야 할 일들이 많았다.

내 마음에도 들고, 알리의 마음에도 들어야 했으니까.

"그래도 덕분에 괜찮은 작품이 나왔잖아요."

어느새 로얄 시트 도어 앞이었다.

알리가 손수 도어의 버튼을 누르며 말했다.

"그래. 얼른 완성해서 보내주게."

열린 문 너머에 익숙한 얼굴들이 있었다.

"안녕하세요. 알리 삼촌."

"안녕하세요. 킹메이커!"

여기로 올 때 동행했었던, 아디바와 나니아였다.

그녀들에게 물었다.

"킹메이커는 또 뭐야?"

두 미녀가 손으로 입을 가리고 호들갑을 떨었다.

"어머. 몰랐어요? 당신 별명인데!"

알리가 내 등을 토닥이며 말했다.

"부디 편한 여행 되도록 하게."

그리고 그녀들을 향해 웃으며 말을 이었다.

"네 녀석들은 쓸데없는 수다로 성훈을 괴롭게 하지 마라.
푹 쉬면서 갈 수 있게."

두 미녀가 방긋 웃으며 답했다.

"네. 그러도록 할게요. 왕세자 전하."

사우디아라비아에서의 일정이 끝났다.

100장
KT 프로젝트

"성훈 님, 이제 완전히 유명인이 되셨던데요."

공항으로 마중 나온 곽 이사의 첫인사였다.

기사도 없이 직접 차를 몰고 온 모양이었다.

뒷좌석 문을 손수 열어주며 말을 이었다.

"이제는 발톱을 감추려고 해도 그러시기 어려우실 것 같습니다. 흐흐."

중동 소식에 관해서는 둘째가라면 서러운 곽 이사이니, 당연히 알고 있겠지.

피식 웃으며 말했다.

"뭐. 방송 한두 번 타보나요?"

내 웃음에 곽 이사는 고개를 저었다.

"이번에는 다르지요."

"뭐가요?"

"프랭크 베리 때나 스티브 때하고는 완전히 분위기가 다릅니다."

미간을 좁히며 물었다.

"어떤 부분이요?"

그는 흐뭇하게 웃으며 말을 이었다.

"그때는 그 사람들이 중심이고, 성훈 님은 그…… 꼽사리 낀 느낌이었잖습니까!"

그의 말을 부정할 수 없었다.

"그런데 이번에는 완전히 성훈 님이 주인공이었습니다. 국왕이나 알리 왕자마저도 들러리로 보일 정도로……."

곽 이사가 눈치 없이 엄지를 치켜들었다.

난 지금 심각한데.

나라고 유명해지는 게 싫지는 않아. 하지만 내가 원하는 건, 건축에 한한 유명세라고. 그나마 프랭크나 스티브는 건축이랑 연관이라도 있었지. 이번 건 전혀 무관하다고.

"그렇게 보였어요?"

"엇! 방송을 안 보신 모양이십니까?"

당연하죠!

내가 연예인도 아니고, 내 방송을 모니터할 이유가 없잖아.

"그게…… 좀 바빴어요."

곽 이사가 고개를 갸웃하며 물었다.

"공항에서도 그런 느낌 못 받으셨습니까?

알리의 배려로 모든 게 무사통과였는데, 사람들 만날 틈이 어디 있었어?

고개를 저었다.

"전혀요."

"전 세계적으로 성훈 님의 얼굴이 쫙 깔렸는데."

헛웃음을 터뜨렸다.

"허. 전 세계적이라고요?"

그저 사우디아라비아 내에서만 이슈일 줄 알았더니, 그렇지 않았던 모양이네.

곽 이사는 오히려 나를 이상하게 보며 말했다.

"생각해 보십시오. 최대 산유국 사우디의 다음 왕이 결정되는 자리였는데, 어느 나라가 촉각을 곤두세우지 않겠습니까?"

"끙. 회사 분위기는 어때요?"

"흐흐흐. 회사에 들어가시는 순간! 위상이 달라진 걸 몸으로 느끼실 겁니다."

"설마요."

곽 이사의 기분을 대변하듯, 운전하는 손이 쉬지 않고 들썩거렸다.

"진짭니다. 덕분에 저도 어깨에 힘이 팍 들어갔습니다. 허허허."

"네? 저 때문에요? 왜요?"

그는 너털웃음을 터뜨리며 답했다.

"허허허. 아는 사람은 다 알지 않습니까!"

고개를 갸웃하며 물었다.

"그게 무슨 말인데요?"

"그…… 아시잖습니까? 제가 성훈 님 라인인 거."

"라, 라인요?"

"네. 라인! 차근차근 물밑작업을 하고 있으니, 성훈 님께 서는 아무 염려하지 마십시오!"

"무슨 물밑작업이요?"

곽 이사가 룸미러를 통해 눈썹을 으쓱거렸다.

"아시잖습니까? 그…… 후계…….'"

'뭐! 후계?'

느물거리며 말을 흐렸지만, 내용은 금방 알 수 있었다.

그는 전형적인 권력지향형 인물이 아니던가!

곽 이사의 말이 이어졌다.

"지분 가진 이사들 확보하고, 어느 정도 세력을 갖추면……. 크흐흐흐."

'이런! 알리네 응접실에서 거짓말한 걸 아직도 믿고 있는 모양이네.'

"그때는 긴가민가했지만, 이제는 확신합니다! 성훈 님 말 고는 인물이 없습니다!"

'음. 어떡한다?'

내가 하고 싶은 대로 하기 위해서는, 확실히 세력이 있는 편이 유리하다. 그때는 현재건설에서 일하기 위해서는 그게 좋겠다고 판단했지.

'곽 이사가 자꾸 나를 간 보는 것도 귀찮았고.'

지금은?

반드시 숨겨야 할 이유는 없지.

'감히 곽 이사가 내게 해코지할 거라는 생각은 조금도 안 든다고!'

해코지하면?

'흐흐. 한주먹 거리도 안 되지.'

그렇다고 지금 사실은 그게 아니라고 말한다면?

여러 가지 반응을 기대할 수 있겠지.

배신감에 치를 떤다든지, 아니면 나 아닌 다른 대안을 찾는다든지!

'어떻게 되었든, 나를 원망하지 않을 수 있을까?'

이미 그들로서는…… 돌아올 수 없는 강을 건넌 상황일 텐데.

아예 곽 이사를 날려버리고, 다른 대안을 찾을 수도 있겠지.

수많은 생각이 꼬리를 물었다.

'아! 귀찮아!'

요점은 쓸데없는 생각 안 하고, 나만 잘 백업하면 되는 거 아니야?

'잘만 따라오면, 당신이 좋아하는 권력, 얼마든지 누리게 해주지.'

꼭 사장 아들이고, 회장 손자여야 하나?

능력 있으면 되는 거지!,

그 후에 곽 이사가 바라는 대로 좋은 자리 주면, 나한테 뭐라고 할 거야?

생각의 정리가 끝났다.

내 기분을 모르는 건지, 자신의 기분에 취한 건지, 곽 이사는 여전히 기분이 좋았다.

"요즘 회사 나가는 게 즐겁습니다. 저 싸가지 없는 최 이사 놈이 저를 피해 다닙니다. 하하하."

차분하게 말했다.

"곽 이사님!"

"네. 성훈 님! 뭐든지 말씀만 하십시오."

아직 내 기분을 감지하지 못한, 곽 이사의 힘찬 대답이었다.

'아직 분위기 파악 안 되시네.'

"대체!"

"네?"

"회사에서 무슨 일을 하고 다니는 겁니까?"

급변한 분위기를 느꼈는지, 곽 이사의 목소리가 떨려 나왔다.

"서, 성훈 님. 갑자기 왜 그러시는……."

"하라는 일은 안 하고, 대체 뭐하시는 거냐고요!"

호통 소리에 곽 이사의 어깨가 움찔했다.

"그, 그야…… 당연히 할 일……."

"제가 지금 그걸 묻는 거로 보이십니까?"

내 의지와 상관없이, 당신들 권력 다툼에 휩쓸릴 생각은 추호도 없다고!

"아, 아닙니다."

그가 할 수 있는 답이 뭐가 있으랴!

씁쓸한 침을 삼키며 입술을 긁적였다.

"차 세워요."

"네?"

"사고 내고 싶어요?"

"알겠습니다."

차들이 열기를 뿜으며, 쌩쌩 지나간다.

차 안은 서리라도 지나간 듯한 차가운 침묵에, 곽 이사는 숨쉬기도 어려웠다.

'대체 왜 저러는 건지…… 이유라도 알아야.'

하지만 섣불리 물어봐야, 화를 돋우기만 할 것이다.

자신이 잘못한 게 있던가?

'성훈 님의 뒤를 잘 받치려고 하는 건데…….'

수십 대의 차들이 앞질러가는 동안, 성훈은 아무런 말이 없다.

팔짱을 낀 채, 창밖을 응시하고 있을 뿐이었다.

마침내 성훈의 입이 열렸다.

"이사님."

곽 이사, 자신에게 묻는 것이 아니었다.

그의 눈은 여전히 먼 산을 응시하고 있었으니까.

"저는 곽 이사님이 하자고 하면 해야 하는 겁니까?"

차분한 말투였지만, 그 저변에 깔린 짜증, 분노, 귀찮음의 감정들을 어찌 모를 수 있으랴!

고개를 뒤로 돌리지도 못하고, 곽 이사가 답했다.

"저, 성훈 님. 제가 어찌……."

그의 변명은 그의 귀에 닿지도 못했다.

"훗!"

그 뒷말은 더 들을 필요도 없다는, 어이없어하는 코웃음이었다.

무슨 설명이라도 있으면 좋겠지만, 아무런 말도 하지 않는다.

곽 이사는 숨이 턱턱 막힌다.

그의 손은 아까 정지하면서 쥐었던 핸드브레이크를 아직도 쥐고 있다.

이유라도 설명해 주셔야…….

조심스럽게 룸미러로 시선을 돌렸다.

무표정, 무감정, 그리고 무자비!

성훈의 얼굴이 말하는 것이었다.

때로는 침묵이 백 마디 말보다 더 많은 것을 말한다.

알리의 응접실에서는 그래도 짜증이나 분노라는 감정이라도 있었는데……. 지금은 눈빛이 한층 더 깊어졌다. 저 무감정한 눈이 말하는 바는 하나였다.

'방해되는데, 날려버릴까?'

왜?

이렇게 충성하고 있는데 말이다.

왜?

성훈의 말에 답이 있었다.

그가 툭 던진 한마디.

'이, 내가! 네가 하자면 해야 하는 거냐?'

왜 성훈이 짜증 났는지 감을 잡았다.

곽 이사가 그 자리에서 고개를 푹 숙였다.

"죄송합니다. 제가 너무 앞서갔습니다."

또다시 숨 막히는 침묵!

한참이나 후에, 성훈의 입이 열렸다.

"다른 말씀 안 드릴게요."

"……."

"조용히 제 뒤만 백업하세요. 시키지도 않은 거 하지 마시고!"

"네, 넵!"

"앞으로 그 건은! 제가 먼저 말하기 전까지는 절대 꺼내지 마세요. 무슨 말인지 아시죠?"

"네! 명심하겠습니다. 성훈 님!"

성훈이 시트에 등을 기댔다.

"출발합시다."

그제야 곽 이사의 심장이 뛰기 시작했다.

'휴! 십 년 감수했네…….'

5분째 차 안에는 침묵만이 깔려 있다.

내 심기를 건드리고 싶지 않은 건지, 곽 이사는 묵묵히 운전만 하고 있었다.

"사장님한테 말했어요?"

"어, 어떤 거 말씀이십니까?"

"알리하고 나하고 관계요."

룸미러를 힐끔거리며 물었다.

"사장님이 왜 그걸 제게……."

"흣!"

사장이 내 기사를 봤으면, 제일 먼저 당신을 불렀겠지. 중동 통이니까!

코웃음 한 번이 의미하는 게 뭐겠어?

"어이쿠. 도로를 잘못 탈 뻔했네요. 하하하."

당황한 그가 너스레를 떨었다.

"직접 운전하는 게 오랜만이다 보니……. 하하하."

어디서!

묻는 말에 대답은 안 하고 딴청이야.

뒤통수가 근질거렸는지, 조금 있다가 입을 열었다.

"음. 성훈 님께서 직접 말씀하시기 전에는 말하지 않으려 했는데…….."

'훗! 말했다는 거네!'

그의 변명이 이어졌다.

"그게…… 사장님도 성훈 님의 능력에 대해 아셔야…….."

'훗. 또 쓸데없는 말을 했구만!'

내가 능력 있다고, 인맥 있다고, 사장을 긴장시켜서 어쩔 건데!

알리나 압둘이 사장이 코웃음 칠 정도의 인맥은 아니잖아!

"어차피 회사로 들어오셨고, 드러날 능력인데…… 굳이…….."

나를 돋보이게 하려는 그의 마음을 모르는 바는 아니지만, 제발 시키지 않는 건 하지 말라고!

충성이 지나치면, 독이라고!

작게 한숨을 내쉬었다.

"휴! 그래서요?"

입술을 질끈 깨문 곽 이사가 실토했다.

"실은 하도 캐물으셔서 어쩔 수 없었습니다. 아시잖습니까? 사장님 성격."

사장이 안다고 달라질 게 뭐 있느냐고?

달라지지!

누가 인맥왕에게 건축 설계를 시키겠나?

'낭비라는 생각이 들지 않겠어?'

설계할 시간에 그 인맥으로 일이나 따오면, 그게 훨씬 회사에는 이익인데!

'내가 사장이라도 그러겠네.'

절로 목소리가 뚱하게 나왔다.

"그래서! 어디까지 말씀하셨는데요?"

"그, 그냥…… 재작년에 그 문장 만들 때, 저도 같이 있었잖습니까?"

"아! 맞다. 그랬지."

잊고 있었다.

'그러고 보니, 알리와 압둘의 첫 만남을 곽 이사와 함께했었군!'

연신 룸미러를 살피던 그가 조심스레 말을 이었다.

"그냥 그렇게 알리 왕자랑 압둘 왕자하고 좀 친분이 있다고…… 둘러댔습니다."

'뭔가 숨기고 있군.'

"뭐라고 둘러대셨는데요?"

"그냥 두 왕자하고 친분이 좀 있는데, 이번에 더 좋아지지 않았겠냐…… 하는 정도로 말입니다."

"음. 정말 그렇게 말했어요?"

"호, 혹시 제가 잘못 말한 거라도……."

이왕 말을 했다면, 이 사람 갈궈서 뭐하겠어?

설마 친분 좀 있는 정도로 영업하라고 떠밀지는 않겠지!

'그렇잖아? 회사 사정이 그렇게 안 좋은 것도 아니고!'

차라리 내가 직접 둘러대는 게 낫겠어!

'건축 설계 말고 다른 데는 관심 없다고, 확실하게 못을 박아야겠군! 딴마음 못 먹도록!'

"아뇨. 그 정도면 됐어요. 어차피 나중 되면 다 알게 될 건데."

"그, 그렇지요. 어차피 다 알게 될 건데요."

'그럼 먼저 장인들하고 접촉해 봐야 하는 건가?'

디자인이 일부 완성되었다고 해도, 직접 만들 장인들의 의견을 무시할 수는 없는 것 아닌가?

내가 생각지 못한 다른 방법이 나올 수도 있고.

'굳이 고집 세우며, 혼자서만 할 필요는 없지.'

곽 이사에게 말했다.

"이사님, 울산으로 갑시다."

"네? 회사로 안 가시고요?"

"네. 이번 일 관련해서 만나야 할 사람들이 있어요."

"정말 일을 따오신 겁니까?"

곽 이사가 눈을 휘둥그레 뜨며 물었다.

"거 참!"

'어떻게 할 건지, 가는 동안 정리해야 하는데.'

계속 말을 시키며, 신경을 흩뜨리고 있다.

'차라리 택시를 타고 갈까?'

곽 이사가 내 눈치를 보며, 너털웃음을 터뜨렸다.

"일일이 설명하실 필요는 없지요. 하하하."

내가 아무런 반응이 없자, 멋쩍게 웃으며 중얼거렸다.

"바로 모시겠습니다. 학교로 가면 되는 거겠지요."

혼자서 자문자답하는 곽 이사였다.

'어지간히 쫄았나 보네.'

하지만 그와의 관계는 그 정도가 딱 좋았다.

너무 친할 필요도, 너무 잘해 줄 필요도 없는.

조금만 틈을 보이면, 치고 들어오려고 한단 말이야. 쩝!

권력욕만 좀 적어도 괜찮을 텐데.

하지만 지금 당장은 곽 이사만큼 약삭빠르게 일 처리 하는 사람도 별로 없다.

양 이사가 있다고 하지만, 융통성이 부족하고, 최 이사는 나를 싫어하는 것도 문제지만, 너무 무대뽀라서 곤란하고.

아! 귀찮아. 그냥 조용히 일만 하면 안 되나? 휴!

장인들과의 이야기는 오래 걸리지 않았다.

내가 디자인했던 것들의 대략적인 협의였으니까.

자리에서 일어서며 말했다.

"대목장 어르신. 지금 하시는 거 끝나시고 바로 올라오세요. 민수도 데리고요."

대목장도 일어서며 말했다.

"알았다. 이놈아! 그리고……."

곽 이사의 손을 잡으며 말을 이었다.

"이사님, 우리 성훈이 이 천둥벌거숭이 같은 놈. 아무것도 모르니까, 좀 잘 가르쳐 주십시오."

대목장의 뜻밖의 청탁에 놀란 곽 이사가 손을 빼려고 하자, 더 강하게 움켜잡으며 사정했다.

"혹여 기분 상하시는 게 있더라도, 어린놈이라 눈치가 없어, 그러려니 하시고……."

"하하하. 성훈 군이야, 워낙 유능해서……."

곽 이사의 등줄기에 식은땀이 흘렀다.

'지금 누가 누구 눈치를 봐야 하는데, 이 어르신이 눈치도 없이…….'

다른 노인 같았으면, 손을 뿌리치며, '감히 누구에게 청탁을 하느냐!'며 호통을 쳤겠건만.

성훈이 대목장을 얼마나 애지중지하는지, 누구보다 잘 아는데, 함부로 대할 수는 없는 법!

맞잡은 손보다 고개를 낮추며, 되레 사정했다.

"아이고. 어르신. 무슨 말씀을 하시는 겁니까? 제가 잘 부탁드려야지요. 이렇게 성훈 군과 민수 군이 현재로 와 주는 것만 해도 고마운데. 어르신. 이러시면 안 됩니다."

대목장의 입장도 충분히 이해할 수 있었다.

지금이야 평생직장의 개념이 없어졌지만, 이분들 세대는 나르지.

한 번 직장에 들어가면, 미우나 고우나 평생을 부대껴야 할 사이이니, 부모의 입장에서 어찌 걱정이 되지 않으랴!

게다가 곽 이사는 성훈의 까마득한 상관!

곽 이사에게 눈을 꿈뻑 하며 눈치를 줬다.

'언제까지 그렇게 악수하고 계실 거예요? 집에 가셔야죠!'

"아이고. 어르신. 아무 염려 마십시오. 성훈 군과 민수 군을 제가 모릅니까? 걱정하지 않으셔도 될 겁니다. 마음 푹 놓으십시오."

그는 내 눈치를 살피며, 어색하게 입꼬리를 올렸다.

하지만 아직도 대목장은 손을 놓지 않았다.

곽 이사가 다시 힘주어 말했다.

"무슨 일이 있어도, 이 곽순일! 목숨 걸고 막아낼 터이니! 아무, 아무 염려도 하지 마십시오."

그제야 손을 놓으며, 인사했다.

"아이고. 감사합니다, 이사님. 굳이 안 그러셔도 되는데……."

대목장의 입에 발린 소리에 곽 이사가 어이없는 웃음을 흘렸다.

"하! 하! 하!"

"성훈이 이놈아. 넌 인사 안 하고 뭐 하는 거냐?"

"네!"

건성으로 고개만 까딱였다.

"어이구. 내 네 녀석이 이러니, 어찌 걱정이 안 되겠느냐?"

"또 왜요?"

그는 곽 이사가 운전하려고 차 열쇠를 빼는 걸 보더니 한숨을 내쉬었다.

"이놈아. 너는 이사님께 운전을 시킬 참이냐?"

"에? 내 차도 아닌데!"

곽 이사도 당황해서 말문이 막혔다.

"어르신, 그것이……."

"얼른 받지 않고 뭘 하느냐? 이놈!"

평소에는 조용하면서, 상하 관계에는 유독 민감한 대목장이었다.

곽 이사가 말했다.

"어르신, 저는 제가 운전하는 게 편합니다."

"아이고 아닙니다. 올라갈 때라도 편하게 가셔야지요. 얼른 녀석에게 넘겨주십시오. 저놈이 성격은 급해 보여도 운전은 안전하게 잘합니다."

"어, 어찌 제가……."

우물쭈물하자, 손수 차 키를 받아서는 내 손에 쥐어 주었다.

"이사님 잘 모시고 올라가라. 가다가 졸지 말고. 응?"

"네! 알았어요."

"괜히 이사님 쉬시는데, 운전 험하게 하지 말고."

"알았다니까요. 들어가세요."

대목장들의 배웅을 받으며, 주차장으로 향했다.

운전석에 앉은 곽 이사가 이마의 마른 땀을 훔치며 말했다.

"성훈 님!"

"왜요?"

"다음에 저 어르신한테 올 때는 미리 말씀해 주십시오."

"네?"

"저는 빠져 있겠습니다."

아까 대목장의 부탁에 많이 당황했으리라.

누가 누굴 부탁해!

"아직 대목장께서는 성훈 님에 대해 잘 모르시나 봅니다."

모르는 것도 있지만, 손자 같아서 그런 것이리라.

설령 안다고 해도 달라질 것은 없지 않은가?

대목장은 내가 평생을 함께 가야 할 보물이었다.

그의 손과 축적된 경험이 내 작품을 더욱 아름답게 만들어 줄 테니까!

사장이 기다렸다는 듯, 의자에서 일어났다.

"오! 킹메이커께서 오셨구만!"

책상에서 나와 소파로 다가오며 성훈에게 자리를 권했다.

"그래! 일을 따온다더니, 성과는 좀 있었나?"

곽 이사를 통해 일을 가져온 것은 알고 있겠지만, 정확한 규모는 모르는 듯했다.

궁금해하는 모습이 그걸 말하고 있었다.

"뭐 약간요."

"그래. 알리 왕자와 관련된 거겠지?"

"네. 알리 왕자의 호텔 건입니다."

사장이 흐뭇하게 웃었다.

"복덩이가 굴러들어왔어. 하하하. 그런 인맥이 있을 줄이야."

차를 권하며 말을 이었다.

"한잔 들게. 그런데 알리 왕자하고는 아주 친근한 사이라면서, 압둘 왕자하고도 그렇고 말이야."

'아주 친근? 곽 이사, 아주 미주알고주알 고해바쳤군.'

"그렇게 친한 사이는 아닙니다. 운이 좋아서 얼굴 봤고 몇마디 한 사이입니다."

성훈의 그 말에 사장이 눈매를 좁혔다.

'뭐? 그렇게 친하지는 않아? 곽 이사 말로는 네 녀석 말이라면, 둘 다 껌뻑 죽는다던데?'

하지만 곽 이사가 말하면서도, 신신당부하지 않았던가? 성훈이 그런 거 질색한다면서.

'보통 이 나이 또래는 능력을 드러내지 못해서 안달인데, 이 녀석은 참 독특하단 말이야.'

당사자인 성훈이 그렇게 친한 사이가 아니라고 하는 데야 더 말할 것이 있겠나.

'이런 친구가 영업을 하면 딱인데 말이지.'

중동 통인 곽 이사조차 혀를 내두르는 성훈이었다.

"말이 왕자지, 그런 짠돌이들이 없습니다. 그런 왕자들을 후려치는 성훈 군입니다. 이제야 말씀드리는 거지만, 저번의 알리 호텔 건도 성훈 군이 없었다면 힘들었을 겁니다."

"일 따왔는데, 딴 얘기만 하시깁니까?"

성훈의 말에 사장이 뜨끔했다.

그래도 여전히 아쉬움이 가시지 않는 건 어쩔 수 없었다.

'잘 구슬려 봐야겠군. 친하지는 않다고 해도, 일단 말을 붙일 수 있는 위치에 있는 게 어디야?'

세상 모든 일이 인맥으로 이뤄진다는 건, 누구나 알고 있는 상식이 아니던가?

'녀석을 이용해서 알리 왕자나 압둘 왕자에게 연줄을 댈 수도 있는 거고 말이지. 언젠가 히든카드로 써먹을 일이 있을 거야.'

속내를 숨기며, 웃으며 말했다.

"그래 어떤 일을 가져 왔는지 볼까? 내가 충분히 만족할 만한 일이어야 할 거야! 흐흐."

사장은 엄포를 놓으면서도, 기분 좋은 웃음을 멈출 수 없었다.

그도 그럴 수밖에 없지 않나?

'상대가 알리 왕자라고! 못해도 수십억대의 일은 될 거란 말이지.'

성훈이 가져온 도면을 책상 위로 꺼냈다.

하지만 그 순간, 사장의 눈이 번뜩였다.

"엇!"

"왜요? 문제라도 있나요?"

성훈의 말에 사장은 다급히 고개를 저었다.

"아, 아닐세."

그의 눈은 도면이 아니라, 성훈의 손목에 고정되어 있었다.

사장은 터져 나오는 신음을 참기 위해, 입술을 굳게 다물었다.

'이 친구가! 누굴 눈먼 봉사로 아나!'

사장의 눈에 불똥이 튀었다.

'내가 수십 년간 시계를 모아왔지만, 유일하게 못 구한 시계가 그거다. 이 녀석아!'

그중에서도 '파테크 필리프'의 제품에 대해서는 광적인 집착을 보여온 사장이었다.

성훈의 시계는, 한정판 중에서도 진정한 한정판이 아니던가?

'내가 그걸 구하고 싶어서 스위스 본사를 몇 번이나 방문했는지 아나?'

구할 방법이라도 알려달라는 부탁에 돌아온 대답은 'NO'라는 대답 한 마디였다. 결국 그 시계가 차지해야 할 서재 장식장에는 사진만이 덩그러니 걸려 있었다.

그 후에도 몇 번이나 방문하자, 그 집요함에 귀찮았던지, 관리자는 그 시계를 왜 구할 수 없는지 슬쩍 일러주었었다.

"그 시계는 정확히 말하면, 우리 회사의 제품이라고 말씀 드리기도 애매하오."

이해하기 어려운 말에 사장이 물었다.

"그게 무슨 말이오? 여기서 만든 것 아니오?"

카탈로그에 떡 하니 나와 있는 제품을 자기네 것이 아니라 하다니 말이야.

그가 씁쓸하게 웃으며 말했다.

"물론 우리 회사가 만든 건 맞소. 그리고 우리 제품 중에서도 손꼽힐 정도의 명품이지만……."

말끝을 흐리는 그에게 게거품을 물었다.

"이건 작품이죠. 작품!"

사장이 미간을 좁혔다.

"혹시! 내가 돈이 없다고 생각……."

그는 고개를 저으며 말했다.

"설마요? 돈 없는 사람은 평생 가도 우리 제품을 만지지도 못하오."

"그럼?"

관리자의 차분한 설명이 이어졌다.

"우리도 제작 의뢰를 받아서 만든 거요."

"의뢰도 가능한 거요?"

"불가능이 어디 있소? 돈이면 죽은 사람도 살리는데. 대신 천문학적인 금액이 들지요."

돈이라면 남 못지않게 있는 사장이 아니던가?

그가 호기롭게 물었다.

"얼마 정도면 가능한 거요!"

그는 오른손을 쫙 폈다.

"오십만?"

관리자는 어이없다는 듯, 피식 웃으며 고개를 저었다.

"그럼 오, 오백만?"

'시계 하나를 제작하기 위해서 오백만 불을 쓰는 미친놈도 있나?' 하는 생각이 사장의 머리를 스쳐 지나갔다.

"쩝!"

관리자가 입맛을 다시며, 고개를 저었다.

"그 정도면 우리 시계가 세상에 널렸을 거요."

사장의 눈 아래가 꿈틀거렸다.

"그, 그럼……. 오, 오천?"

그제야 그의 고개가 끄덕여졌다.

"세상에 어떤 미친…… 누가……?"

놀라는 사장에게 그는 차분히 말을 이었다.

"의뢰자에 대해서는 말해 줄 수 없소. 다만 아랍인이라는 것만 아시오. 그가 의뢰하면서 자신에게만 팔라고 했소!"

사장은 억울했다.

"팔지 않을 거면, 카탈로그에 올리지나 말던가?"

왜 올려놓고 팔지 않는다는 말인가?

돈이 없어서 억울했던 적은, 살면서 이때가 처음이자 마지막이 아니었을까 싶다.

그러나 관리자는 너무나 당연한 듯 말했다.

"세상에 드러내지 않고 묻히기에는 너무 아까운 작품이지 않소?"

'당연하지!'

그러니까 스위스까지 와서 애걸복걸하는 거지. 그게 아니었다면, 이런 미친 짓을 할 리가 없지.

"너무 잘 만들어진 작품이라, 카탈로그에 넣게 해달라고 어렵게 허락받았소."

"살 수도 없는 걸……."

"그래서 한정판이라 써두지 않았소!"

이만하면 뻔뻔스러움의 끝판왕이라 할 수 있지 않겠는가?

붉으락푸르락하는 사장에게 그가 넌지시 말했다.

"지금까지 셀 수도 없는 사람들이 당신처럼 방문했소. 하지만 이렇게까지 자세하게 말해 주는 건, 당신뿐이었소."

그 말이 위로가 될 리가 없지 않은가?

사장이 퉁명스레 물었다.

"어차피 구할 방법은 없는 것 아니오?"

"그건 아니지요. 자신의 지인들에게 준다고 했으니……."

"자신이 직접 차는 게 아니라?"

"당연하지요. 당신 같으면 시계 하나에 오천만을 쓰겠소? 미쳤소?"

그럼 여러 개가 만들어졌다는 말인가?

"몇 개나 만들어진 거요? 알기라도 합시다. 그만큼 구할 가능성이 커지는 것 아니겠소!"

관리자가 망설이다 답했다.

"백 개 값을 일시불로 지불한 거요."

"그럼 적어도 백 개는……."

"아니오. 지금까지 만들어진 건 스무 개 정도요. 매년 두 개씩 만들어 납품하고 있소!"

"그럼……."

백 개가 아닌 건 실망이지만, 스무 개라도 어디인가?

처음보다 높아진 확률에 얼굴이 환해진 사장에게, 그는 고개를 저으며 말했다.

"하지만 큰 기대는 하지 마시오."

"왜? 스무 개나……."

"그가 그 시계를 얼마나 풀었는지는 알 수 없소. 그가 우리에게 알려줄 의무는 없으니까."

"끄응. 그건 그렇지요."

"아직도 자신이 하나만 차고 있을 수도 있고, 아니면 다 풀었을 수도 있소."

"다 풀렸다면, 기회가 있겠구려?"

"그 기회가 당신에게 가기를 빌어주겠소."

그 후, 그 관리인의 말대로 경매소에 계약금 백만 달러를 넣어둔 지, 오 년이 넘었다.

그 의뢰자의 지인들이 죽거나 혹은 사정이 어려워져 경매 시장에 나오기를 바라며……

하루에도 몇 번이고 바라보며, 사진으로 갈증을 달래던 손목시계가 바로 눈앞에 있었다.

단 한 번도 실물은 본 적이 없는 그 작품이.

딱 답이 나왔다.

'그럼 그 아랍 거부가 압둘이거나, 알리였겠군!'

눈앞의 성훈이 그렇게 얄미울 수가 없었다.

'그 시계를 가진 녀석이! 그들과 친하지 않다고?'

목구멍을 차오르는 질투를 꾹 참았다.

남모르게 침을 꿀꺽 삼키며 물었다.

"성훈 군, 시계가 참 좋아 보이는군."

뜬금없는 시계에 대한 칭찬이었지만, 성훈은 별생각 없이 히죽 웃었다.

"이거요? 좋죠?"

'좋다뿐이냐? 부러워 죽겠다. 녀석아!'

보는 것만으로도 감탄이 나오는 수작 중의 수작을 단지 좋다는 말 한 마디로 함축하다니!

사장이 확신하며 물었다.

"보아하니, 자네 돈으로 산 건 아닌 것 같고……"

시계를 이리저리 돌리며 성훈이 말했다.

"당연하죠. 제가 제 돈 들여서 왜 이런 비싼 시계를 사요?

시계는 시간만 맞으면 되죠."

'그럼 그렇지! 비싼 건 아는 모양이네.'

확신을 굳힌 사장이 넌지시 물었다.

"누군가? 그걸 선물한 건가?"

"그냥 아는 사람이 줬어요."

"흐흐. 그냥 아는 사람이라……."

어떻게 하면 그 사람들이 그냥 아는 사람이냐고 묻고 싶었지만, 집요한 캐물음은 의심을 살 수 있었다.

'지금도 왕자들과의 관계를 숨기려 하는 놈인데, 귀찮게 하면 더더욱 숨기겠지.'

성훈을 장차 히든카드로 쓰기 위해서는, 파악할 수 있는 정보는 모두 알아야 하지 않겠는가?

성훈이 좋아하는 것을 시키면서, 적당히 알리와 압둘과 이어지게 만들어 주면 된다.

하라고 해서, 내 뜻대로 움직여 주는 녀석은 아닐 터, 강제로 시키면 오히려 어깃장을 놓으며, 안 한다고 하겠지.

'퇴사한다는 으름장도 서슴없이 놓을 놈이니까.'

성훈은 아직 모르지만, 사장은 성훈에 대해서 많은 것을 파악해 두고 있었다.

사장이 씁쓸하게 입맛을 다셨다.

"부럽구만."

"에이. 부럽기는요. 하나 사시면 되죠! 돈이라면 누구보다 많으신 분이."

천연덕스럽게 말하는데, 사장의 눈매가 꿈틀거렸다.

'약 올리나? 지금?'

쓰린 속을 꾹 참으며 물었다.

"그게 얼마짜린지는 알고 말하는 건가?"

"그럼요. 듣고 놀라지나 마세요."

"흐흐흐. 말해 보게. 얼마를 불러도 놀라지 않을 자신이 있으니!"

성훈이 씨익 웃었다.

"자그마치 구백만 원짜리래요."

장담과 달리, 사장은 깜짝 놀랄 수밖에 없었다.

휘둥그레진 눈으로 물었다.

"헉. 이, 이게…… 구백만 원? 달러가 아니라?"

"달러는 무슨……."

말도 안 되는 소리 하지 말라는 성훈에게, 사장이 다급히 되물었다.

"혹시 이미테이션인가?"

하지만 이내 고개를 저었다.

'저 세밀함. 절대로 모조품일 수가 없지.'

현미경이 아니면 구분조차 할 수 없다는 디테일이지만, 파테크에 관한 한 전문가를 자부하는 사장은 한 눈에 알아볼 수 있었다.

'초침 움직임 하나에도 다른 시계와는 차원이 다른 품격이 느껴지는군. 과연.'

어찌 감탄이 나오지 않을 수 있을까?

무려 36개의 구성품과 1,483개의 개별 부품으로 이루어진, 파테크사의 걸작 중의 걸작!

'내 눈이 썩지 않았으면, 가짜일 수가 없어!'

그 말에 성훈이 입매를 찌푸렸다.

"에이! 이거 선물한 사람이 들으면 기분 나빠할 걸요? 딴 건 몰라도 그 사람이 짝퉁을 줄 사람은 절대 아니죠."

"그, 그럼……."

"아마 진짜일 거예요."

"끄응."

'진짜인 걸 아는 놈이! 가격을 그따위로!'

신음을 삼키며 물었다.

"그, 그럼 가격은 어떻게 알았나?"

"아! 이거 때문에 마음고생 한 걸 생각하면……."

지난날 공항 세관에서 있었던 일을 말해 주었다.

사장이 물었다.

"그래서 구백만 원이다?"

"당연하잖아요. 세관이라고요. 세관! 세금 떼는 사람들이 거짓말할 리가 없죠!"

나름의 확신하는 성훈을 보며, 사장이 고개를 절레절레 흔들었다.

'철석같이 믿고 있군. 엉뚱한 데서 허당인 녀석일세.'

성훈의 말이 이어졌다.

"그리고 어떤 미친놈이 구백짜리 짝퉁을 선물하겠어요? 당연히 진짜죠! 안 그래요?"

성훈은 시계 자랑을 더 하고 싶었던 모양이다.

"이거 보세요. 이 큐빅, 되게 단단해요."

사장의 광대가 눈꼬리까지 올라갔다.

'그거 다이아몬드다. 멍청아! 엇!'

성훈이 시계를 탁자 모서리에 툭툭 쳤다.

"이거 보세요. 흠집 하나 안 가요. 완전 튼튼하죠."

성훈이 시계의 강도 자랑에 여념이 없는 동안, 사장은 억장이 무너져 내렸다.

'아이고! 뭐 저런 놈이 다 있어!'

돼지 목에 진주 목걸이랄까!

'명품 중의 명품이, 주인을 잘못 만났구나!'

사장이 한숨을 푹 내쉬었다.

"어허! 성훈 군. 흠집이라도 가면 어떡하려고?"

"뭐. 어때요. 시계가 흠집도 가고 하는 거죠. 그래도 괜찮아요. 씻다가 바닥에 떨어뜨렸는데, 흠집 하나 없던 데요."

사장이 눈을 부릅떴다.

"컥! 그걸 떨어뜨렸다고? 그렇게 부주의하게⋯⋯ 그러다가 깨지면 어쩌려고!"

자기 시계도 아니건만!

저도 모르게, 사장은 목소리가 높아졌다.

성훈이 태평스럽게 어깨를 으쓱했다.

"뭐! 깨지면 갈면 되죠. 정 뭐하면 하나 더 달라고 하던지."

"헉! 그걸? 하나 더?"

성훈이 당연하다는 듯 말했다.

"그럼요. 꼴랑 구백짜리에 쪼잔하게 굴 사람 아니거든요."

순간 사장은 진지하게 고민했다.

'나도 하나 달라고 하면······.'

그의 마음을 읽기라도 한 것인가?

성훈이 말했다.

"필요하면 말씀하세요. 제가 하나 더 달라고 말해 볼게요."

'그걸 달라고 한다고? 무슨 저잣거리에 파는 액세서리인 줄 아나?'

사장이 어이없이 웃으며 물었다.

"뭐라고 하면서 달라고 할 건데?"

"우리 사장님이 예쁘다고 하던데, 하나 더 줄 수 있냐고? 참. 돈은 줘야죠. 제가 쓸 것도 아닌데."

"쿨럭!"

사레가 들린 듯, 사장의 가슴이 답답해졌다.

'그 왕자들에게? 미쳤어?'

알리든 압둘이든 마찬가지였다.

둘 다 각자의 나라에서 왕 다음가는 권력자들.

'그 사람들한테 시계를 맡겨 놓은 것도 아닌데, 달라고 한다.'

오로지 성훈만이 할 수 있는 말이리라.

'녀석 외에, 저런 말을 그들에게 할 수 있는 사람이 얼마나 될까?'

그 외의 다른 사람은 말하는 순간, 쫄딱 망하거나 아니면 그에 준하는 각오를 해야 할 것이다.

'이거 하나는 확실히 알겠군!'

보통 사이가 아니라는 것!

전 세계 스무 개밖에 없는 시계를 줄 수 있을 정도로.

시계에 대한 이야기가 한동안 오갔다.

사장도 관심이 많았고, 성훈도 자신의 시계를 좋아했으니 말이다.

성훈이 물었다.

"사장님, 시계에 대해서 잘 아시네요."

"당연하지. 시계는 그 남자의 품위를 상징하는 거지!"

성훈이 흐뭇한 표정으로 손을 들어 올렸다.

"그렇죠? 다른 선물은 다 안 받으려고 했는데, 이거만큼 은…… 안 받을 수가 없더라고요."

"쩝. 부럽군."

사장 체면에 한 번 껴보자고 할 수도 없고!

그저 입맛만 다실뿐이었다.

속도 모르면서, 성훈이 중얼거렸다.

"에이! 부럽긴요. 하나 사시면 되지. 사장님한테 9백만 원이 돈 축에나 끼겠어요?"

왜 안 사냐고!

'이놈아! 매물이 나와야 사든지 말든지 하지!'

기약 없이 오 년째 옥션에 백만 달러를 박아두고 있는 사장이었다. 그런데 왜 선물을 한 자는 가격을 제대로 말하지 않았을까?

추측은 어렵지 않았다.

성훈이 말한 몇 가지만 조합해도 답이 나오니까.

"짝퉁을 줄 사람은 아니에요."

"다른 선물은 안 받으려고 했는데, 이건······."

다른 선물이 뭔지 모르겠지만, 성훈이 부담스러워하니 가격을 속여 가면서까지 떠안긴 거지.

세관 직원과 대사관 직원까지 동원해서 성훈을 속였다는 것은, 성훈이 모르기를 원한다는 그의 의지였다.

'그렇게까지 하면서 선물을 하고 싶었다는 거겠지.'

얼마나 고마웠으면 그랬겠어?

'결국, 요 녀석은 저게 구백만 원짜리 시계라고, 철석같이 믿고 있지! 요 맹추야!'

사장이 속으로 빙그레 웃었다.

'곽 이사 말이 맞았어! 그가 혀를 내두르는 자들이······. 너한테 아무 이유 없이 이런 선물을 잘도 한다? 누구 앞에서 구라를 쳐!'

그러면서도 아쉬움을 참을 수 없었다.

'이 녀석이 본격적으로 영업에 뛰어들면, 우리 회사 한 해 매출이 몇 배로 뛸 텐데.'

사장의 눈매가 좁아졌다.

'지금 이 일이 중요한 게 아니지.'

적어도 사장은 황금알을 낳는 거위를 앞에 두고, 알에만 정신을 빼앗기는 바보가 아니었다.

'이건 보통 히든카드가 아니라고.'

어디에 몇 개의 옵션이 더 붙어 있는지, 정체를 파악할 수 없어.

처음에는 단지 현장을 잘 아는 똑똑한 놈으로 생각했다.

'어쩔 수 없지! 녀석을 처음 만난 게 현장이었으니.'

다음에는 설계였지.

'설계도 안 판다는 놈을 설득한다고, 곽 이사가 진땀을 뺐었지.'

또 현장, 그리고 박람회, 얼마 전에는 인테리어 그림까지.

'이 녀석은 까도 까도 끝이 없다는 말이지.'

이제는 돈으로 손꼽히는 권력자들과 연관이 있다고 한다. 그것도 녀석 말처럼 그냥 '아는 사람'이 아니라, 맘대로 주무른다고 한다.

믿을 수 없는 일이지만, 누구 말을 믿어야 할까?

곽 이사? 아니면 이 녀석?

'네 녀석 말은…… 죽어도 믿을 수 없어!'

곽 이사의 말도 100% 신뢰할 수는 없지.

'그도 이 녀석에 대해서 정확히 모르고 있어.'

아랍의 부자 하나만 알아도, 자랑하고 싶은 게 사람 심리 건만. 이 녀석은 오히려 숨긴다고! 이유는 모르지만.

기껏 자랑하는 게 저 시계야!

물론 나라도 자랑할 시계지만, 그 가치를 전혀 모른다고.

백만 달러를 주고도 살 수 없는 시계인데!

'백분지 일도 안 되는, 구백만 원으로 알고 있다는 게! 말이 돼! 이건 저 시계에 대한 모독이라고!'

사장이 시계에 흐려졌던 정신을 다잡았다.

그리고 성훈에게 넌지시 물었다.

"이번 일로 알리 왕자와는 급격히 친해졌겠군."

"네. 그런 면도 없잖아 있죠. 덕분에 일을 따올 수 있었으니까요. 운이죠."

"운이라? 그런 것치고는 자네가 알리에게 아주 큰 도움이 된 것 같은데? 그를 왕세자를 만들 정도면……."

성훈이 손사래를 치며 웃었다.

"에이 그건 사실과 달라요."

"뭐가?"

"제가 한 게 아니거든요."

사장의 미심쩍은 눈을 뻔뻔하게 맞받아쳤다.

"전 그냥 아크람이 하라는 대로 연기한 것뿐이에요."

"그게 연기였다고?"

"네. 이미 각본이 짜여져 있더라고요. 그냥 시키는 대로만 했어요. 그래서 일을 받을 수 있었죠. 거래였다고요. 거래!"

사장이 빙긋이 웃으며 고개를 끄덕였다.

'네가 콩으로 메주를 쑨다고 해봐라. 내가 믿나!'

믿을 수 있나? 일개 개인이 왕국, 그것도 문화가 다른 그곳에서 뭔가를 한다는 걸?

'고작 일거리 하나 때문에, 그런 위험을 감수했을 리가 없지. 네 녀석이!'

허나 성훈의 속내를 누가 알 수 있으랴!

사장은 조용히 고개를 끄덕였다.

"흠. 그렇게 된 거로군."

사장의 웃음 띤 얼굴에 담긴 의미를 성훈이 왜 모르랴?

'내 말을 전혀 믿고 있지 않다고.'

하지만 왜 이렇게 뻔뻔하게 받아치냐고?

'뭐 어쩔 거야! 아크람한테 가서 확인할 거야?'

그럴 일은 없지!

입단속 단단히 시키고 왔거든!

'심증은 심증일 뿐, 심증만 가지고 알리들과 날 연관시킬 수는 없지!'

그렇게 모험을 하기에는 상대가 너무 거대하지. 고작 건설

회사 하나로 어떻게 할 수 있는 사람들이 아니잖아. 국가 원수 정도면 몰라도!

성훈의 속마음은 간단했다.

'귀찮다고. 일할 때 도움이 되면 몰라도, 그 외에는 알리고 엮이고 다 필요 없어.'

엮이는 것만으로도, 주변 시선이 신경 쓰이거든.

'지금 당장 사장도, 색안경을 끼고 보고 있잖아.'

사장이 지긋한 눈으로 물었다.

"성훈 군."

"왜요?"

"진짜로. 영업해 볼 생각 없나?"

그 말에 대놓고 인상을 찡그렸다.

"아! 사장님, 왜 저한테 그러세요. 영업 전문가들 많으시면서!"

"설계도 하고 영업도 하고, 괜찮지 않아? 돈도 벌고."

'내 이런 말 나올 줄 알았다고!'

목소리에 은근한 짜증이 묻어나왔다.

"저 그럼, 안 할래요, 영업하려면 진작 그쪽으로 갔죠. 제가 뭐하러 현재에……."

사장이 손사래 치며 나를 달랬다.

"에잉! 아쉬워서 농담 한 마디 한 걸 가지고, 이렇게 민감하게 반응하다니."

"사장님, 앞으로 또 이러시면……."

"알겠네! 절대로 입 밖에 꺼내지도 않겠네. 맹세하지."

'더 얘기했다가는 진짜로 짜증을 내겠군.'

사장의 눈에 성훈이 가져온 도면이 보였다.

'알리와의 관계로 봐서 확신하건대, 이번에 가져온 일도 백억은 넘겠군.'

수십억짜리만 되어도, 좋겠다는 아까의 판단을 수정할 수밖에 없었다.

'이걸 보면, 알리 왕자가 성훈을 얼마나 신뢰하는지 알 수 있겠군!'

사장이 물었다.

"어떤 일거리를 가져온 건가? 한 번 보세!"

하지만 도면을 펴기 전에 성훈이 물었다.

"그 전에! 저번 주에 했던 약속은 유효한 거죠?"

"응?"

"제 팀! 그리고 10%!"

사장이 어깨를 쫙 폈다.

"당연하지! 내가 고작 그런 거로 약속을 어길 사람을 보이나? 일이나 꺼내 봐!"

나머지 도면을 꺼내는 성훈을 보며 사장이 흐뭇하게 웃었다.

'뭐. 어때. 종종 이런 일거리들을 물어만 와도, 우리 회사로서는 아주 큰 이득이지!'

엉뚱한 곳에 가서, 이득을 남기게 하는 것보다는, 잘 간수

하면서, 이익을 남기는 게 더 좋았다.

'녀석이 하고 싶어 하는, 건축 설계하는 것만 방해하지 않으면, 절대로 떠날 녀석이 아니지.'

"어디 건가?"

일의 발주처를 묻는 것이리라.

"알리 왕자의 리야드 호텔이요."

성훈의 말에 사장이 고개를 끄덕였다.

"호오. 리야드 호텔이라. 그럼 인테리어 관련이겠구만."

호텔을 새로 지을 것도, 외장을 리모델링할 것도 아니니, 남은 것은 그것뿐이리라.

성훈이 고개를 끄덕이며, 가방에서 나머지 책자들을 꺼냈다.

쿵! 쿵!

성훈은 아까의 도면 말고도 두 권의 책자를 더 꺼냈다.

탁자가 울릴 정도로 묵직한 책자들. 성훈이 꺼내놓은 것은 A3 크기의 도면 책자였다.

사장이 혀를 내둘렀다.

"어마어마하구만."

"그럼요. 자그마치 한 권에 700페이지가 넘는다고요."

"그런데 이건 뭔가?"

"뭐긴요. 도면이죠."

하지만 사장이 가리키는 것은 도면이 아니었다.

"아니 그게 아니라, 이거 말이야."

페이지마다 끼워져 있는 트레싱지였다.

"아! 그거 막 빼시면 안 됩니다. 각 부분 관련 자료예요. 아직 시간이 없어서, 페이지 기재를 못 했어요."

사장이 뜨끔하여 손을 멀리했다.

"그런가?"

사장이 객쩍게 말을 이었다.

"휘유. 장난이 아니게 많구만!"

"어쩔 수 없잖아요. 건축은 말로만 이뤄지는 게 없으니까요."

"그렇지. 이렇게 그림으로 표현하는 게 가장 확실하기는 하지."

사장이 혀를 내두르는 데는 이유가 있었다.

페이지마다 첨부된 트레싱지로 인해서 책자는 거의 정육면체에 가까운 두께를 하고 있었으니 말이다.

알리를 사흘 동안 괴롭히며 만들어낸 결과물이었다.

사장이 흐뭇한 눈으로 말했다.

"하하. 이렇게 묵직하다니. 고생이 많았겠군."

"고생이라뇨? 전 재미있었습니다."

사장이 고개를 끄덕이며 웃었다.

"재미있었다라……. 그런데 한번 봐도 되겠나?"

"그럼요! 보여드리려고 가져온 걸요."

이걸 보고 견적을 내야 한다고.

견적을 내고 자재 구매하는 일에는 이골인 난 곳이 바로 건설회사일 것이다. 매일 하는 게 이런 걸 텐데, 얼마나 빠삭하겠어?

"트레싱지 빠지지 않게만 조심해 주세요."

첫 페이지를 확인한 사장의 미간에 주름이 어렸다.

"이건 한국 전통 문양이 아닌가?"

"네."

아무렇지 않게 대답하는 성훈이었지만, 사장은 손으로 입가를 문질렀다.

"이렇게 해달라고 했다고?"

"네. 알리 왕자의 컨펌을 받은 겁니다."

알리의 허락이 있었다는데, 더 딴죽을 걸 생각은 없었다.

하지만 여전히 인상은 풀어지지 않았다.

"흐흠. 이게 먹힐 거라 확신하는 건가?"

그 질문에 고개를 끄덕이며 답했다.

"네. 이번 박람회를 보고 마음에 들었나 봐요."

"흠. 그래? 그래도 모험적인 요소가 적잖이 있을 텐데…… 알리 왕자, 배짱이 좋군."

사장의 우려가 의미 없는 것은 아니었다.

2000년대 초의 한류 바람은 앞으로 일어날 바람에 비하면 산들바람에 불과했으니까!

'지금은 설명해도 소용없지.'

미래는 아무도 예측할 수 없다.

수많은 데이터와 예측들, 그 모든 것들은 그 일이 일어난 후에, '아! 그래서 그런 징조가 있었구나!' 하는 정도의 반응을 할 수 있을 뿐.

그 수백 가지 가능성 중, 이뤄지는 것은 단 하나뿐이다.

그러므로 미래는 아무도 정확하게 예측할 수 없다.

'지금 눈에 보이는 건 일부 아이돌들의 해외 진출, 그리고 한국 드라마의 인기 정도뿐이니까.'

하지만 곧 세계가 들썩거릴 겁니다.

앞으로 세계를 휩쓰는 것은 첨단 기술이나 산업이 아니라, 새로운 문화의 열풍!

그 선두를 한국 문화가 차지한 것은 엄연한 사실이었다.

'내가 팔고 싶은 건, 건축 기술이나 근면·성실한 인력이 아니야!'

세계를 뒤덮을 문화 열풍에 한국 건축이 선두를 주도하게 하고 싶은 거지.

한류 붐은 아이돌로 시작했지만, 그다음은 한글로, 한복으로, 한식으로 그 범위를 넓혀 나갔다. 60억 인구 중에서 한국과 관련된 걸 한 번도 접해보지 못한 사람이 있을까?

'그렇게 다른 분야들이 선전하는 동안, 건축은 뭐했는데?'

한복은 가벼워서, 음식은 맛있어서, 건축은?

어떻게 해! 어렵잖아?

개소리다.

무능한 전통건축 관계자의 핑계일 뿐. 예로부터 건축은 한 나라 산업의 중추였고, 그 나라의 기술 수준을 나타내는 척

도였다.

얼마나 웅장하며, 얼마나 아름다운가? 건물만 봐도, 그 나라와 민족의 수준이 어느 정도였는지 알 수 있었다고.

오죽하면 돌덩어리 쌓아 올린 피라미드가, 고대 문명의 대표작이겠는가? 먹으면 없어지고, 입다가 삭으면 사라질 것들을 팔아서 세계인들에게 한국 문화를 어떻게 남길 것인가? 잠시 유행으로 끝나겠지.

허나 공든 탑은 쉽사리 무너지지 않지.

'하지만 사장과 나는 처지가 다르지.'

나에게 건축은 유일무이한 아이템이다. 할 줄 아는 게 그거밖에 없지. 다른 건 별로 흥미도 없고.

하지만 사장은? 돈을 벌기 위한 아이템 중 하나가, 건축이 되었을 뿐이지. 만약 왕 회장이 건축이 아닌 다른 것을 맡겼다면? 그의 특기는 건축이 아니라, 경영이라고.

'이런 입장 차가 행동의 차이를 만들어내지.'

고로 한국 건축이 잘될 거라는 설득은 공염불에 불과하다.

'돈이 안 되면 그에게는 무의미하니까.'

적어도 지금은!

'오히려 눈에 보이는 게 확실하지! 돈이 될 가능성.'

"압둘 왕자의 호텔 쿠웨이트 소식은 들으셨죠?"

사장이 고개를 끄덕이며 말했다.

"그건 들었네. 고객이 어마어마하게 몰렸다더군."

"대단했죠."

사장도 수긍했다.

"사실 처음에는 믿기 어려웠어. 어이없을 정도로 쉽게 업계 일위를 차지했더군."

하지만 여전히 의문을 이어갔다.

"실바람 하나로 모든 것을 판단하기는 어렵지. 일단은 좀 더 추이를 더 지켜봐도 될 텐데……. 하는 말이지."

기업을 경영하는 입장으로 봤을 때는 맞는 말일 수도 있다. 기업의 자본금을 보존하고, 수만의 직원들을 간수해야 하는데, 무모한 모험을 할 수는 없겠지.

'오히려 작품의 잠재가치를 잘 아는 사람은 한국인이 아니라, 다른 사람들이라고.'

아쉽긴 하지만, 사실이라고!

"그래도 승산이 있다고 생각했으니 하는 거겠죠."

"그래. 뭐 우리야 해달라는 대로 하기만 하면 되는 거지만."

그 말을 끝으로 사장은 도면에 집중했다. 페이지가 넘어갈수록 사장의 눈이 진지해졌다.

'이건 뭐지?'

처음 객실을 봤을 때는, '객실 일부를 받아왔구나!' 하고 생각했었다.

'나라면 절대로 전부를 하지 않을 테니까? 이건 무모할 정도로 모험이라고.'

하지만 페이지를 넘길수록 생각이 바뀌었다. 한국 전통 문양만 있는 것이 아녔다. 어떤 것은 전통과 이탈리아의 퓨전으로. 혹은 유럽 중세의 느낌을 내기도 했다.

손으로 그려진 투시도만 봐도, 어떤 느낌이 날지 감이 왔다.

'그런 게 열 종류가 넘는다고!'

하지도 않을 디자인을, 이렇게 신줏단지 모시듯 할 놈은 절대 아니었다.

그럼 다 하겠다는 말인데…….

'대체 객실 몇 개를 이렇게 하겠다는 거지?'

사장이 물었다.

"리야드 호텔에 객실이 모두 몇 개인가?"

"970개요."

"으음. 디자인으로 몇 개를 하기로 한 건가?"

"400개요."

"그런가?"

사장의 얼굴에 가벼운 미소가 어렸다.

'객실 하나당 대충 25평, 그럼 호텔이니 평당가 200만 원으로 계산해도, 한 객실당 5,000만 원이 나오겠군.'

얼마 전 국내 5성급 호텔을 그 정도 가격으로 공사한 걸 기억하고 있었다.

'그런 게 400개라, 200억이군.'

사장의 입에 미소가 걸렸다.

'어지간한 이사보다 나은걸.'

이 정도 일거리야, 어지간한 영업팀이면 따올 수 있는 수준이었다. 하지만 사장이 성훈을 높이 평가하는 것은 다른 이유였다.

'혼자서, 영업 비용이 거의 들지 않았다고!'

기껏해야 사우디아라비아에 다녀온 비행깃값이 청구한 비용의 전부였다. 이런 성과를 거둔다면, 그 백 배를 비용으로 처리해 달라고 해도 해줄 의향이 있었다.

사장이 도면을 옆으로 치우며, 흐뭇하게 웃었다.

"자네의 호언장담이 이유가 있었군. 처음치고는 꽤나 물량이 많아."

"네. 일단은요. 그런데 나머지는 안 보셔도 되겠습니까?"

"뭐 다 볼 거 있나? 이미 400개의 객실로 자네 실력을 충분히 증명했는데?"

"아니 그게 아니라, 400개가 전부가 아니라서 말씀드리는 거예요."

느긋하게 등을 기댔던 사장이 놀라서 움찔하며 몸을 바짝 앞으로 당겼다.

"그럼? 얼마나 더!"

"전부 다 하기로 했거든요. 로비랑 홀까지."

"뭐라고? 호텔 전부?"

"네. 저는 그것에 관련된 전체 견적이 필요합니다."

왜 이게 중요하냐고? 당연히 내가 하면, 빠뜨리는 것이 생긴다. 하지만 현재건설에서는 그 오류를 거의 없앨 수 있지.

'그 전체 견적을 알아야, 제가 쓰고 싶은 자재와 인력으로 업그레이드할 수 있거든!'

사장이 심각한 표정으로 머리를 굴렸다.

고개를 갸웃할 수밖에 없었다. 처음에는 알리 왕자가 성훈에 대한 호감이 있고, 또한 신세 진 게 있으니, 어느 정도 체면을 세워준 거라고 생각했다.

'사실 객실 400개만 해도 충분히 체면을 세워준 거 아닌가?'

그런데 뭐라고? 통째로 다 준다고?

'이게 가능해?'

성훈을 힐끔 쳐다보며 물었다.

"확실히 알리 왕자의 컨펌은 받은 거겠지?"

"네. 확실합니다."

자신만만한 대답이 돌아왔다.

머릿속이 빠르게 회전했다.

'얼마 전 국내 5성급 호텔 인테리어 비용이 평당 200 정도라고 했었지.'

한 가지는 확실했다.

'내가 알고 모르고는 중요한 게 아니야. 이건 알리 왕자가 성훈을 확실히 밀어주는 거라고.'

그럼 이야기가 달라진다.

좀 더 단가를 올린다고 해서, 문제가 생기지 않지.

그럼 총면적 6만 평. 평 단가 250만 원.

'그래도 돼!'

단박에 사장 머릿속의 단가가 수정되었다.

25%로 수직 상승!

고급 호텔이니, 생각했던 것보다 좋은 자재를 쓴다고 해도, 이 정도면 충분히 이득이지 않겠는가?

해외에서 일한다는 것을 고려해도 충분하지.

'하기만 한다면, 가볍게 천오백억은 넘어간다.'

계산이 완료되니, 감탄이 나왔다.

'허! 이놈 이거 괴물일세.'

이걸 하겠다고 덤비는 녀석이나, 그걸 또 하라고 맡긴 알리 왕자나. 무시무시한 콤비 둘이 만들어낸 작품이구만.

"흠. 대공사가 되겠군."

성훈이 말했다.

"총 공사 기간을 일 년 잡고 있습니다."

"일 년이라⋯⋯."

'대단한 녀석! 자신이 얼마나 대단한 일을 한 건지는 알고 있는 건가? 이 정도면 150억이 아깝지 않지.'

작년 해외 수주액이 2조가 조금 넘었던가?

가뿐하게 7.5%에 육박하지 않는가?

'이 녀석 하나가 말이야.'

날고 긴다는 이사들도 이 정도는 못한다고!

사장이 흐뭇하게 웃으며 물었다.

"성훈?"

"네. 말씀하세요."

"예상 견적을 얼마 정도로 생각하나?"

'네가 얼마를 가져갈지나 알고 있냐?'는 물음이었다.

잠시 입술을 이리저리 구기던 성훈이 말했다.

"글쎄요. 세밀한 계산은 해보지 않았습니다만……."

성훈이 말을 이었다.

"일반적인 호텔이라면, 대충 일억 불 정도 되지 않을까요?"

사장의 입가에 미소가 어렸다.

'대충인 것치고는 정확하구만…….'

그러나 성훈의 다음 말에 미소가 사라졌다.

"하지만 이 호텔은 일반적인 게 아니거든요. 대략 2억 불 정도로 계산하고 있어요."

"이, 이억 불? 진심인가?"

견적이란, 돈을 주는 상대방이 인정할 수 있을 때, 의미가 있는 것이다. 상대의 예상을 뛰어넘거나 부담스럽다면, 견적은 아무런 의미가 없어진다.

공사 자체가 물 건너간다고!

'이런 좋은 기회를 놓쳐서는 안 되는데…….'

사장이 미간을 좁히며 말했다.

"음. 생각이 있겠지만, 그건 좀 과한 금액이 아닐까 생각이 든다네."

"아뇨. 전 전혀 과하지 않다고 생각합니다. 돈을 더 받는 만큼, 만족할 수 있는 품질을 만들어 줄 테니까요."

성훈은 전혀 고집을 굽힐 생각이 없어 보였다.

'이건 아무리 성훈이라도 안 돼!'

이건 알리 왕자의 호의를 걷어차는 거라고.

그는 곽 이사가 혀를 내두르는 인물이다.

'단가를 가지고 장난치는 걸, 과연 그냥 넘어갈까? 절대 그럴 리가 없지! 암!'

두 배나 되는 단가를 주며 일을 시킬 리가 만무하다.

그가 바보가 아닌 이상!

왕자를 분노하게 했다가는, 일 자체가 무산될 것이 확실했다.

'그리고 다음의 일 또한, 성사시키기 어렵지.'

사장이 말했다.

"성훈 군, 잠시 실무자와 이야기를 해보지 않겠나?"

실제 현장에서는 어떻게 생각하는지를 들려주며, 설득할 생각이었다.

성훈도 고개를 끄덕였다.

"그러죠. 저도 실무자의 말을 듣고 싶습니다."

사장이 수화기를 들었다.

"서 전무 하고 황 전무 있는지, 확인해 봐! 있으면 바로 내 방으로 오라고 해."

약간 의아한 마음이 들었다.

'중동 통이라면 응당 곽 이사를 부를 줄 알았는데? 다른 사람을 부른단 말이야?'

사장이 웃으며 말했다.

"잠시만 기다리게. 얼마 걸리지 않을 거야."

사장이 속으로 웃었다.

'내가 왜 곽 이사를 안 불렀는지 궁금하겠지.'

그도 처음에는 곽 이사를 부르려고 했다.

아무래도 중동 쪽의 제일 전문가는 그였으니까.

'하지만 곽 이사는 성훈이 쪽으로 마음이 많이 기운 것 같더라는 말이지.'

과연 제대로 된 판단을 할 수 있을지, 아무래도 미심쩍었다.

하지만 서 전무와 황 전무는 다르지.

'특히나 서 전무라면 이 건에 대해서 아주, 아주 냉정하게 평가할 수 있을 거야.'

단지 우려가 되는 건, 서 전무가 중동에 대해 약간 약하다는 거지만, 그렇다고 현장 사정에 대해서 약한 건 아니지!

잠시 후 인터폰이 울렸다.

"황 전무는 외근 중이고, 서 전무는 바로 온다고 했습니다."

"알겠네. 들어올 때 차 한 잔씩 다시 들여오고."

"황 전무는 어떻게 할까요? 복귀하라고 할까요?"

"아니. 됐어. 황 전무는 그냥 일 보라고 해."

사장이 말했다.

"일단 서 전무가 오면 같이 이야기해 보세."

* * *

"저 왔습니다. 사장님!"

문을 열고 들어온 사람은 185 정도의 키에 풍채가 좋은 거한이었다.

구레나룻과 턱에 파랗게 수염이 돋아나 있었다.

수염만 제대로 길렀다면, 장비의 현신이라 해도 믿을 정도의 거친 남자의 분위기였다.

"왔나? 여기 빈자리에 앉……."

하지만 사장의 말이 무안하게 그는 이미 자리에 앉고 있었다.

사장이 투덜거렸다.

"성질 급하기는……. 쯧쯧."

그가 인사하려는 성훈을 힐끗 보며 사장에게 물었다.

"누굽니까?"

앉은 그에게 먼저 인사했다.

"김성훈입니다. 처음 뵙겠습니다."

"으응. 반가워. 서 전무야. 인사는 무슨? 앞으로 많이 보게 될 텐데. 앉아."

내게 자리를 권하더니, 앉으면서 고개를 갸웃거렸다.

"김성훈이라, 어디서 많이 듣던 이름인데요?"

사장이 피식 웃었다.

'매일 만나기만 하면 뼈다구를 부숴놓겠다고 이를 갈더니! 쯧쯧.'

여기서 만나리라고는 생각도 못 한 모양이었다.

'상대가 누군지는 미리 이야기해 줘야, 공정한 시합이 되

겠지.'

어설프게 덤벼서 설득시킬 만만한 녀석이 아니지.

사장이 웃으며 물었다.

"자네가 알래스카 갔다 온 지 얼마나 되었지?"

서 전무가 인상 쓰며 말했다.

"크. 사장님도. 제가 그 말을 얼마나 싫어하는지 아시면서……."

사장과는 오랜 시간을 함께하면서, 허물없이 지낸 사이가 아니던가?

일부러 놀리는 건가? 싶어서 사장을 쳐다보는데, 그가 눈을 으쓱했다.

'이놈이야!'

사람 좋은 웃음을 짓던 그의 얼굴에서, 순식간에 미소가 사라졌다.

"아! 안전……."

사장이 말없이 고개를 끄덕였다.

그의 두툼한 턱에서 비릿한 미소가 떠올랐다.

좋아서 죽겠다는 웃음을 띠며, 그가 말했다.

"성훈 군! 제대로 인사하지."

서 전무가 일어서며, 악수를 청했다.

내 눈을 직시하며 말이다.

"자네인 줄 알았다면, 처음부터 제대로 인사했을 텐데. 서정길 전무라고 하네."

그 얼굴에 가득한 주름이 진심으로 반갑다는 분위기를 발산하고 있었다.

"반갑습니다. 김성훈입니다. 이번에 현재에 들어온 신입입니다."

인사를 하고 고개를 드는데, 묘한 느낌이 들었다.

그 왜 있잖나!

흔들림 없는 눈동자와 꼬리가 올라간 눈!

'노려보는 거야? 나를 아나?'

내가 현재건설에서 아는 사람은 곽, 양, 최 이사뿐이었다.

그와 눈동자를 마주치며 물었다.

"절 아십니까?"

서 전무가 고개를 우둑거렸다.

"아니! 처음 본다네. 하지만 자네 소문은 많이 들었지. 이렇게 직접 만나게 돼서 반갑네."

그가 자리에 다시 앉으며 말했다.

"정말 반가워."

그가 눈을 피하지 않는데, 나라고 피하랴!

'쓸데없는 오해도 싫지만, 이런 기 싸움에서 지는 것도 사양한다고.'

앞으로 계속 부딪칠 사람이었다.

닳고 닳은 전무와 신입의 눈싸움!

묘한 분위기에 사장이 손사래 치며 말했다.

"인사나 하라고 부른 거 아니니까. 인사는 그만하고 일 이야기나 하자고."

"일요?"

"그럼 서 전무를 왜 불렀겠나?"

"아하! 그렇지요."

그가 머쓱한지, 제 뒤통수를 쓰다듬었다.

"참! 사장님께서 이 친구한테, 10% 주기로 하셨다죠. 그 일입니까?"

사장이 어이없다며 웃었다.

"그건 또 어디서 들었나?"

"헷! 순일이 놈 모가지 하나 비트는 거야. 저한테 일도 아니죠."

손으로 닭 모가지 비트는 시늉을 하면서, 그가 비릿하게 웃었다.

"자네가 그러니까 곽 이사가 자네만 보면 치를 떨지."

"어쩌겠습니까? 체질적으로 안 맞는데요. 간신배 같은 놈!"

"됐고! 설명이나 들어 봐!"

사장의 만류에 그가 인상을 비틀면서 말했다.

"네. 사장님."

"성훈 군이 사우디에서 일을 하나 가져왔는데, 내 생각과 성훈 군의 의견이 달라서 말이야."

"네? 사장님하고 의견이 다르다고요?"

그런 말이 안 되는 말을 어디 있느냐는 듯, 내게로 고개를 돌렸다.

아까와 똑같이 눈동자를 맞췄다.

피할 이유가 없다고!

'안 맞는 건 맞춰 가면 되는 거지!'

서 전무가 미간을 좁히며 물었다.

"자네, 도대체 뭐가 불만인가?"

"사장님께서는 총 견적을 일억으로 하자고 하시는데, 전 이억으로 하고 싶다고 했거든요. 거기서 의견 충돌이……"

그가 어이없다는 눈으로 내 말을 끊었다.

"혹시 사장님께서 주시고 하셨다는 10% 때문에 그러는 건가?"

지금 날 뭐로 보는 거야!

눈가를 씰룩거리며 대꾸했다.

"그거랑은 상관없는 이야깁니다. 순수 견적을 말하는 겁니다."

"내 참! 어이가 없어서…… 기본 자질이 안 되어 있구만!"

그러고는 사장에게로 고개를 돌렸다.

"사장님, 하도 성훈이 성훈이 하셔 가지고 기대를 좀 했습니다."

비웃음 가득한 얼굴을 내게로 향했다.

"그런데 꼴랑 천 더 받자고, 사장님을 간 봐?"

"저, 정길아. 그게 아니라…….'

사장은 몹시 당황스러웠던 모양이다.

손을 내 저으며, 그의 말을 막았다.

하지만 그에 멈출 서 전무가 아니었다.

"그게 아니면 뭡니까? 이런 놈, 필요 없습니다. 줘도 안 받습니다. 이딴 정신이면, 어차피 버티지도 못할 테지만."

사장의 만류에도 그는 벌떡 일어서며, 으르렁거렸다.

"꺼져! 이 새끼야! 좀만 한 새끼가 돈이나 밝히고 말이야."

손가락은 사장실 문을 가리킨 채 말이다.

'어! 이거 뭐지?'

솔직히 순간 당황했다.

그 또라이, 최 이사도 이렇게 성격이 급하지는 않았는데…….

최 이사의 상위호환 버전이랄까?

'의외로 부려먹기 좋겠네. 내 편으로만 만들면…….'

최 이사도 귀찮아서 내버려 뒀던 거지, 무서워서 그런 건 아니거든.

그가 큰 소리로 말을 이었다.

"전 또 사장님께서 부르시길래, 무슨 일인지 몰라도 수백억은 되겠네! 그러면서 왔는데! 허 참! 어! 이거 봐라? 웃어? 지금?"

사장의 목소리가 차가웠다.

얼굴은 불타오르듯 벌건데 말이다.

"정길아, 앉아라."

"이 새끼가 건방지게 어디서 이빨을 보여?"

나에게 눈을 부릅뜨며 목을 돌렸다.

우두둑!

"서 전무!"

사장의 일갈에 뜨끔한 서 전무가 물었다.

"왜 그러십니까?"

사장의 얼굴에 못마땅한 표정이 가득했다.

'이게! 그렇게 경계를 하라고, 미리 정체를 말해 줬는데도!
차라리 곽 이사가 나았어!'

사장이 크게 한숨을 내쉬었다.

"후! 정길아."

대놓고 혼난 것이 불만인지, 불퉁거리며 대답했다.

"네! 사장님."

"이억…… 불이다."

내가 '그딴 일로 너를 불렀겠냐며?'는 사장의 비웃음이
었다.

"이, 이억 달러요? 그럼 한국 돈으로 그게……."

사장이 친절하게 설명했다.

"삼천억이 쪼끔 넘는다."

"사, 삼천! 억이요?"

서 전무가 눈을 동그랗게 뜨면서 되물었다.

"그래. 삼천억! 꼴랑 삼천억! 별거 아니지?"

당황한 채, 눈을 굴리며 더듬거렸다.

"아, 아니…… 저 그게……."

"정신 똑바로 차리자. 정기…… 아니, 서 전무!"

"네. 사장님!"

제정신을 차린 서 전무가 물었다.

"그런데 단가가 두 배나 차이가 난다고요?"

"그래서 불렀다. 혹시 내가 계산을 잘못했나 싶어서 말이다."

빙글거리는 내 웃음에 서 전무가 눈을 피하며 물었다.

"대체 어떻게 계산을 하셨기에……."

사장이 나를 보며 말했다.

"전체 면적이 6만 평이다."

"어디 호텔이라도 따온 겁니까?"

눈치는 없는 게, 또 하던 가락은 있다.

사장이 웃으며 말했다.

"그래. 호텔이다. 리야드에 있는 알리 왕자의 소유인 그거."

"아!"

"그걸 다 하기로 하신 겁니까?"

"그래. 몽땅 다!"

내 쪽은 쳐다보지도 않고, 그가 말을 이었다.

"그럼 호텔이니까, 평당 200 정도 치면, 6 곱하기 2, 대략 1,200억 하면 되지 않습니까?"

"그걸 난 250으로 해서 1,500억을 불렀지!"

서 전무가 걱정하며 물었다.

"그럼 알리 왕자가 하려고 할까요? 좀 단가가 높은데요?"

'이게 정상적인 반응이라고.'

사장이 한숨을 길게 내쉬었다.

"휴! 그걸! 저 녀석은 두 배로 받아야겠다고 한다! 이게 현실적으로 가능한지 물어보려고 네놈을 불렀다."

"아! 사장님은 1,500을 불렀는데, 이 친구는 그러니까 3,000억을 불렀! 그 말씀이네요."

"그래."

사장이 턱짓으로 나를 가리켰다.

'네가 설득해 봐'라는 의미!

사장에게 확인한 서 전무가 코웃음을 쳤다.

"일 따는 거야 혀를 잘 굴려서 따왔는지 모르겠는데…….
쯧쯧. 내가 이래서 책상머리 앉은 놈들한테 일을 안 맡긴다니까!"

그가 자신만만하게 내 쪽을 보며 말을 이었다.

"이봐! 성훈 군 자네가 이쪽 단가 좀 아나?"

"네. 알고 있습니다."

"얼마 정도 하는데?"

"평당가 200 정도 하죠."

"그야 숫자 볼 줄 알면 다 아는 거고! 그 숫자가 일반적인 단가라는 의미를 아냐고?"

비웃음 가득한 얼굴로 말을 이었다.

"치열하게 싸우면서 만든 거라고. 180에 하라는 거, 치열하게 싸우면서 200으로 올린 거라고."

사장을 힐끔 보며 다시 말을 이었다.

"사실 난 사장님께서 250 부른 것도 엄청난 모험이라고 생각하는 사람이야!"

나라고 할 말이 없으랴!

"그건 일반적인 호텔을 말하는 거구요."

난 내 호텔을 적어도 시설만큼은, 6성급으로 만들어 둘 계획이라고!

그런데 시답잖은 호텔과 비교해!

'그리고 그렇게 잘 싸우면 진작 300으로 올려놓지 그랬어?'

그러니까 노동자들이 외국 가서 개고생하면서도 유럽 선진국과 비교하면 반도 못 받는 거라고!

그놈들 땀에는 금이라도 묻어 있다디!

"일반이고, 고급이고! 그 금액이 이쪽 계통의 정해진 가격이고 불문율이라고! 그걸 반도 아니고, 두 배를 넘겨? 누가 그걸 하겠나?"

'흥! 걱정하지 말라고요. 돈은 제가 한 푼도 안 빠뜨리고 받아올 테니까!'

사장이 빤히 보고 있는데, 이 말을 할 수야 있나?

잠시 내가 말문이 막혔던 것으로 보였던지, 서 전무가 말을 이었다.

"개뿔도 모르면서, 무조건 단가만 높여서 받는다고 좋은 게 아니란 말이야. 알아?"

"제가 아무런 근거도 없이! 값만 높여 부른다. 그 말을 하시는 겁니까?"

"그게 아니면 뭔데? 그럴 만한 근거라도 있어?"

그의 비웃음 섞인 말에 코웃음 쳤다. 내가 아무런 근거도 없이 값만 올린다고? 나는 그의 논리에 호응해 줄 생각이 전혀 없었다.

'이런저런 걱정 했으면, 애초에 시작도 안 했어. 이 양반아! 내가 물러나면 한국 전통의 가격이 떨어진다고.'

거의 처음으로 외국 호텔에 한국 전통건축을 적용하는 일이다.

'그건 내가 선구자라는 말이라고!'

그 말은 바로, 내가 매기는 단가가 세계에 통하는 기준점이 된다는 거지.

내가 1달러에 팔면 1달러가 된다.

'왜? 다음 사람도 그 가격에 하려고 덤빌 거거든!'

반대로 1,000달러를 매기면 1,000달러가 되지! 그리고 지금 그걸 사겠다는 사람이 있다. 돈이라면 주체를 못 하는 갑부가!

　'내가 왜 양보를 해야 해?'

　여전히 그의 말이 이어지고 있었다.

　"그럴듯한 근거가 있으면 대 봐! 내가 하나하나 반박해 주지! 엉? 어때?"

　비웃음 가득한 얼굴로 말을 이었다.

　"그래 봐야 책상머리 샌님들의 이상적인 말이겠지만."

　거만한 턱짓으로 나를 도발한다.

　'이 인간이 첫인상부터 걸리적거리더니, 날 아주 물로 보네! 밟아봐?'

　사장을 힐끗 쳐다보니, 그의 눈빛이 묻고 있었다.

　'이렇게 되었는데? 어쩔 건가?'

　피식 웃었다.

　'어쩌긴요. 덤비는데 상대해 줘야죠! 라운드 종이나 올리시죠.'

　서 전무를 향해 입을 열었다.

　"아마 견적 차이는 대충 인건비와 현장 지원금, 그리고 자재비에서 날 것 같네요."

　그가 턱짓하며 말했다.

　"훗. 그래 말해 봐? 왜 그렇게 차이가 나는지!"

"그럼 일단 인건비부터 말씀을 드리죠. 보통 작업자들, 인건비 얼마나 받는지 아세요?"

그것도 모르냐는 핀잔이 나왔다.

"허 참! 기공이 일당 15만 원 정도고, 조공은 7.8만 원 될걸?"

"거의 하청 주시죠?"

"당연하지. 우리가 다 어떻게 관리해? 인원이 남아돌아?"

"그럼 정확히 모르시겠네요? 그 사람들이 얼마 받는지는?"

그가 어이없다며 고개를 저었다.

"이봐! 노가다꾼들은 오야지가 챙기면 돼! 우리는 일이 잘되어 가는지만 확인하면 되는 거야!"

인상을 찡그리며 말을 맺었다.

"왜 그런 쓸데없는 데 신경을 쓰는 거야. 엉?"

이게 갑의 입장이라고.

실제로 그들이 돈을 얼마나 가져가는지는 관심이 없지. 오로지 일이 되느냐 마느냐만 관심거리다.

내 말이 마음에 안 드는지, 입꼬리를 늘어뜨리며 고개를 저었다.

"그러니까 책상머리 행정이라고 하는 거야! 현실이 얼마나 각박한 줄 알아?"

현실을 말했나?

공사장 인부들이 얼마를 받는지도 모르는 사람이 현실을

말한다고?

어이없지 않나?

현장에서 워커도 아닌 번쩍거리는 구두를 신고, 흠집 하나 없는 새하얀 귀빈용 '하이바'를 쓸 것이고, 뒷짐 지고 팔자걸음 걸으며 다니는, 당신이 현실을 말해?

'확 한 번 들이받아? 여기서!'

생계를 위해 어쩔 수 없이, 현장에서 '노가다'를 뛰어보지 않은 사람은 그 부조리를 모른다.

그들은 스스로를 '노가다꾼'이라 비하한다.

버스도 안 가는 외진 현장까지 가는 차비 하며, 저밖에 모르는, 현장 오야지가 떼어가는 소개비. 게다가 현장 함바에서 꿀꿀이죽보다 못한 걸 밥값 내며 먹어야 하는 그 부조리를.

'여기 어디에 스스로 자부심을 가질 건덕지가 있나?'

나는!

갑이 싫은 게 아니다.

그건 부러운 거지.

금수저로 태어난 게 그들의 잘못도 아니고, 나에게 피해를 주지 않는 이상 싫어할 이유는 없다. 또한, 갑은 자신의 의지와 상관없이 처해지는 경우도 있다.

둘 중 하나가 을이면, 반대편에 있는 자는 갑일 수밖에 없다. 올바른 제품의 생산을 위해서, 들인 돈만큼의 값어치를 뽑아내기 위해서.

갑으로서의 책무를 다해야 한다.

지금의 '갑' 또한 누군가에게는 '을'일 테고, 그 갑에게 제품을 납품해야 한다.

다 그렇지 않던가?

물리고 물리는 갑을 관계 말이다.

항상 '갑'의 위치를 고수할 수 있는 사람은 거의 드물다고 봐도 맞는 말일 것이다.

지금 나는 알리에게 '을'이고, 현재에 '갑'이다.

싫은 건 갑이 아니라, 갑질하는 놈이다.

난 돈 줬으니, 된 거 아니냐?

"돈 준 만큼 일을 해라!"

"무슨 소리 하는 거냐? 훨씬 적게 받았는데!"

"우리는 그런 거 모른다. 돈 줬으니 일해라."

현장에서 비일비재하게 오가는 대화다.

하는 것 없이 중간 마진을 챙긴 놈은 다른 현장으로 달아난다. 그리고 똑같은 일을 반복하겠지. 비단 현장 인력에만 국한된 것은 아니리라.

'돈 쓰고 갑질하려면, 제대로 하라는 거다.'

내가 쓴 돈이 일하는 사람에게 제대로 전해졌는지, 결국 내 일을 하는 사람들은 노동자들인데 말이다.

십만 원 주고 십만 원어치 일 시키면, 아무도 불평하지 않는다.

조금만 신경 써도 되는 걸, 그렇게 하지 않는다. 귀찮아서! 지저분한 일에 내 손 더럽히고 싶지 않으니까.

하지만 내가 굳이 그들의 입장을 대변하고픈 생각은 없다. 내 일 하기도 바쁜데, 남의 일에 어떻게 신경을 쓰겠나?

하지만 지금은 그럴 수 없거든.

왜!

내 사람들의 인건비가 정해지는 시간이다. 강압에 의한 양보? 그딴 건 내 사전에 없다.

서 전무에게 물었다.

"그럼 아까 말씀하신 평당가도, 그 인건비를 기준으로 잡으신 거겠네요?"

"당연하지!"

"이번 공사가 사우디에서 이뤄진다는 건 아시는 거죠?"

"어디 가나 비슷해. 아니, 해외는 오히려 싸지."

그의 어처구니없는 말에 코웃음이 나왔다.

"혹시 거기가 중국이나 아프리카로 착각하시는 거 아니죠?"

"훗. 거긴 다르냐?"

그의 당당함에 혀를 찼다.

'쯧쯧. 무식하면 용감하다더니!'

곽 이사라면 때려죽인대도 저런 소리 안 할 텐데.

그를 삐딱하게 쳐다보며 물었다.

"사우디 한 번도 안 가 보셨죠?"

"내가 왜 안 가봐? 몇 번이나 가 봤지."

"그럼 관광차 가셨나 보네요."

불쾌한 시선으로 나를 노려봤지만, 어쩔 건데? 틀린 말 했어?

어이없는 눈을 하며 말을 이었다.

"사우디아라비아 사람들 일 안 합니다. 왜 그런 줄 아세요? 그 사람들 나라에서 따박따박 월급 줍니다. 자국민이라는 이유만으로요. 우리나라 대기업 직장인들만큼 나온다고요. 전무님 같으면 일하시겠어요?"

그가 미간을 좁혔다.

"그럼……."

"사회가 어떻게 돌아가냐고요? 주변국에서 와서 일 다 해줍니다. 그리고 훗! 그것도 생각하시는 것만큼 싸지 않습니다."

사장도 전무도 말이 없었다.

현실이라고 했나?

"사우디아라비아에서 공사하는 사람들한테 물어보세요. 미치지 않은 이상 현지인 안 씁니다."

이십 년 전에 사우디에 우리 인력 갖다 박은 게, 단지 말이 안 통해서라고 생각해?

비싸기 때문이다. 그리고 그때는 우리 인력이 저렴했으니까. 그의 비웃음을 그대로 되돌려줬다.

"말씀을 하시려면, 현지 사정을 좀 알고 얘기하세요."

"끄응."

"좋습니다. 미친 척하고 그 사람들 쓴다 칩시다. 사우디에 우리나라 사람들처럼 더운 거 참아가며 일하는 사람이 있는 줄 아십니까?"

"⋯⋯."

"그 사람들, 매일 하루에 다섯 번씩 '살라'라고 예배합니다. 그 시간에는 예배 외에는 아무것도 하면 안 됩니다. 돌 맞아 죽습니다. 바빠 죽겠는데, 예배한답시고, 30분씩 잡아먹는 걸, 내 눈으로 보라는 말입니까?"

아무도 내 말에 대답을 하지 않는다.

"그것뿐인 줄 아십니까?"

둘의 눈이 내게로 집중되었다.

"사장님은 도면 보셔서 아시죠?"

갑자기 자신에게 화살이 돌아가자, 사장이 화들짝 놀라 버벅거렸다.

"응? 뭐, 뭐?"

도면 책자를 펴서 사장에게 보여줬다.

"제 작품 대부분은 한국 전통과 관련된 겁니다."

"응. 그런데 그게 왜?"

"말은 둘째 치고, 그 사람들이 한국적인 느낌을 살릴 수 있을 것 같습니까? 방해만 안 돼도 다행이죠. 안 그렇습니까?"

"으⋯⋯ 응. 그건 그렇지."

"그 비싸기만 하고, 도움은커녕 방해만 되는 사람들을 데려다 쓰겠다고요?"

잠시 말을 끊고 서 전무에게로 고개를 돌렸다.

"서 전무님!"

"왜?"

퉁명스럽게 답하는 그에게 일침을 가했다.

"미치신 겁니까?"

"뭐야?"

눈을 부라리는 그를 보며 씨익 웃었다.

"일 년으로 계획하고 있는 이 공사, 언제 끝날 것 같습니까?"

뭘 알아야 대답을 하지.

돈을 받으면 일을 해야 한다?

그건 우리 기준이다.

"일 년 공사를 삼사 년으로 늘리면, 회사에 이윤이 남을 것 같아요? 사장님 생각은 어떠세요?"

대답이 뭐 필요한가?

아니라고 반박하면 바로 등신이 되는데!

도면을 덮으며 차분하게 말했다.

"그럼 이제 처음부터 다시 생각해 보시죠. 인건비를 얼마나 책정하면 되겠는지?"

'조목조목 반박한다고? 뭘 알아야 반박도 하지!'

말없이 사장과 서 전무의 대답을 기다렸다.

어색한 침묵을 깬 사람은 사장이었다.

"그래서 자네는 얼마를 생각하고 있나?"

"특급 장인들은 인당 50만 원, 그 이하 장인들은 인당 30만 원 책정할 생각입니다."

어차피 그곳에서 일할 사람은 정해져 있다. 내가 팀을 꾸리겠다고 한 이유다. 그 팀을 현재건설의 인원으로 채운다고 한 적은 한 번도 없다.

'그리고 난 내 팀원들에게 제대로 된 대가를 지불할 거다.'

물론 절대 편하게 일 시키지는 않지! 내 마음에 들 때까지 일 시킬 거다. 왜냐고?

한국 전통의 정수를 그곳에 표현해야 하니까!

'외국인들이 보고 입이 딱 벌어지게!'

그런데 웬걸?

둘의 입이 딱 벌어졌다.

"야! 정신이 있는 거야? 그렇게 단가를 매기는데, 클라이언트가 허락할 거 같아?"

서 전무의 말에 인상을 구겼다.

"왜 그걸 지레 겁먹고 그러세요? 그 가격이 합당하다고 설득하면 되는 거 아닙니까?"

"설득은 그렇다 치고, 무슨 노가다꾼들한테 돈을 그렇게 많이 줘? 정신이 있는 거야?"

"실력만큼 책정한 건데 문제 있습니까?"

서 전무가 제 가슴을 텅텅 쳤다.

"아이고. 답답해! 시장 논리 안 배웠어? 수요 공급! 지금 장인들 굶어 죽기 직전이야!"

"그래서요?"

아무리 걸러서 들으려 해도, 그럴 수 없는 말이잖아!

자연히 목소리가 삐딱하게 나갔다.

"그 반값만 줘도 하겠다는 사람이 줄을 설 건데, 뭐하러 그런 돈을 줘? 미쳤어?"

'미쳐?'

이게 진짜 미쳤나? 제값 받을 생각은 안 하고, 스스로 몸값을 깎아? 누구 좋으라고? 굶어 죽기 직전이라 반만 줘도 된다고? 그래도 매달린다고?

'이미 죽어서 사라진 게 태반이다! 너 같은 놈 때문에!'

물을 듬뿍 줘서 살려도 시원찮을 판에, 뭐가 어쩌고 어째? 뿌리까지 다 캐 먹고, 다음 해에는 뭘 먹을래?

터져 나오는 분노를 참으며 말했다.

혹시라도 내가 생각 못 한 대안이 있을까 해서.

"다른 방법이라도 있습니까?"

"공장에서 할 수 있는 건, 공장에서 하고! 장인들은 최소한으로 줄이면 되지! 왜 쓸데없는 돈을 써?"

작게 한숨 쉬며 물었다.

"그럼 몰딩이고 가구고, 한국 공장에서 만들어 갈 겁니까?"

"그럼! 요즘 기계가 얼마나 발달했는데!"

이게 지금 누구한테 짝퉁을 팔려고?

당장에라도 고함을 치고 싶었다.

'이 새끼야! 그 호텔 내 거다!'라고.

그가 말을 이었다.

"그게 훨씬 더 시간이 절감된다고! 알기는 알아? 전통가구라고 해서, 꼭 사람이 깎아야 한다는 법 있어? 그리고 외국인들이 그 차이를 알 것 같아?"

지금이야 모르겠지! 나중에 알게 되면? 내 얼굴에 똥칠을 할 셈이냐? 팔고 나면, 난 몰랐다고 시치미를 뗄 놈일세! 그런 식이면, 세상의 명화를 다 복사기로 카피해서 수억에 팔지, 미쳤다고 손으로 그리고 앉았냐?

기계로 만든 것과 손으로 만든 것은 다르다. 이것저것 따질 것 없이, 그냥 느낌이 다르다.

딱 봐도 다르다.

'내 호텔을 그런 짝퉁 제품으로 채우려고?'

내가 그 꼴은 못 보지! 공사하는 동안 내가 일일이 감시할 거거든!

'물론 현장 지휘하러 가는 거지만! 크흠!'

얼굴을 구기며 말했다.

"대한민국 최고 기업, 현재건설입니다. 굳이 그렇게까지 해야겠습니까?"

서 전무가 천장을 바라보며 웃음을 터뜨렸다.

"허허허. 이 물정 모르는 소리 하는 거 보소."

천장에 뭔가 화나게 하는 거라고 있었던 모양이다.

"이익! 야! 그럼 우리는 뭐가 남는……."

"쳇! 그게 뭡니까? 격 떨어지게! 삼류 양아치 회사도 아니고."

"이, 이거! 말하는 거 보……."

그의 말은 들은 채 만 채, 사장에게 말했다.

어차피 결정은 사장이 하는 거니까. 안 맞으면 다른 데 찾으면 되지 뭐!

"사장님! 저, 이거 한 번으로 끝낼 거 아닙니다."

나의 일방적인 무시에, 서 전무가 폭발했다.

벌떡 일어나서 고함을 쳤다.

"이 미친놈아! 기업이 돈 벌려고 일하지, 무료 봉사하는 데인 줄 아냐? 한 번이고 나발이고, 사장님이 이걸 허락⋯⋯."

하지만 그의 분노는 사장의 말에 끊어지고 말았다.

"다음은 압둘 왕자인가?"

내 행보를 안다면, 예측하는 것은 어려운 일이 아니리라.

"네. 아마도."

사장이 눈을 감았다가 떴다.

"알리는 설득할 자신이 있고?"

"해봐야겠지만, 일단 가능성은 큽니다."

"흐음⋯⋯."

사장이 장고에 잠겼다.

멀뚱멀뚱하게 서 있던 서 전무가 말했다.

"사장님! 이게 말이나 되는 소립니까?"

"서 전무!"

"네! 왜요?"

"앉아라. 전무가 그게 뭐냐? 애 앞에서 품격 없이."

"크흑! 사장님!"

"네가 사장할래?"

"말이 되는 소리를 해야……. 이거 원."

"일단 나머지도 들어보자."

사장이 말을 이었다.

"현장 지원금은 왜 차이가 날 거라는 거지?"

"현지 직원들의 복지 때문입니다."

"야!"

"하청 얘기는 하지도 마세요. 전 하청 안 주고 제 팀 데려갈 겁니다."

사장에게 눈짓했다.

"약속하신 겁니다. 팀!"

그 부분은 절대 건드리지 말라는 엄포였다.

사장이 말없이 고개를 끄덕였다.

서 전무가 물었다.

"거기서 돈이 많이 차이 날 게 뭐 있는데?"

"먹고 자는 거 생각해야죠."

서 전무가 코웃음 쳤다.

"거기는 음식값도 그렇게 비싸냐? 하긴 하루에 오십만 원씩 받는데, 제 돈으로 사 먹으라고 하면 되겠네."

그렇게라도 내 말에 반박하고 싶었겠지!

'하지만 꼭 이렇게 유치하게 해야 하는 거냐? 전무씩이나 되는 인간이!'

나도 모르게 짜증이 솟구쳤다.

"이사님도 출장 가시면 이사님 지갑에서 직접 사드시고, 숙박비도 내고 하시나 보죠? 경비 처리 하나도 안 하시고? 그죠?"

그에게 눈썹을 으쓱하며 물었다.

'그러니 이렇게 당당한 것 아닙니까?'

사적인 일을 보러 가는 게 아니라고! 당신하고 똑같이 현재건설의 이익을 위해서 움직이는 사람들이라고!

장인들 면면을 따진다면, 서 전무 당신보다 못한 사람이 얼마나 있을까?

연봉을 말하고자 함이 아니다.

익혀온 기술을 인정받아 무형 문화재로 선정된 사람들도 있어. 국가에서 인정하는 공인들이라고! 그런 사람들이 당신보다 못한 대우를 받아야 할 이유가 어디 있어?

그러면 당신의 품격이 올라가기라도 해?

'그 경비 줄여서 그 사람들에게 다 골고루 분배된다고 하면, 내가 이 미친 짓을 하겠어?'

곰돌이도 주인님도 같이 일하고, 같이 배부르자는 말이 그렇게 어렵냐?

내가 이런다고 현재가 전혀 이득 보는 게 없느냐? 그렇지도 않다고!

'너희 회사도 많이 남아! 아마 장인들 전체 수입을 합친 것보다 훨씬 많이 남을걸!'

그런데 한 사람의 천만 원을 위해서 천 명에게서 만 원씩을 빼앗아야 할 이유가 있냐고?

수조 원을 가진 기업이 말이야.

그는 어이없다는 표정으로 고개를 저었다.

"야! 허허. 어떻게 그게…….'

"서 전무님은 회사 일 하러 가신 거죠?"

"당연하지!"

"그 사람들은 다른 회사 일 하러 가는 겁니까?"

"그야…….'

할 말을 잃은 서 전무가 입을 다물었다.

같은 일 하러 가는데, 누군 호텔에서 자고, 누구는 거지
같은 판잣집에서 거적 깔고 자야 하는데?

씩씩거리는 그와 눈을 맞췄다.

'왜 너만 호텔에서 자야 하는데? 그런 특권을 왜 너만 누
려야 하는 건데?'

눈 아래를 씰룩거리던 그가 물었다.

"그래서? 호텔에서라도 재우겠다는 거냐?"

빙고!

그에게 환하게 웃으며 말했다.

"역시 잘 아시네요."

서 전무의 눈이 튀어나올 정도로 커졌다.

"이런…… 미친!"

버벅거리던 그가 말을 이었다.

"그 경비를 우리더러 대라? 그 말이냐?"

태연하게 대답했다.

"그것도 포함해서 이억 불을 받겠다는 건데? 뭐가 문제입니까? 현재의 생돈을 내달라는 것도 아니고!"

기가 차서 화도 안 나는지, 어이없는 웃음을 터뜨리며 그가 물었다.

"허허허. 그래야 하는 이유가 뭐냐?"

"네가 네 팀원을 사랑하는 건 알겠다. 제대로 대우해 주고 싶겠지? 그런 좆같은 이유 말고, 나 아닌 누가 들어도 납득할 수 있는 이유 말이다."

"사우디 가 보셨다고 했죠?"

코웃음 치며, 분노를 삼키고 있었다.

"그래! 관광차 갔다! 어쩔래?"

"덥죠?"

"그럼 씨팔! 덥지, 춥겠냐? 거기는 겨울에도 30도라더라!"

설마 그럴 리가!

'겨울이 되면 좀 덜 덥지, 죽도록 덥지는 않아!'

그게 아주 일시적이라 그렇지.

욕지거리가 사장이 듣기 껄끄러웠던 모양이다.

"서 전무, 일 얘기 하는 중이다. 현장이 아니란 말이다."

"말이 그렇잖습니까? 현장 직원들을 호텔에서 재우겠답니다. 이런 얘기 들어보신 적 있습니까? 전 듣도 보도 못했습니다."

"어허! 그래도……."

"이놈 저놈 다 합치면 500명 가까이 될 텐데……."

나를 보며 말을 이었다.

"야! 아예 호텔을 전세 내지 그러냐? 아니, 일을 하기는 할 생각이냐?"

나도 말 곱게 할 생각 없었다.

"예! 말 그대로 존나 덥죠."

사장의 눈총을 받으며 말을 이었다.

"특히 리야드는 대박이죠. 아침에 출근할 때 보면, 아스팔트가 녹아서 찐득찐득합디다!"

욕지거리로 받아치는 내게 서 전무가 살기 어린 시선을 보내고 있었다.

"그래서? 나보고 어쩌라고?"

'그렇게 싫으면 가지 마. 내 부하들 보낼 테니까!' 하는 말이 입 언저리에서 근질거리겠지.

그런데 못할걸!

내 장인들 아니면 못 하니까!

"거기 호텔 밀집가라서 교통지옥입니다. 그리고 그건 밤낮을 안 가리죠. 차 끌고 출퇴근하면 한 시간은 장난도 아니죠."

살기 어린 시선을 맞받아치며, 사장에게 물었다.

"교외까지 걸어 다닐까요? 그 찜통 같은 거리를?"

그렇잖아.

장인들 평균 나이가 50대인데, 그 노인네들더러 돈 벌고 싶으면, 이 찜통을 걸어가라고 할 거야? 하루 이틀도 아니고! 일 년을?

일이 힘들어서 죽는 게 아니라, 더워서 쪄 죽지.

'없던 병도 걸릴 판인데, 그래서 무슨 일을 해!'

또 현장에 오면 나 때문에 힘들어 죽을 건데, 적어도 다른 어려움은 겪지 않게 하는 게, 고용주로서의 예의 아니냐?

말 그대로 소처럼 부려먹을 생각인데!

'나는 소를 부려도, 제대로 재우고 제대로 먹인다고!'

사장이 내 말에 뚱한 표정으로 말했다.

"그래서 호텔에서 묵어야 된다?"

그도 딱 마음에 들지는 않겠지.

어쩔 수 없이 수긍하려 노력하고 있을 뿐!

"이유는 또 있습니다."

"뭔가?"

"리야드 호텔은 방문객이 많습니다."

'솔직히 말하면, 얼마 전까지는 그랬습니다'라는 말은 속으로 삼켰다.

어차피 허풍 쳐도 모른다.

직접 가서 확인하지 않는 이상!

"그렇겠지."

"거짓말 안 하고, 사람들 몰릴 때는 일 분에 한 대씩 차량이 들어오죠. 주로 링컨이나, 벤틀리 등등. 전부 고급 차량들이죠."

그게 무슨 상관이냐며, 서 전무가 눈을 부라렸다.

못 본 척하며 말을 이었다.

"같은 5성급 호텔이라고, 한국과 같은 수준의 방문객이라 생각하시면 곤란하죠."

거기는 일반 시민이 벤츠를 타고 다닌다고! 우리나라로 치면, 티코나 구형 프라이드 수준이라고 할까?

"그래서 어쩌라는 건데?"

"그거 긁으면 현재에서 보상할 겁니까?"

"흥. 그걸 우리가 왜?"

코웃음으로 응수하는 그에게 물었다.

"그럼 매일 하루 한 번씩 물건 받아야 하는데? 낮에 받을까요? 밤에 받을까요?"

'이제 상황 파악이 되냐?'

한국에서는 현재건설이 말 꽤나 먹히는 갑일지 몰라도, 거기서는 그저 흔한 기업에 불과하다고.

사장은 수긍한 모양이다.

"밤이 좋겠지. 호텔 영업에 방해가 덜하니까."

"서 전무님, 아시죠?"

"내가 뭘 알아?"

"다음 날 아침에 작업하려면, 밤을 새우는 한이 있더라도, 자재들을 제자리에 갖다 놔야 작업을 할 수 있다는 거요."

눈을 굴리던 그가 퉁명스레 말했다.

"그렇겠지."

"'그렇겠지.'가 아니라, 당연히! 그런 겁니다."

볼을 씰룩하면서도 반박은 하지 않았다.

"물론 그것도 호텔 측에 양해를 구해야 가능한 겁니다. 밤에도 영업은 하니까요."

'책상머리라고 했나?'

현장 경력은 당신이 길지 몰라도, 현장 짬밥은 내가 훨씬 많이 먹었을 거다.

미간을 좁히는 그들에게 말을 이었다.

"물건 받고 배치하고 나면 한밤중일 텐데? 거기서 숙소로 갈까요? 한 시간 걸려서?"

사장이 작은 소리로 말했다.

"서 전무, 다른 방법이 있나?"

"잘 모르겠습니다. 하지만 호텔 숙박 비용이 장난이 아닐 텐데, 그걸 어떻게……."

사장이 내게로 말없이 고개를 돌렸다.

"일박에 천 정도 한다고 들었습니다."

서 전무가 경악했다.

"처, 천?"

"달러요."

사장도 놀랬던지, 가슴을 쓸어내렸다.

"휴우. 그럼 그렇지!"

천 달러라고 해도 150만 원이었지만, 충격이 너무 커서 작게 보였을 것이다.

서 전무가 만류했다.

"사장님! 그래도 이건 안 됩니다."

'고민되죠? 그 비용을 감수할 건지, 아니면 견적에 넣을 건지.'

손안에 굴러들어온 호박을 놓기는 쉽지 않거든!

하지만 고민을 없애 주기로 했다.

'같이 일하는 게 목적이지, 겁주려는 게 아니니까.'

그리고…….

겁을 먹었으면, 달래줘야지.

"사장님, 그래도 제 방법대로 하면, 생각보다 현재건설에서 부담해야 할 건 그렇게 크지 않을 겁니다."

사장의 눈매가 가늘어졌다.

"어떤 방법인가?"

"호텔에서 숙박하는 건, 호텔 측에 양해를 구하면 됩니다. 공사하는 층의 방을 쓰겠다고요."

비용 절감이 된다는 말에 사장이 몸을 앞으로 내밀었다.

"정말 그게 가능한가?"

"네. 이것도 해봐야 알겠지만, 해줄 가능성이 큽니다. 어차피 뜯으면 영업하지도 못할 거고, 그 위 아래층은 시끄러워서 손님 받지도 못해요."

서 전무도 이 말에 대해서는 수긍했다.

"그건 저도……."

"그래도 만약에 못 하겠다고 하면?"

사장의 염려에 못을 박았다.

"알리 왕자에게 그 정도 부탁할 정도의 사이는 됩니다."

"아! 그런가? 그럼 좋지."

사장이 서 전무를 쳐다봤다.

'이 정도면 큰 부담은 아니잖아!'라는 눈빛!

그도 마지못해 고개를 끄덕거렸다.

비용 세이브 한다는 데까지 반대를 할 수는 없겠지.

입맛을 다시며 너스레를 떨었다.

"좀 덥고 불편하기는 해도 어쩌겠습니까? 회사에서도 희생을 감수하는 만큼, 팀원들도 그런 고생은 감수할 겁니다."

'덥고 불편한 건 거짓말이지.'

산유국이라 그런지, 에어컨 트는 데 쓰는 돈을 아끼지 않더라고. 궁에 있으면서 추워 죽는 줄 알았네. 어휴!

하지만 사장은 그것만 해결되어도, 감지덕지하는 표정이었다.

객실 하나에 하루 기본 150만 원을 넘는 호텔이니, 부담할 생각을 하면 숨이 턱턱 막히지 않겠는가?

사장이 입술을 굳히며 고개를 끄덕였다.

"그 정도만 이해를 해줘도 어딘가? 그 상황에서 일해 주는 것만 해도 어딘데. 정말 가능하겠어?"

"네. 가능합니다. 한 방에 여러 명 들어가면 되고. 사실 400개 객실을 동시에 공사 들어갈 수는 없으니까요."

내 방법에 고개를 끄덕였다.

"그 부분은 제가 알리 왕자에게 양해를 구할게요."

고개를 끄덕이는 둘에게 말을 이었다.

이게 사실 용건이었거든!

"그런데 식비는 그렇게 안 돼요. 방은 있는 방 쓰는 거지만, 음식은 만들어야 하잖아요."

"응. 그렇지."

"장기 투숙으로 한다고 해도, 어느 정도 부담해야 돼요."

그들의 반응을 살폈다.

둘의 눈이 오가는 게 보였다.

머리 굴리고 있겠지.

어차피 해외 파견의 경우, 현지 지원에 대한 비용 부담은 각오해야 한다. 그것까지 포함된 견적이니까.

좋지 않은 환경에서 묵되, 일하는 시간을 두 시간 이상 까먹을 것인가?

두 시간을 더 일하되, 좀 더 비용을 쓸 것인가?

'고민할 것도 없지! 시간은 금보다 비싸거든.'

답이 나와 있는 문제였다.

'여기서도 양보 안 하면?'

좀 더 밀어붙이지. 뭐!

아직 그들을 겁줄 소스는 수도 없이 남아 있다. 여차한 경우에는 왕까지 들이밀면서 겁을 주려고 했었다고.

왕에게 미안하지 않냐고?

'자식이 출세하겠다고, 아버지 이름 한 번 파는 게 뭐 어때서!'

내가 잘돼서 알리를 도와주면, 더 기뻐하실 분인데.

잠시 후, 사장이 말했다.

"좋네. 자네가 그리 신경을 써준다 하니, 우리도 그 정도는 하는 게 맞는 것 같군."

"감사합니다. 저도 현재도 다 잘되자고 하는 일이니까요."

골치가 아픈 듯, 관자놀이를 문지르며 사장이 물었다.

"자재는 또 얼마나 좋을 걸 쓰려고 그러나?"

"주로 목재가 많이 쓰일 겁니다."

다시 서 전무가 끼어들었다.

당한 걸 만회하려는 듯, 눈에 힘이 들어가 있었다.

"당연한 거고. 무슨 목재를 쓰기에 단가 차이가 날 거라고 하는 거냐?"

"오동나무요. 국내산으로."

서 전무가 이마를 짚었다.

"그게 얼마나 구하기 어려운지 알고 말하는 거냐?"

"구하고자 하면 불가능할 건 없죠. 그 외에도 느티나무나 먹감나무, 참죽나무를 많이 이용할 거예요."

전통가구의 멋스러움은 나뭇결을 살림으로써 한국적인 운치를 살려내는 것에서 살아난다.

"좋다. 자재비는 그렇다고 치자. 그래 봤자 자재비니까."

"가구장인들의 손으로 문양을 만들 계획입니다."

"손으로? 왜?"

너무 이상적인 말을 하는 건가?

그러나 나는 내 호텔을 공장 제작이 아닌, 수작업으로 만들고 싶다.

수작업에는 기계가 만들어 낼 수 없는 불완전함이 존재한다. 사람이기에 완벽하지 못하다고 할까? 왜는 무슨?

내가 그렇게 만들려고 했으니까! 그게 더 멋스럽거든!

인공적인 나무결 시트지가 원목의 결이 만들어내는 요철의 느낌을 살리지 못하는 것처럼.

서 전무가 말했다.

"그건 내가 해결하지!"

"네?"

뜬금없는 그의 말에 놀라 그를 쳐다봤다.

"어떤 걸 원하는지 말하라고, 내가 만들어 줄 테니까."

"그게 무슨 말씀이세요?"

"우리가 생각하는 단가로 내가 맞출 테니까, 그냥 나한테 맡기라는 말이다."

그가 직접 만들 리는 만무하고.

"외주 주시게요?"

"당연하지. 그게 원가가 절감되니까."

호언장담하는 그를 보자니 피식 웃음이 나왔다.

"왜? 내가 그것도 못 할까 봐?"

무시한다고 느꼈는지, 눈을 희번덕거리고 있었다.

'설마요! 대 현재건설의 전무님 말을 누가 거부하겠어?'

거부하는 순간, 업계에 발붙이기 어려울 텐데.

서 전무, 그는 내 앞에서 당당하게 갑질을 하겠다고 선언하고 있었다. 어떤 제품을 만드느냐에 따라서, 수공예품과 공산품은 두 배 혹은 수십 배의 가격 차를 만든다.

"낙동 기법이라고 아세요?"

쉽게 설명하면 오동나무를 인두로 지지고, 탄화된 섬유질 부분을 볏짚으로 문질러 긁어내는 기법이다.

이 작업을 거친 오동나무는 자연스러운 질감과 색채를 발하며, 이 기법을 통해 잘 썩는 나무의 약점과 벌레에 약하다는 단점을 극복했다.

내 설명에 서 전무가 말했다.

"야! 그럼 소나무를 써! 왜 그걸 쓰냐고? 미쳤냐? 널린 게 소나무인데."

그의 말은 일면은 맞지만, 내 의도와는 전혀 맞지 않았다.

상식적으로 말하면 오동나무는 소나무와 비교해 상급 목재도 아니고, 비쌀 필요도 없다.

그런데도 오동나무는 소나무보다 비싸다.

수요가 없어서 키우지 않기 때문이지.

오동나무는 성장이 빠르다.

예로부터 딸을 낳으면, 앞뜰에 오동나무를 심는다고 했다. 그 나무를 잘라, 딸의 혼수로 가구를 만들어주기 위함이다.

그만큼 성장이 빠르다는 말이다.

고작 20년에 가구를 만들 정도로 큰다는 말.

'반대로 그런 말이 있을 만큼, 우리나라에서 많이 썼다는

말이지.'

그에 반해, 성장 속도가 느린 만큼 소나무는 단단하고 무겁다. 나무의 재질로만 따지자면, 소나무가 더 좋은 자재임은 두말할 필요가 없다.

그런데 내가 왜 오동나무에 집착하냐고?

'거기에 우리나라 전통의 특징이 있거든!'

상급 목재인 소나무는 궁궐이나 관아 건축에 사용되었기 때문에 구하기 어려웠다. 그래서 우리 선조는 일반인이 구하기 어려운 소나무로 만들기보다는, 흔한 오동나무의 단점을 극복하는 방법을 택했다.

자원이 부족하기에, 궁여지책으로 생겨난 기법이라고 할까?

믿어지냐고?

'똥구멍이 찢어지게 가난한 선조들이, 그 안에서 멋과 운치를 찾았다고!'

넉넉하게 남아돌아서 멋과 운치를 찾은 게 아니라는 말이지.

그럼에도 불구하고, 궁상맞지 않지!

'달리 진정한 멋인가?'

수백 년 동안 가느다란 목숨을 이어온 그 멋을, 지금 기계로 깔아뭉개려는 거냐?

합리적인 이득이 눈앞에 있는데, 왜 어려운 길을 택하려고 하느냐?

기업적 논리로 그의 말은 맞다.

'돈도 안 되는 걸 왜 해!'

그렇게 묻는 그에게 반문했다.

"왜 그래야 하는데요? 전 오동나무를 쓰고 싶은데요! 그것도 사람 손으로 직접 낙동기법을 적용해서요."

그가 같잖다는 표정으로 물었다.

"그게 원가절감에 얼마나 도움이 되는지 알아?"

"그 원가절감을 전무님이 왜 말씀하시냐고요?"

당신이 말하는 건 원가절감이 아니야.

그냥 장부상의 단순한 숫자로 말하는 비용 절감일 뿐이지!

그에게 말했다.

"전무님! 원가절감은 공장에서 하는 거예요."

"그거나 이거나, 뭐가 달라?"

"진짜로 원가절감 해보신 적 있으세요?"

"뭐야?"

"외주 관리는 해보셨는지 몰라도, 원가절감을 해보신 적 없는 것 같은데요?"

"홋! 지금 네 주제에, 날 무시하는 건가?"

내가 왜 이렇게 확신하냐고?

'피 말리며 원가절감 해본 사람은, 함부로 그 단어를 입에 담지 않는다고!'

대기업은 외주의 비율이 높다. 누구나 알고 있으며, 실행하고 있다.

이유는 간단하지. 공장 하나 관리하는 것보다 외주로 돌리는 게, 비용도 적게 들고 일도 편하니까.

'외주는 관리하기 쉽다.'

그게 어떤 의미인지 아는가?

거래처의 사장은 나와 매일 얼굴을 마주칠 가능성이 적은 사람이다.

'그냥 모니터에 혹은 종이 위에 문서로만 존재하는 사람이라는 말이지.'

사정없이 네고를 하고 양보하라고 말을 해도 전혀 거리낌이 없지.

하청업체에서는 10원의 원가절감을 위해, 밤낮없이 일하고, 품질대비 저렴한 재료를 찾으려 발품을 판다. 그 10원짜리 하나에 생존과 파산의 갈림길에 서기도 하며, 때로는 사장이 목숨을 버리기도 한다.

과장해서 하는 말이 아니다. 1,000원짜리 천 개를 매일 생산하면, 하루 백만 원을 벌 것 같은가?

원자재 비용에, 사원들 월급 주고, 화물비에 전기세, 거기다 은행 대출금을 갚고 나면, 수중에 떨어지는 돈은 얼마 되지 않는다.

'사채 안 빌리면, 아주 건실한 회사지.'

그래서 사장 부인들이 공장 직원들과 똑같이 작업복을 입고 작업하는 경우가 허다하다. 그걸 포장해서 만 원에 파는 기업들은 그 10원 안 먹어도, 사는 데 아무런 지장이 없다.

하지만 그걸 포기하지 않는다. 사장에게는 매출이 달려 있고, 직원들은 거기에 자신의 실적이 달려 있거든.

그 10원에 사장이 등 두드려주기도 하고, 승진을 시켜주기도 한다.

당연히 그의 입장에서는 포기하지 못하지.

내가 어떻게 그렇게 잘 아냐고?

'내가 그렇게 대리 달았거든!'

난 아직도 그 머리 허연 사장님 내외를 기억한다.

그래도 자기네 회사에 일거리 줘서 고맙다고, 갈 때 밥 사 먹으라며 만 원짜리 한 장 쥐여 주더라.

그렇게 대리 승진하고 다른 회사로 이직했다.

당연히 그들이 어떻게 되었는지 모른다. 하지만 지금은 안다! 안 봐도 뻔하니까.

'난 그때 승진을 하지 말아야 했어!'

나는…….

그때의 선택을 지금에 와서 후회하고 있다고!

아니! 나는 처음부터 알고 있었을 거다. 그냥 모른 체했을 뿐이다.

'서 전무! 당신이 어떻게 살아왔는지 보이네.'

코딱지만 한 중소기업의 나도 별로 어렵지 않았는데, 대기업에서는 얼마나 편했겠어.

원가 5% 절감하라고? 더는 물러날 곳이 없을 정도로 양보했는데, 어디를 더 빼라는 말인가?

피골이 상접한 사람에게 '다이어트하시오!'라고 하는 어이없는 개소리에 불과하다. 한 번이라도 그를 직접 봤다면, 다이어트가 아니라, 적선이라도 해줘야 하나 걱정이 생겼을 텐데.

하지만 대기업의 직원들은 그들을 만날 일이 거의 없다.

'모르지. 접대받으러나 한 번씩 갈까?'

그런 사람의 입에서 원가절감이라는 말이 나오다니.

그러나 그의 자신감이 어디서 나오는지, 나는 너무나 잘 알고 있다. 아무리 머리를 쥐어짜도 어려운, 거의 두 배에 가까운 비용 차이를 어디에서 극복하냐고?

'대체 얼마나 많은 하청을 죽이겠다는 말이냐?'

50%의 비용 절감을 위해서는 하청업체 다섯 곳만 거치면 된다.

'야! 10%만 절감해! 뭐야? 그 정도 능력도 안 되면서……. 쯧쯧!'

이 말을 다섯 번만 반복하면 된다는 거지.

갑 중의 갑인, 서 전무의 말을 거부할 간 큰 중소기업은 없다.

모르지.

서 전무 정도의 파워라면 두세 번으로 단축할 수도 있겠지! 대신 그 중소기업은 확실히 망한다!

'내가 그 꼴은 못 보겠다.'

"그리고 원가절감을 왜 하세요? 알리 왕자가 깎아달라고 하던가요?"

서 전무는 짜증 가득한 눈으로 고개를 저었다.

"야! 꼭 말로 해야 하는 거냐? 이래서 초짜는 안 돼! 척하면 척이지! 야!"

그는 삿대질을 하며 언성을 높였다.

"너 같으면 하겠냐? 두 배 비용 내면서? 이거라도 줄여야 견적서 내밀었을 때, 쌍욕은 안 먹을 거 아냐?"

'하청업체들은 쌍욕 안 할 거 같냐?'

그 사람들은 보이지도 않지? 응?

'그리고 어따 대고 삿대질이야!'

기분이 나빠진 나도 불쾌한 얼굴로 대응했다.

"왜 그렇게 겁이 많으세요? 대 현재건설의 전무님께서!"

"뭐야?"

"원래 견적 내밀면서 욕도 좀 먹고 하는 거지. 지레 겁먹고 꼬리 마시깁니까?"

눈알을 부라리는 그에게 비웃으며 말을 이었다.

"알리 왕자한테는 말 붙이기 어렵고, 하청업체는 쪼으기좋다 그겁니까? 실망입니다. 서 전무님!"

서 전무가 버럭 고함을 질렀다.

"실망? 지랄하고! 야! 너는 이렇게 찔러보고 안 되면 받을 돈의 반만 먹으면 된다고 생각하겠지?"

그가 탁자를 탕 치며 말을 이었다.

"네 얄팍한 속셈을 모를 거라 생각하냐?"

그는 사장을 돌아보며 말했다.

"이놈 말은 들으실 필요도 없습니다. 뻔한 거 아닙니까?

이놈 하는 걸로 봐서요. 잘되면 제 놈이 잘해서 그런 거라고 할 거고, 욕먹는 건 우리 현재가 다 뒤집어쓸 겁니다."

'할 말 있으면, 다 해봐라.'

말없이 그의 말을 들었다.

"야! 김성훈이! 내가 이 자리까지 고스톱 쳐서 올라온 줄 아는 모양인데? 단물 쓴 물 다 삼키면서 올라온 거다. 네가 알아?"

'단물은 하청업체 피 빤 거고, 쓴 물은 원청업체한테 욕 처먹은 거겠지.'

하청업체나 밟아서 오른 놈이 무슨 큰소리야!

"사장님! 이건 안 되는 겁니다. 저 새끼가 조금만 양보했어도, 참고 넘기려 했는데, 이거는 영……."

그가 벌떡 일어나며, 내게 훈계했다.

"네가 무슨 운이 붙어서 일을 따왔는지 몰라도, 그 정도밖에 대가리가 안 돌아가면……."

그가 머리를 절레절레 저으며 말했다.

"쯧쯧. 느그 부모가 누군지 몰라도, 먹은 미역국이 아깝다."

순간 결정을 내렸다.

'너는 죽었다. 내 반드시 그 자리서 끌어내린다.'

사장이 안 끌어내리면, 내가 내린다. 그나마 회사에 충성하는 것 같아서, 참고 넘기려고 했는데, 너는 안 되겠다.

사장이 내 프로젝트를 포기하면? 다른 회사에 맡겨서라도 성공시킨다.

그리고 다시 올 거다!

그때는 압둘이 맡긴 프로젝트겠지.

'나냐? 저 인간이냐?'

사장보고 고르라고 할 거다.

건설업계에서 네놈이 발붙일 곳을 내가 남겨둘 줄 알아? 어차피 있어 봐야, 하청업체 피나 빨 놈인데!

나도 벌떡 일어나며 눈높이를 맞췄다.

"되면? 되면 어떡할 겁니까?"

그가 무시 가득한 비웃음을 날렸다.

"되기는 뭐가 돼? 사업이 애들 장난인 줄 알아?"

그 말에 비웃음으로 받아쳤다.

'걸어온 싸움을 피할 정도로, 약골은 아니라서 말이야.'

"왜 막상 닥치니까, 쫄리십니까?"

눈썹을 으쓱하며 그를 도발했다.

"허! 이 새끼 보소."

당장 뺨이라도 올려붙일 듯, 손을 들어 올렸다.

그의 눈을 직시하며 피식 웃었다.

'손찌검이냐? 허 참! 어이가 없어서.'

내가 최 이사나 곽 이사 같은, 졸로 보이나 보지?

손을 멈춘 그가 험상궂은 얼굴로 물었다.

"좋다. 안 되면 어떡할 거냐?"

"원하는 걸 말씀하시죠? 이 프로젝트 드릴까요?"

그가 비릿하게 웃었다.

"그거 받아 뭐 하게? 난 먹지도 못할 거."

상황 판단은 빠르네.

가져가는 순간, 당신은 알리한테 뒈져!

"사장님, 이 새끼 이거 이익 불에 안 되면……."

그가 좋아죽겠다는 듯 웃었다.

"알래스카 보내도 됩니까?"

알래스카가 뭘 의미하는지 모르지만, 사장의 답을 기다릴 필요도 없었다.

"그러죠!"

"새끼! 그래도 깡은 있네. 알래스카, 의외로 좋다. 왜 사는지, 인생에 대한 고민을 깊이 있게 하게 해주거든."

'아까부터 왜 되지도 않는 알래스카 타령이야? 내가 보냈어? 별 또라이 같은…….'

이번엔 내 차례지!

"안 되면 당신……."

"내가 알래스카 갈게. 새끼야!"

짜증이 팍 솟구쳤다.

'아! 씨발 진짜! 내 말 아직 안 끝났는데.'

그래! 이번엔 같은 조건으로 가준다.

알래스카 갔다 오면, 그때 쫓아내면 되지.

"그만!"

사장이 우리의 싸움을 멈췄다.

"서 전무, 내일 아침에 회의 소집해. 아무래도 쉽게 결정할 문제가 아닌 것 같다."

"사장님! 이런 현장 경험도 없는 놈의 말을……. 고려하실 필요도 없습니다. 제 말을 믿으시라니까요? 그냥 이익에 할 거냐 말 거냐, 사우디에 팩스 한 장 보내보면 답 나오는 거 아닙니까? 예!"

그의 말에 속으로 웃음이 나왔다.

'나한테 현장 경험을 말했나?'

미안해서 어쩌나! 내가 훨씬 더 많을 것 같은데. 난 당신처럼 출세 테크를 타지 못해서 계속 현장직이었거든.

죽는 그 날까지 현장 관리하고 견적을 뽑았다고.

사장실을 나오며 생각했다.

'사장이 생각이 있으면, 적어도 확인은 한 번 해보겠지.'

알래스카! 뿌드득! 넌 일 년 후에 보자.

내가 나오는 순간에도, 그는 사장을 설득하고 있었다.

잠시 후, 내가 움찔할 정도로 큰 고함이 뒤에서 들려왔다.

"대가리 박아!"

서 전무가 물었다.

"최 이사, 사장님은 언제 오신대냐?"

"회의 시간에 맞춰서 오신답니다."

"다들 모여 있지?"

"네. 30분 전에 먼저 모이라 했습니다. 안건이 있다고."

"안건은 전달했고?"

"네! 다 전했습니다."

서 전무가 씨익 웃었다.

"그래? 잘했어."

"그런데 전무님, 어차피 사장님이 결정하실 텐데, 우리끼리 말해 봤자……."

그 말에 서 전무는 그의 옆구리를 툭 쳤다.

"그러니까 네놈이 순일이, 그 여우 놈한테까지 밀리는 거 아니냐?"

"꼭 그렇게 말씀을 하셔야……."

"닥치고 들어. 이 회사 일 중에 사장님 결정 안 하시는 일이 있냐? 하지만 어차피 이 일은 안 된다. 그놈 욕심에 놀아나는 것뿐이야."

"네. 맞습니다."

"그런 사장님의 올바른 판단을 위해서, 우리 같은 이사의 충언이 필요한 거 아니겠냐?"

"역시 전무님은 현재건설의 충신이십니다."

최 이사가 고개를 끄덕였다.

"그리고 어차피 안전모 그놈은 꼬리야. 그 뒤에 곽 이사, 그놈과 황 전무가 있겠지. 이 기회에 눌러 놔야 돼!"

"아! 그렇군요."

이야기하는 사이, 회의실에 도착했다.

"그동안 회사 지키느라 고생 많았다. 최 이사."

"네? 그게 무슨 말씀이십니까?"

서 전무가 모인 이사들을 보며 비릿하게 웃었다.

"회사는 말이다. 정치다. 정치!"

"네?"

"잘 봐라. 내가 어떻게 하는지 보여줄 테니까."

'뭣도 모르는 이사 놈들 휘두르는 건 일도 아니지. 이참에 그 새끼, 알래스카 보내버리고, 어리바리한 놈들한테 누가 실세인지 보여주는 거지.'

"그 안전모가 이억 불짜리 일을 가져왔다고? 대단하군."

"하지만 그게 다 거품이라 하지 않나?"

"서 전무 말이 사실이라면, 잘 돼도 뒤가 찜찜하고, 안 되면 독박인 거지!"

"설마 사장님께서 허락하시겠어?"

"그거 때문에 모인 거 아닌가? 시작하려나 보군."

좌중이 조용해지고, 서 전무가 입을 열었다.

"어제 내가 안전모랑 한 이야기 다 들었소?"

모인 이사들이 고개를 끄덕였다.

"황 전무는 어떻게 생각해?"

그는 거두절미하고 그의 의견을 물었다.

항상 신중한 노선을 택하는 부사장 라인을 제외한, 나머지 한쪽의 리더가 그였으니까.

공격적인 어투에, 황 전무가 조심스레 말했다.

"견적이 좀 센 느낌이 있긴 하지만, 승산이 있으니까 한 거 아니겠습니까? 우리 곽 이사의 말도 그렇고 말이죠."

은근슬쩍 화살을 돌리는 황 전무였다.

곽 이사가 그의 말을 이었다.

"네. 사우디 왕족들이 돈에 관해서 꼼꼼하기는 하지만, 쓸 때는 쓰는 사람들입니다. 확인한 것도 아닌데, 미리 겁 집어먹을 필요가 있겠습니까?"

서 전무가 비릿하게 웃었다.

"겁을 먹어? 나 서정길이! 고르바쵸프 하고도 담판 짓고 일 따온 나야! 그런 내가! 고작 사우디 왕족 정도를 겁낸다고?"

곽 이사가 얼굴을 찌푸렸다.

'사골이냐? 언제 적 일을 아직도 울궈먹게?'

하지만 속내를 숨기고 말했다.

"굳이 그쪽의 의견을 듣기도 전에 미리 판단할 필요 없다는 말이죠."

다른 이사도 의견을 꺼냈다.

"어제 그 말 들어보니까, 우리가 하는 게 하나도 없던 것 같던데요?"

서 전무가 그 말을 받았다.

"내 말이 그 말이야. 그놈 말대로라면, 그냥 우리 현재는 그냥 들러리지."

곽 이사가 반박했다.

"잘 들어보니, 해외 공사니까 좀 더 신경 써서 지원하라는 말이더만요. 공사팀이야 우리 현재건설에서 할 수 있는 장인이 없으니, 자기 팀으로 짜겠다는 거고! 복잡하게 생각하실 필요 있습니까? 그냥 시공을 외주 줬다 생각하면 되지요."

서 전무가 웃음을 흘렸다.

"흐흐. 제 새끼라고 편드는 거 봐라."

전체를 돌아보며 서 전무가 말을 이었다.

"대가리가 나쁘면, 한 번 더 생각을 해라. 주둥이에서 나오는 대로 지껄이지 말고."

곽 이사의 자존심이 팍 상했다.

다른 사람도 아닌, 단순 무식의 대명사인 서 전무에서 머리 나쁘다는 말을 듣다니!

"무슨 의도로 하는 말씀이십니까?"

"그게 어떻게 우리가 시공 외주 주는 거냐? 우리가 그놈한테 후방지원 외주 받는 거지! 아니냐?"

'아' 다르고 '어' 다르다 했던가?

현재건설에 자부심을 가진 그들의 자존심을 건드리기 충분했다.

"그놈이 주고, 우리가 부야! 일은 자기가 할 테니, 우리는 굿이나 보고 떡이나 처먹어라, 그거지."

"주건 부건, 무슨 상관입니까? 우리 현재는 멍석 깔아주고 돈만 벌면 되지, 안 그렇습니까?"

항변하는 그에게 서 전무가 혀를 찼다.

"쯧쯧. 저러고도 이사라고. 이건 생각 안 해봤냐?"

"뭐 말입니까?"

"문제가 생기면 책임은 우리가 덮어쓴다고. 그놈 소속이 어디냐? 여기 아니야! 그럼 책임을 그놈이 지겠냐? 아니면 우리냐?"

대답을 못 하는 곽 이사를 비웃으며 말을 이었다.

"거기에는 견적도 당연히 포함되어 있지!"

이사들을 아우르며 그가 말을 이었다.

"내가 시나리오 한 번 써볼까? 일단 이억 찔러놓고 알리 왕자가 거부하면 그놈이 뭐라고 할 거 같냐? 대번에 현재에 서 그렇게 짰다고 할 거 아니냐? 겉으로 보기에는 우리가 올린 거니까? 그러면 어떻게 되냐?"

물 한 잔을 들이켜고 말했다.

"욕은 우리가 다 먹고, 그놈은 빠지겠지. 욕을 처먹더라도, 일억 불로 공사한다고 치자. 그래도 그놈한테 1,000만 불은 줘야 한다고."

이사들이 고개를 끄덕였다.

약속은 약속이니, 사장은 지킬 것이다.

"만에 하나 운이 좋아서 이억 불을 받으면? 제 놈이 잘해 서 그렇다고 하면서, 2,000만 불 땡겨 가겠지?"

곽 이사도 속으로 고개를 끄덕일 수밖에 없었다.

'돈에서 손해 볼 분이 아니시지.'

그리고 고개를 갸웃했다.

'저 인간, 오늘따라 왜 저리 공격적이야! 아무리 알래스카의 원한이 있다고 해도, 이건 좀 심한데?'

서 전무가 입에 거품을 물었다.

"되든 안 되든, 그놈은 손해 볼 게 없다고! 안 그러냐? 최 이사."

"맞습니다. 놈은 어떻게 해도, 손해 보는 게 없죠."

의문을 제기하는 이사도 있었다.

"전무님, 어찌 되었든, 매출은 오르는 거 아닙니까?"

"고작 일억 불의 매출 때문에 우리가 그동안 쌓아온 이미지는 포기할 거냐?"

"이미지라뇨?"

"그 전에 먼저 물어보지! 알리 왕자가 이억에 하자고 하면, 승낙할 거 같아?"

잠시 고개를 갸우뚱하던 그가 말했다.

"아뇨. 안 됩니다."

단지 서 전무의 눈치를 봐서 하는 말이 아니었다.

알리 왕자가 아무리 돈이 많다고 해도, 허락하기 어려운 견적이 아니던가?

서 전무의 목소리는 확신에 차 있었다.

"그래! 이건 안 되는 거야! 이걸 우리는 그에게 들이밀어야 한다는 거지. 그놈 고집 때문에!"

열변을 토하며 말을 이었다.

"알리 왕자가 우릴 뭐라고 보겠어? 사기꾼으로 볼 거 아니냐고? 그때 화들짝 놀란 놈이 고개를 숙이겠지. '아! 이건 안 되는 거였구나!' 하고. 그때는 이미 늦은 거야! 알리 왕자는 이미 우리 현재를 사기꾼으로 판단했을 테니까."

다른 이사가 이견을 내놓았다.

"너무 과장해석 아닐까요? 이번이 첫 거래도 아니고, 지금까지 몇 번 거래를 해왔잖습니까?"

"그렇게 공들여서 만든 이미지를 다 까먹는다고! 내 말이 무슨 말인지 모르겠어?"

그가 말을 이었다.

"어이! 곽 순일이! 네가 중동 통이지. 네가 한 번 말해 보지?"

지적받은 곽 이사가 툴툴거렸다.

"뭘 말입니까?"

"알리 왕자가 견적 준다고, 한 번에 시원하게 오케이 한 적 있냐?"

불시의 공격에 곽 이사의 말문이 막혔다.

"그런 적은……."

한 번도 없었다.

만만치 않으니, 두려운 존재들이었다.

그렇게 돈이 많아도, 숫자 계산에는 냉정했다.

이사들의 수군거리는 소리가 들렸다.

"한 번도 없었지?"

"그럼. 그러니까, 저 여우 같은 곽 이사가 그 고생을 했지."

"알리 왕자에게 견적만 담당하는 팀이 따로 있다는 소문도 돌았지. 아마."

쓸데없거나 조금이라도 일반 단가보다 비싼 부분을 칼같이 짚어내고, 견적을 깎았기 때문에 난 소문이었다.

"그나저나 서 전무, 오늘 칼 갈고 나왔는데?"

"그러게. 황 전무, 곽 이사가 한 마디를 못하네."

들리는 소리에 서 전무가 비릿하게 웃었다.

"없지? 그렇지?"

허나 곽 이사라고 할 말이 없으랴!

일을 가지고 온 사람은 성훈이었고, 다른 사람은 몰라도 그는 알지 않던? 알리와 성훈의 각별한 사이를.

그가 항변했다.

"그래도 이번에는 다를 겁니다. 알리 왕자가 왕세자가 되는 데, 매우 중요한 활약을 했습니다."

서 전무가 코웃음 쳤다.

"그래서! 거기 도움 좀 되었다고! 원래 견적에 일억 불을 턱 얹어서 준다?"

서 전무가 빙글거리며 말을 이었다.

"네가 돈이 썩어나는 부자라고 치자! '아이고. 고맙네!' 하면서 일억 불을 더 주겠냐?"

상식선에서는 절대 불가능한 이야기가 아니던가?

대답을 못하는 곽 이사에게, 서 전무가 일침을 가했다.

"알리 왕자가! 또라이냐고?"

'고맙다고 너 같으면, 1,500억을 주겠어?'라고 묻는 말이었다.

무슨 대답을 하랴!

서 전무가 자신만만한 어투로 말했다.

"그것도 그 새끼한테 직접 주는 것도 아니고, 아무 연관 없는 우리 현재한테 준다고? 무슨 말도 안 되는 개소리를 하고 있어!"

"끄응."

말을 잃은 곽 이사가 조용히 자리에 앉았다.

그가 이사들을 설득했다.

"이건 받는 순간, 폭탄을 껴안는 거라고! 세상물정 모르는 그놈, 천만 불 더 챙기려는 욕심 때문에, 우리 현재는 무지막지한 이미지 타격을 입게 된다고. 그놈 말만 믿고, 알리 왕자한테 바가지를 씌운 꼴이 되는데, 다음에 아랍에서 일 받을 수 있겠어?"

입을 꾹 다문 곽 이사에게로 눈을 돌렸다.

"어이! 그 알리 왕자하고 압둘 왕자하고 친하다면서, 둘이서 단합해서 우리 현재를 중동 건설에서 제외하자! 그러면 너 그거 감당할 수 있어?"

회의 탁자를 쾅 치며 호통을 쳤다.

"곽순일이! 너, 이 새끼. 당장 책상 빼야 돼! 중동 빼면, 네가 아는 데가 어디 있어?"

이 논리적인 말에 무슨 반박을 하랴!

곽 이사는 속이 바짝바짝 탔다.

'이미지 같은 소리 하고 있네! 서 전무 당신이나 잘하쇼! 당신 때문에 하청업체들이 현재건설을 얼마나 욕 하는지 알아?'

하지만 그는 아무런 대응을 할 수가 없었다.

'분명히 성훈 님께서는 복안이 있으시니, 이렇게 밀어붙이시는 거겠지.'

허나 그 복안을 모르니, 함부로 말할 수가 없다.

'직접 말씀을 안 하시니, 내가 나설 수도 없고.'

이래저래 머리가 복잡한 곽 이사였다. 의도가 뭔지, 물어보면 되지 않느냐고? 어떻게?

아직도 성훈의 말이 귀를 맴돌고 있는데!

"제가, 곽 이사님이 하라면 해야 하는 겁니까?"

단지 며칠을 못 봤을 뿐인데, 성훈의 말에서 이전과는 다른 묵직한 무게감이 느껴졌다.

'그사이 무슨 일이 있었던 거지?'

확실한 것은 저기서 떠들어대는 서 전무 따위가 함부로 상대할 수 없다는 확신이었다. 그래서 더더욱 성훈에게 말을 붙일 수가 없었다.

머릿속이 복잡해졌다.

'이걸 어떻게 하지. 알리 왕자한테 직접 물어볼 수도 없고. 휴!'

문 앞에 있던 최 이사가 소리쳤다.

"사장님 오십니다."

서 전무가 으르렁거리며 말을 맺었다.

"이 점을 염두에 두고 회의에 임하라는 말이오. 피라미 한 놈 때문에 우리 현재가 받을 타격을 잘 생각하고."

잠시 후, 사장이 자리에 앉았다.

"왜 이리 소란스러운 건가?"

서 전무가 만족스러운 미소를 지었다.

"별일 아닙니다. 시작하시지요. 사장님."

"결국, 이사들의 생각은 하면 안 된다는 거지?"

이사들이 대답했다.

"어느 정도의 견적 차이라면, 모험을 해볼 만합니다만, 지금의 경우는 차이가 너무 납니다."

다른 이사도 그에 호응하며, 고개를 저었다.

"일억 불로 할 수 있는 걸, 이억 불로 하자니요. 상식적으로……."

"박 이사."

"네. 사장님."

"작년 해외 수주액이 얼마였더라?"

"2조가 조금 안 된 것으로 기억합니다만."

"잘 기억하고 있네. 정확히는 1조 8천억이지."

"네. 맞습니다."

"고생들 많았지. 자네들 모두."

"그야…… 다 사장님께서……."

그의 말을 조용히 경청하던 사장이 나직하게 말했다.

"원래 목표는 2조 1천억이었던 걸로 기억하는데 말이야."

회의장의 분위기가 순식간에 얼어붙었다.

말없이 사장이 의자로 등을 기대며, 팔짱을 꼈다.

"끄응. 그래서 올해 목표는 2조 4천억이지. 올 초에 회장님께서 그러시더군. '이번 해도 작년처럼 고로케 해라? 알겠제!'고 말이야."

회장의 그 말이 칭찬이 아님을, 이사 중 모르는 사람이 없었다.

"그게 의미하는 바가 뭔지 모르는 사람 있나?"

매출 달성이 되지 않는 경우, 왕 회장의 경영이 시작될 것이다.

"회장님 나서시면 어떻게 되는지는 당해 봐서 알지? 다들?"

사색이 된 이사들을 보며 사장이 피식 웃었다.

"제일 먼저 당신들 연봉부터 깎아버리시지. 물론 나도 무사하지는 못하겠지."

사장이 말을 이었다.

"자! 지금 1월이다. 매출 잡힌 거 얼마지?"

"아직…… 집계가……."

"됐고! 성훈이 말대로 2억 불이라고 하면 3,000억이지. 올해 목표액의 몇 프로지?"

아무도 답하지 않았다.

사장이 숫자 계산을 못 해서 물어보는 것이 아니리라.

"이거 채울 자신 있는 놈 있어?"

찬물을 끼얹은 듯한 정적이 흘렀다.

"솔직한 내 마음을 말해 줄까?"

정적 위로 사장의 호통이 휘몰아쳤다.

"성훈이 같은 놈, 한 명만 더 있었으면, 당신들 몽땅 다 갈아치웠어! 알아?"

"내가 당신들 모이라고 한 게, 이런 성토를 들으려는 건 줄 알아?"

쾅!

분노한 주먹이 탁자를 부술 듯이 때렸다.

"성훈이, 그 녀석 고집을 꺾을 안을 내놓던가? 아니면 다른 대안이라 들으려고 한 거라고! 그런데 뭐? 폭탄? 폭탄 같은 소리들 하고 자빠졌네!"

아무도 대꾸하는 사람이 없었다.

"작년 실적이 말해 주는데, 자네들을 믿고 있으라는 말이야? 또 회장님께 한 소리 들으라고!"

사장이 으르렁거리며 말을 이었다.

"그 전에 내가 당신들, 그냥 놔둘 것 같아?"

성훈의 말에 따르면, 이 일이 끝난 후에 압둘의 일도 예약되어 있다고 했다.

'그것 또한 이번 일보다 작지는 않을 거란 말이지.'

사장이 어금니를 꽉 물었다.

"난 이 지푸라기라도 잡아야겠어! 무슨 말인지 알았나?"

이사들의 의견이 분분했다.

마침내 아까의 박 이사가 조심스레 입을 열었다.

"그럼 직접 물어보는 건 어떻겠습니까?"

짜증 가득한 사장의 고함이 울려 퍼졌다.

"뭘 물어봐?"

기가 죽은 이사가 말했다.

"호텔 주인인 알리 왕자에게 직접 말입니다. 그럼 확실하지 않겠습니까?"

"허! 이 친구가……."

사장이라고 시도해 보지 않았으랴!

허나 왕자가 친구가 아닌 이상, 개인적인 연락 방법이 없었다.

된다고 한들, 뒷감당은 누가 하고?

김 비서를 시켜 알리 왕자의 건설회사에 전화를 해봤지만, 아무런 소득이 없었다.

'그 건에 대해서는 하달받은 바가 없습니다. 직접 통화를 해보시지 그러십니까?'라는 답변을 들었을 뿐이었다.

'호텔 쪽도 마찬가지였지.'

그렇다고 알리 왕자에게 직접 연락이 닿는다고 한들?

뭐라고 할 건데?

당신이 일을 줬다는데, 그 성훈이라는 사람이 허풍을 치는 것 같다고?

믿을 것은 이사들의 아이디어라고 생각했는데, 이런 상황이니, 사장의 머리가 지끈거렸다.

'결국, 직접 물어볼 수밖에 없나?'

서 전무가 누런 이빨을 드러내며 말했다.

"그럼 곽 이사에게 맡기는 게 어떻겠습니까?"

당황한 곽 이사가 눈에 쌍심지를 켰다.

"제, 제가 왜?"

"유일하게 그놈 말대로 따르자는 사람 아닌가?"

기가 막힌 곽 이사가 말했다.

"전 성훈 군이 하는 말 믿는다니까요? 그런데 왜 제가 확인해야 합니까?"

이건 고양이 목에 방울을 달라는 말이었다.

'하지만 고양이가 아니라, 호랑이라고! 대호!'

서 전무가 비릿하게 웃으며 말했다.

"네가 애지중지 싸고도는, 네 새끼가 싸지른 일인데, 당연히 네가 책임져야지."

"허!"

'누가 누구 새끼야? 개뿔도 모르면서!'

곽 이사가 황당한 표정으로 물었다.

"전화를 해서! 뭐라고 물어봅니까?"

그래!

뭐라고 물어보냐고?

'성훈이 이억이라는데, 그거 진짜냐?'

맞다고 하면?

'네! 알겠습니다' 하고 끝나냐?

성훈 님을 안 믿은 죄로 당할 거고!

아니라고 하면?

성훈 님의 계획을 망친 죄로 또 당할 거라고!

물론 제 삼의 대답이 나올 수도 있다.

'사실은 그렇지 않지만, 그 견적이라도 할 마음은 있다'라는…….

하지만 어느 경우가 되든, 곽 이사의 마음이 편한 쪽은 없었다.

서 전무가 비웃었다.

"그 정도 유도리도 없어?"

"그러니까 뭐라고 할 거냐는 겁니다."

"내가 중동 사람들 성격을 어떻게 알아? 중동 전문인 자네가 알겠지?"

모르니, 그런 말 하는 거겠지.

'서 전무, 당신이 알리 왕자가 얼마나 불같은 성격인지 아느냐고?'

그의 원망 가득한 시선에, 서 전무는 되레 웃으며 받아쳤다.

"알리, 그 사람! 호탕하다면서!"

"수틀리면 다 박살 내버리기도 하죠."

서 전무가 빈정거렸다.

"아냐! 내가 보기엔 그처럼 좋은 사람도 드물어."

'뭘 근거로?'

서 전무가 빙글거리며 말을 이었다.

"고맙다는 이유로 서른도 안 된 놈에게 이억 불을 지르는 사람이라고. 흐흐."

그건 성훈 님한테나 그런 거지!

"사장님, 그냥 성훈 군이 원하는 대로 하시면……."

곽 이사의 말은 애걸에 가까웠다.

사장이 턱짓했다.

"연결해!"

"사, 사장님! 오늘은 알리 왕자의 왕세자 즉위식이 있는 날입니다. 어떻게……."

한층 더 대하기 어려운 사람이 된 것은 당연한 노릇!

그때도 성훈이 있었기에, 어떻게든 어울릴 수 있었던 것!

자력으로는 한 번도 그를 만나 본 적이 없었다. 기껏해야 알리 왕자의 건설회사 이사가 그가 직접 통화할 수 있는 선이었다. 하지만 사장의 의지는 굳었다.

고개를 숙이고 한숨을 푹 쉬던 곽 이사가 입을 열었다.

"휴우. 알겠습니다. 저도 직통 전화는 모릅니다. 그의 집무실로 연락을 넣겠습니다."

사장이 고개를 끄덕였다.

히죽 웃은 서 전무가 소리쳤다.

"야! 스피커폰으로 돌려! 다 듣게."

곽 이사는 전화기의 버튼을 누르면서, 두근거리는 가슴을 달랬다.

'별걸 다 간섭이구만!'

이억 불의 사실에 의구심을 가진 게 아니라, 알리와 통화한다는 것만으로도 충분히 긴장했다.

서 전무의 간섭이 다시 이어졌다.

"영어로 해라. 엉? 알았지?"

저도 모르게 짜증 섞인 반응이 나왔다.

"아! 그러실 거면, 직접 하시죠!"

"뭐야? 저게."

—띠리리리.

통화음이 회의실에 울려 퍼졌다.

사장의 매서운 눈초리에, 서 전무가 마지못해 입을 다물었다.

—알리 왕세자 집무실입니다.

젊고 힘 있는, 유창한 아랍어였다.

"안녕하십니까? 현재건설의 곽순일 이사라고 합니다."

영어로 말하자, 그쪽에서도 영어로 답했다.

─현재건설이요? 그런데 무슨 일이십니까?

"실은 왕자님께 여쭤볼 게 있어서 전화를 드렸습니다."

─알리 왕세자 전하 말씀이십니까?

"아! 네. 죄송합니다. 급한 일이라. 꼭 좀 부탁드립니다."

사무적인 목소리가 들렸다.

─급한 일이라…… 그건 그쪽 사정이지요. 무례하시군요. 오늘이 어떤 날인 줄 알고…….

은근한 분노마저 느껴지는 음성이었다.

급히 목소리를 낮추며 물었다.

"그…… 왕세자 전하의 친우인 성훈 군이…….."

회의실의 분위기도, 곽 이사의 마음만큼이나 가라앉아 있었다.

사장도 민망하기는 매한가지!

상대가 누구이든, 이처럼 긴장한 적이 있었던가? 직접 물어보면 했지, 이처럼 부하를 시킨 적은 없었다.

어찌 자존심이 상하지 않을 수 있겠는가? 겁쟁이처럼 부하 뒤에 숨어서, 통화를 훔쳐 듣는 것이 아니던가?

'하지만 이번 일, 한 건이 아니라고!'

그리고 성훈의 성격상, 거짓을 말할 사람이 아니었다. 상대가 누가 되었든, 현장에서 안전모를 쓰라고 소리치는 놈이 아니던가?

'그런 놈이 거짓말을 한다고? 차라리 말을 안 하면 안 하겠지!'

그러나 확인하지 않고 넘기기에는 사안이 너무 커! 이번 일만 정말 녀석의 말처럼 풀리면…… 중동 쪽의 사업은 거의 휩쓸다시피 할 수 있다고!

'그럼 아버님께서 나를 보는 시선이 바뀌실걸!'

바짝 긴장한 채, 통화에 귀를 기울였다.

그때, 다른 사람의 목소리가 들렸다.

ㅡ뭔가? 오늘이 무슨 날인지 모르나?

ㅡ그러게 말입니다. 이 무례한 작자들이…….

묵직한 목소리가 물었다.

ㅡ누군데?

ㅡ현재건설이라는 작자들인데…….

ㅡ뭐야? 거긴 성훈 님의 회사잖아. 이쪽으로 돌려!

바쁜 발걸음 소리가 들렸다.

ㅡ혹시 성훈 님께 실례를 한 건 아니겠지?

ㅡ수석 집사님! 그게…….

ㅡ일단 끊고, 나가서 일 보게!

잠시 후, 부드러운 목소리가 스피커에서 흘러나왔다.

ㅡ수석 집사입니다. 성훈 님.

곽 이사의 얼굴이 더 구겨졌다.

누가 그랬던가?

왕보다 까다로운 게, 집사라고.

몇 번이나 집사를 겪은 그로서는 당연한 반응이었다.

"저…… 성훈 군이 아니라……."

ㅡ커흠! 성훈 님이 아니시군요.

좀 전의 사근사근함과는 거리가 먼, 근엄한 목소리.

"네! 현재건설의 곽 이사입니다."

ㅡ…….

"작년 겨울에 성훈 군과 문장을 그릴 때, 동석했던……."

잠시 후, 목소리가 들렸다.

ㅡ아! 기억났습니다.

"네. 그 곽 이사입니다."

집사가 무뚝뚝하게 물었다.

ㅡ용건이 뭡니까? 오늘은 왕국의 경사스러운 날이라…….

찬바람이 절로 이는 목소리였다.

"실은 알리 왕자님의 리야드 호텔 건으로 왕자, 아니, 왕세자 전하께 여쭤볼 일이 있어서 전화를 드렸습니다."

ㅡ아! 그 때문에 어제 통화를 하신 모양이군.

집사는 혼자 중얼거리다가, 말을 이었다.

ㅡ전하께서는 오늘 바쁘십니다. 저에게 말씀하시면 됩니다.

곽 이사의 머릿속이 복잡해졌다.

'뭐라고 묻냐고?'

현재에서 나온 견적은 일억인데, 성훈은 이억을 원하고 있다. 그래서 우리도 당신에게 이억으로 견적해서 주겠다고?

하지만 모두의 시선이 질문을 강요하고 있었다.

"성훈 님…… 아니, 성훈 군께서 이억에 공사를 하겠다고 하는데, 이를 전하께서 허락하신 것인지."

―허락하셨습니다.

"네. 네?"

곽 이사 자신도 이렇게 쉽게 답을 얻을 줄은 몰랐던 모양이다.

사장에게 고개를 돌리며, 놀란 입을 딱 벌렸다.

손가락으로 전화기를 가리키며, 눈을 부릅뜬 채!

'이, 이것 보십시오!'

이사들의 눈빛이 그를 독촉했다.

'더 자세하게. 얼른!'

침을 꿀꺽 삼킨 곽 이사가 물었다.

"혹시 자세한 내용에 대해서도 말씀을 나누셨는지 여쭤 봐도…….."

―…….

잠시 후, 집사가 말했다.

―자세한 내용은 말씀드릴 수 없습니다. 다만…….

"다만……?"

―그 건에 대해서는, 처음부터 전권을 위임하셨습니다.

"네? 전권을 위임하셨다고요?"

그 말에 누구보다 놀란 것은 서 전무였다.

의자에서 벌떡 일어나며, 전화에 입을 갖다 댔다.

"이거 보쇼. 집사 양반! 그래도 혹시 다른……"

-지금 말씀하시는 분은 누구신지?

예의를 잃지는 않았지만, 불쾌함이 가득한 음성이 스피커를 울렸다.

곽 이사의 인상도 절로 일그러졌다.

'집사라고 진짜로 집 보는 사람으로 아나?'

현 사우디 국왕의 파트너가 아크람이듯, 알리 왕세자의 파트너는 이 수석 집사였다.

'차세대 아크람을 보고, 집사 양반이라고? 이 미친놈아!'

감히 당신 따위가 말을 건넬 수 있는 사람이 아니라고!

"현재건설의 서 전무라고 하오!"

차가운 목소리가 울렸다.

-'혹시'라고 하셨습니까? '혹시'는 없습니다.

"어떻게 그럴⋯⋯."

-리야드 건에 관해서!

집사가 단언했다.

-현재건설은, 성훈 님께서 원하시는 대로만 하시면 됩니다. 아시겠습니까?

털썩!

서 전무가 의자에 엉덩이를 내팽개쳤다.

헤 벌어진 입이 묻고 있었다.

'이게 말이 돼?'

사장의 끄덕임에, 곽 이사가 급히 말했다.

"알겠습니다. 그렇게 하겠습니다."

작은 한숨 소리가 스피커를 통해 나왔다.

-저는 좀 이해가 가지 않는군요.

"그게 무슨 말씀이신지?"

-그 호텔의 주인이 그렇게 하자고 하셨는데, 당신들이 왜 이런 고민을 하는지 말입니다.

곽 이사가 멋쩍은 웃음을 흘리며 말했다.

"절차상 확인이 필요했을 뿐입니다."

-누구에게 확인이 필요하다는 겁니까?

"그야 당연히 호텔 주인이지요."

잠시 침묵이 흘렀다.

-흠……. 아직 말씀하지 않으신 모양이군요.

"네? 뭐가 말입니까?"

이해하지 못한 곽 이사가 반문했지만, 그는 대답을 회피했다.

-아닙니다. 때가 되면 직접 말씀하시겠지요. 그럼 저는 바빠서 이만.

"아! 네. 바쁜데 시간을 내주셔서 감사합니다."

통화를 끝낸, 곽 이사의 미간이 좁아졌다.

'저건 또 무슨 소리야? 묘하게 여운이 있는…….'

집사와의 통화가 끝났다.

믿기 어려운 상황에 잠시 침묵이 흘렀다. 상황을 지켜본 사장도 심정이 착잡했다.

하지만 어쩌랴! 결과가 이러한 것을…….

공은 공, 사는 사, 약속은 약속! 무거운 마음으로 서 전무에게로 얼굴을 돌렸다.

'그러게. 조심하라고, 주의까지 줬는데. 일을 이 지경으로 만들어? 저놈의 주둥이가 문제야!'

애증의 눈길이 서 전무에게로 가 닿았다.

입맛을 다시며 물었다.

"쩝. 서 전무, 발에 동상 걸렸다면서? 좀 나았나?"

"그게 아직……."

"쯧쯧. 조심하지 않고는."

"죄송합니다."

"죄송할 게 뭐 있나? 보낸 내 잘못이지. 그래, 알래스카에서 돌아온 지 얼마나 됐지?"

"네. 이제 한 달 조금 넘었습니다."

"미안하다, 정길아."

사장의 말이 뭘 의미하는지, 어찌 모르겠는가?

"아, 아닙니다."

서 전무가 고개를 떨어뜨렸다.

사장이 한숨을 내쉬며 읊조리듯 말했다.

"네 발로 갈래? 아니면 성훈이 보고……."

"심려를 끼쳐 죄송합니다. 제 발로 가겠습니다."

사장의 한숨이 깊어졌다.

"휴우. 나가 봐!"

다시는 기억하고 싶지 않은 알래스카의 악몽이 재개되고

있었다.

웅성거리는 소리가 들렸다.

"이게 뭐야? 어떻게 된 거야?"

"돌아온 지 얼마나 됐다고, 또 가는 거야?"

"대체 무슨 일이 있었던 거야? 또 사장님 댁 욕실 뜯으셨대?"

"몰라. 우리가 그걸 어떻게 알아? 젠장. 또 피바람 부는 거 아니야?"

소란 속에 곽 이사만이 코웃음 쳤다.

'그러게. 성훈 님한테 대들기는. 무식한 양반아. 상대를 보고 발을 뻗어야지.'

상황이 이해되지 않기는 양 이사도 마찬가지였다.

"곽 이사님, 이게 무슨 일이오?"

"우리를 알래스카로 보내는 사람이 한 사람밖에 더 있나?"

알래스카로 간 사람들은 모두……

"그럼 이번에도 성훈이가?"

"흐흐흐. 두말하면 입 아프지."

"쯧쯧. 알래스카 있는 박 부장이 또 고달프겠네요. 서 전무 갔다고 그렇게 좋아했는데. 이번에 또 서 전무 가면, 사표 낼지도 모르겠는데요?"

찢어질 듯 벌어진 입을 오므리며, 곽 이사가 말했다.

"흐흐흐. 뭐 어쩌겠나? 갈 사람은 가고, 남은 사람끼리 힘내야지."

101장
네고

보름이 지났다.

"어서 오세요. 이사님."

"네. 헉헉. 방금 확인해 보고 오는 길입니다."

'지금쯤 견적 나올 때, 안 됐어요?'라는 말에, KT팀으로 총알같이 달려온 곽 이사였다.

KT란, 'Korea Tradition'의 줄임말이었다.

너무 단순하다고 민수는 투덜거렸지만, 뭐하러 골치 아프게 프로젝트명을 고민하나? 얼마나 좋아? 한눈에 뭐 하는 팀인지 알 수 있잖아!

단순 명료, 그리고 직관적이다. 하여간 나 같은 말단이 회사 대외비인 견적을 알려면 얼마나 많은 절차를 거쳐야 하던가?

곽 이사는 과정을 소거한 결과만 가지고 왔다.

'이런 건 참 편하네.'

그에게 물잔을 권했다.

"그냥 전화로 말씀해 주시면 되는데……."

"그럴 수야 있나요. 다른 사람도 아니고……."

그에게 눈치를 주며 물었다.

"그래서! 얼마 정도 나왔던가요?"

"대략 2억 4천 불 정도 나왔습니다."

그는 〈대외비〉라고 찍힌 서류를 내밀었다.

쭈욱 훑어보고는 그에게 내밀었다.

"네. 이 정도면 됐어요. 약간 초과하긴 했지만, 그런 걸로 뭐라 할 사람은 아니니까."

곽 이사는 염려가 되는 듯 했다.

"저번에 집사님과 통화할 때, 이억 불 정도로 얘기했었는데, 20%나 초과했는데 괜찮을까요?"

"걱정 마세요. 집사 아저씨가 제 맘대로 하고 했다면서요?"

"그래도……."

그의 걱정을 일축했다.

"신경 쓰지 마시래도 그러시네. 가서 일 보세요."

곽 이사가 사무실에 있는 사람들에게 인사를 건넸다.

"그만 가보겠습니다. 그럼 어르신도 일 보십시오."

곽 이사의 인사에 대목장이 머쓱하게 고개를 숙였다.

"곽 이사님도 수고하시오."

"네. 그럼……."

대목장이 물었다.

"성훈이, 너! 이사님같이 높은 분을 보고 오라 가라 해도 되는 거냐?

그는 내 행동이 탐탁지 않은 듯, 미간을 좁혔다.

그 말에 대수롭지 않게 대꾸했다.

"에이. 제가 언제 오라고 했어요? 이사님이 잘되어 가는지 확인하러 온 김에 이야기해 준 건데요."

하지만 그는 혀를 찼다.

"쯧쯧. 그 회사의 녹을 먹으면 몸 바쳐 충성해야 하거늘, 어찌 상관을 수하 다루듯이 하느냐?"

"요즘이 조선 시대도 아니고, 여기가 관아도 아니잖아요. 요즘은 그런 거 안 따집니다. 대통령도 국민한테 고개를 숙이는데."

"쩝. 그런 거냐? 하여간 대기업이라서 그런지, 되게 한가한가 보다. 이사씩이나 되는 사람이 너 같은 말단한테 보고하러 올 시간도 있고."

"할아버지!"

민수의 만류에 그가 투덜거렸다.

"누가 그렇다더냐? 내가 보기에 그렇게 보인다는 말이지."

'어르신! 예리하십니다.'

하지만 그에게 웃으며 너스레를 떨었다.

"에이 설마요? 아니에요."

민수도 옆에서 피식 웃으며 거들었다.

"저 이사님은 성훈 형한테 더 잘해야 돼요. 할아버지. 이건 어떻게 할까요?"

지금 우리는 내가 디자인했던 것을 취합에 모형을 만들고 있었다. 천 개 정도의 객실을 좀 더 다양한 콘셉트로 만들기 위해서였고, 최종적으로는 알리에게 보여주기 위한 것이었다.

'그리고 이건 압둘의 호텔을 할 때도 도움이 많이 될걸!'

투덜대던 대목장의 관심은 어느새 모형에 집중되어 있었다.

'최대한 다양하게 만들어야 해.'

새로움만으로 승부할 수는 없다.

다양하지 않으면 금방 질리게 된다.

계획이 하나씩 하나씩 현실화되고 있었다.

최상급 장인들의 손에서.

"참! 그리고 리야드 쪽에서 네고를 요구했습니다."

사장이 고개를 갸웃하며 말했다.

"그래? 거 참! 언제는 견적 내는 대로 다 해줄 것처럼 굴더니, 그건 또 아닌 모양이네."

"자기들은 이익 붙대라는 말밖에는 들은 게 없답니다."

"흠. 그래?"

"또 통화를 해보시겠습니까?"

"됐어."

사장이 손사래 치며 말을 이었다.

"그 정도만 해도 어디야."

사장이 잠시 고민하더니 말했다.

"이억 대라…… 그럼 이억 천 불이 약간 안 되게 맞춰 봐! 될 거 같아?"

부사장이 고개를 끄덕였다.

"네. 조건은 맞으니까요."

"그렇게 하면, 우리 순익이 얼마나 돼?

"대략 그래도 이천 백억 불은 확보됩니다. 성훈 군의 10%를 제외하고 말입니다."

사장이 피식 웃었다.

"그렇게 네고를 하고도, 그만큼 남는다는 건가?"

"사실 그만큼 남기는 것도 대단한 거지요."

"그 녀석이 더 대단하지. 큭."

"그렇죠. 그만큼 성훈 군이 가져가니까요."

부사장이 아쉽다는 듯, 입맛을 다셨다.

"약속이니까, 누가 이런 일을 가지고 올 줄 알았나?"

처음에는 귀여운 조카 용돈 준다는 마음으로 했던 약속이었다. 단지 그 용돈이 생각보다 아주 많이 컸을 뿐.

배 아프기는 사장도 마찬가지가 아닐까? 티를 내지 않을 뿐.

부사장이 흐뭇한 표정으로 말했다.

"그렇다고 해도 덩어리가 큽니다. 보통 인물은 아니죠."

"인정이 빠르군. 자네는."

"그게 제가 아직도 여기 있는 이유가 아니겠습니까?"

"하하하. 사람 참!"

"애초에 우리 계획대로 일억 불에 했다면, 이만큼 남기기 어려웠을 겁니다. 단일 수주 건으로 이 정도면 열 손가락 안에 충분히 꼽을 만한 순익입니다."

부사장이 차분하게 말을 이었다.

"기대가 큽니다. 앞으로 어떤 일을 가져올지, 얼마나 클지 말입니다."

"나도 마찬가지일세. 괴물 같은 놈."

고개를 주억거리던 사장이 갑자기 떠오른 듯 말했다.

"참! 거기서 외주업체랑 장인들 인건비 건드리면 그놈 난리 치는 거 알지?"

부사장 자신이 회의를 참석하지는 못했지만, 이미 그때의 상황은 다 전해 들었다.

"네. 그 부분은 일절 건드리지 않았습니다."

"그래 그럼 그렇게 진행해. 다음 안건은?"

"회장님께서 내일 방문하실 예정이십니다."

"벌써 그렇게 되었나?"

"그냥 쉬셔도 될 텐데."

"그게 되시는 분입니까? 그렇게 현장을 돌아다니셨는데, 그분 성격에 이만큼만 하는 것도 많이 참으시는 거지요."

매달 사장단들을 모아 회의를 하는 것도 모자라, 순서대로 계열사를 돌며, 이사회의에 참석하는 것이 왕 회장이 그룹을 운영하는 방식 중의 하나였다.

덕분에 자칫 나태해질 수도 있는 이사들의 움직임에 긴장감이 조성되는 것이다.

"다행입니다."

"뭐가?"

"보여드릴 게 생기지 않았습니까?"

사장이 머쓱하게 웃었다.

"사람 민망하게시리."

"해외 수주가 없는 게, 사장님의 무능은 아니잖습니까?"

말없이 쓴웃음을 짓는 그에게 부사장이 말을 이었다.

"국제 경기가 안 좋은 건 어쩔 수가 없지요."

"하지만 그런 걸 인정하는 분이 아니시지."

"어쩔 수 없지요. 그분께서 국내 수주로만 만족하셨다면, 아마 현재건설은 이만큼 크지 못했을 겁니다."

"벌써 망했겠지."

"국내 수주의 한계를 진작 캐치하신 거죠. 전 그 부분은 굉장히 존경하고 있습니다."

"본받을 건 본받아야지."

"비록 연초이기는 하지만, 다른 계열사에 비해 확연한 약진입니다. 회장님께서도 기뻐하실 겁니다."

"알았어. 내일 회의에 차질 없게끔, 잘 준비하고."

"네. 사장님. 그럼."

부사장이 일어섰다.

"아 참! 그리고 말이야……."

나가려는 부사장을 불러 세웠다.

남은 말이 있는지, 부사장이 뒤돌아서며 고개를 숙였다.

"네. 사장님."

"만약에 그 호텔 지배인이 그래도 뭐라고 하면, 나한테 오지 말고, 성훈이 놈 불러 가지고 처리해."

"네?"

"제 녀석이 원하는 대로 다 해줬으니까. 우리는 할 일 다 했어? 알리 왕자랑 직접 통화를 하든지, 난리굿을 하든지, 직접 해결하게 하라는 말이야!"

진절머리를 치는 사장에게 부사장이 웃으며 물었다.

"그때 이사들이 다 깜짝 놀랐다지요?"

사장도 놀랐기는 마찬가지지만, 교묘하게 사장은 그러지 않은 것처럼 말하니, 이 어찌 노련하지 않은가?

사장이 피식 웃었다.

"그래! 다시는 그런 일을 겪고 싶지 않다고. 그 집사랑 통화가 끝났기에 망정이지. 만약에 진짜로 알리 왕자하고 연결되었다고 해봐!"

"곽 이사가 그 통화 끝나고, 우황청심환을 세 알이나 먹었다고 얘길 들었습니다.

"그래. 곽 이사가 고생했지."

잠시 망설이던 부사장이 말했다.

"사장님, 알래스카 소식 들으셨습니까?"

"아니. 왜?"

부사장이 진중한 그답지 않게, 입맛을 다셨다.

"쩝. 거기 전 직원들이 몽땅 사표 좀 수리해 달라고 청원을……."

"정길이 그 녀석, 아직도 그 버릇 못 고치고……."

"다시 부를까요?"

그의 말에 사장이 다급히 고개를 흔들었다.

'와서 성훈이랑 또 한 판 하라고? 이번에는 그놈 하나로 끝나지 않을걸?'

"됐어! 사람. 짓궂기는……. 어차피 와 봐야……."

"그럼?"

"그냥 내버려 둬. 직원들은 정 힘들다면, 다른 직원으로 교체해. 거 있잖아. 농땡이 부리는 놈들로."

부사장이 멋쩍게 웃으며 물었다.

"제가 임의로 선정해도 되겠습니까?"

사장이 그의 얼굴을 비스듬히 쳐다보았다.

부사장의 입가에 웃음이 살짝 걸렸다. 이제는 눈빛으로 통하는 사이가 아니던가? 그의 의도를 짐작한 사장이 말했다.

"그래. 알아서 해. 최 이사도 이제 그 라인에서 벗어날 때가 됐는데……."

부사장이 어깨를 으쓱하며 말했다.

"워낙 맹목적이잖습니까? 지금 당장은 있어 봐야, 성훈 군이랑 마찰밖에 안 생길 것 같아서 말입니다."

말하기 전에 알아서 분위기 정리를 한다.

직원들에게는 독사라 불리며, 공포의 대상이었지만, 부사장이 있었기에 사장은 자신의 본분에만 집중할 수 있었다.

"이사들 조율하느라 자네도 고생이 많아."

사장이 웃으며 손사래 쳤다.

"그럼 나가보겠습니다."

"형! 출근하자마자 어딜 그렇게 가시는 거예요?"

사무실을 나서는 성훈에게 민수가 묻는 말이었다.

"아. 인사과에 좀 다녀올게. 얼마 안 걸려."

"거긴 왜요?"

"배관공 때문에."

"쩝. 이거 디자인 끝내놔야 모형 만들 건데요?"

"금방 올 거야."

바쁘게 걸음을 옮겼다.

전통건축이라고 해서, 모든 것을 오픈할 생각은 없었다.

실제로 다른 나라 사람들이 산다고 해도, 재래식 해우소를 사용하게 할 수는 없고, 아궁이에서 밥을 해먹게 할 수는 없지 않은가?

'보여줄 건 보여주고, 그 외에는 철저히 감춰야지.'

작심하고 찾으려 하면 못 찾을 리 없지만, 아름다움보다는 지저분한 부분이 먼저 눈에 띄는 법.

그것을 위해서는 보이는 부분보다, 보이지 않는 부분들이 더 중요했다.

만약 그런 게 아니라, 있는 그대로의 전통 그대로를 느끼고 싶다면, 충분히 해줄 용의가 있다.

'그럼 한국으로 놀러 오면 돼! 템플스테이며, 민박이며, 널리고 널렸으니까.'

우리 입장에서는 외화벌이도 되고 좋잖아.

내 손으로 체험관을 만들어도 좋지만, 그건 활용도도 수익성도 좋지 않았다.

널리고 널린 걸 해서 뭐하게!

인사부장은 차분한 인상에 사각 뿔테 안경을 낀 남자였다. 들어오는 성훈을 보고는 대뜸 물었다.

"배관공 때문에 온 건가?"

"네. 자재는 다 구해졌는데, 통 연락이 없어서요."

성훈에게서 눈을 거두고, 안경 위로 전화번호를 손으로 짚어 내리며 물었다.

"어중이떠중이들을 데려갈 생각은 아니겠지?"

"당연하죠!"

"그럼 기다리게. 늦어도 이달 말까지는 인원을 채워 놓지.

해외현장에 몽땅 전화 돌리는 것도 쉬운 일이 아니야."

들어갈 때도 전화 중이었는지, 수화기를 내려놓고 있었다.

"네. 알겠습니다."

여전히 전화번호를 훑으며 말을 이었다.

"그나저나 큰 건을 하나 했더군. 영업 전문도 아니면서 2억 천이라니. 입사한 지 한 달도 채 안 된 루키가 말이야."

깜짝 놀라, 그에게 되물었다.

"네? 2억 천이요? 2억 4천이 아니라요."

자신이 잘못 기억한 건가 싶어 고개를 갸웃하다, 확신하는 말투로 말했다.

"응. 구매부 정 부장에게 그렇게 들었네만."

'어? 이거 내가 알던 거랑 다른데?'

견적이 줄어들면…… 수익이 줄어든다.

그 수익이 줄어든 만큼, 외주업체는 고통을 받는다.

그럼 당연히 제품에 불량률이 생긴다.

'누가 또 장난친 거야!'

어느 기업이나 자체 '네고'가 있다.

총 견적의 얼마를 자체적으로 깎아주는 것이다.

갑이 보기에는 저렴한 금액이 적혀 있으니 좋고, 견적을 제출하는 쪽에서는 이만큼 신경 썼다고 말할 수 있으니, 면이 선다.

성훈이 벌떡 일어섰다.

"구매부로 가려고?"

"네! 가서 물어볼 게 있어요."

그가 고개를 흔들었다.

"안 될걸? 이미 결재 났다고 들었는데?"

"결재까지 났다고요?"

"그렇겠지. 오늘 회장님이 오신……."

성훈이 다급하게 물었다.

"부장님. 이번 달 말까지 확실하죠?"

"그건 나만 믿어!"

"그럼 그때 뵐게요. 먼저 가겠습니다."

성훈의 등장으로 인사과가 잠시 웅성거렸다.

들어오자마자, 제 소개를 하고는 부장실로 들어가 버렸다.

"저 친구가 그 친구야?"

"회사 최고 유명인이 오셨구만."

"입사 첫날에 디자인 팀장이랑 곽 이사를 들었다 놨다 하더니, 이번에는 서 전무를 날렸다더군."

"저번에 알래스카도 저 친구가 보냈다고 하던데요?"

"최 이사도 지금 짐 싸고 있답니다."

"크크크. 이거 완전 사형집행인데요?"

부장실의 문이 벌컥 열렸다.

성훈이 총알처럼 튀어나가고 있었다.

"저거 또 왜 저래?"

"우리가 어떻게 알겠어요?"

부장실에서 부장이 나오며 말했다.

"업무와 관련 없는 대화는 중단하고, 업무에 집중합시다."

회장이 물었다.

"봉준아, 성훈이 글마 어떻트노? 다루기 쉽지 않제?"

사내에 무슨 일이 있었는지는, 꿰뚫듯이 다 알고 있으리라.

사장이 너스레를 떨었다.

"아유. 말도 마십시오. 진땀 뺐습니다."

회장이 은근한 눈으로 물었다.

"니가 다루기 힘들믄, 내한테 넘기지 그라노?"

그의 의중을 사장이 모를 리 없었다.

'아버지께서 쓰시면, 더 다양한 방면으로 써먹으시려는 거 겠지요? 하지만 쉽지 않으실 겁니다.'

자신이 아는 성훈은 건축이 아닌 다른 곳으로는 눈도 돌리지 않는 놈이었다. 돈을 더 준다고 해도, 더 높은 직위를 준다고 해도 흔들릴 놈이 아니다.

그 대상이 설령 왕 회장이라고 해도, 마찬가지일 터!

'아버지, 우리가 놈을 찍은 게 아니라, 놈이 우리를 찍은 거란 말입니다.'

엉뚱한 걸 시키면, 당장에라도 걷어차 버리고 다른 회사로 갈 놈이었다. 설령 왕 회장에게 녀석을 회유할 다른 수법이 있다고 해도, 사장에게는 손해였다.

성훈이 회장에게 넘어가는 순간, 아직 레벨 확인도 못 한 히든카드를 잃어버리는 것이 아니던가?

사장이 느물거리며 대꾸했다.

"아버지, 아직 손에 익지 않았을 뿐입니다."

회장이 콧방귀를 꼈다.

"흥. 빼앗기기는 싫어가지고! 쯧."

입맛을 다시며 말을 이었다.

"내 첨부터 말 안 하드나? 느그 형제들하고는 태생부터 다르다꼬! 어물쩡하이 뎀볐다가는 본전은커녕, 느그 똥 묻은 빤스까지 탈탈 털릴 끼다!"

"잘 알고 있습니다. 그래서 녀석만 특별 관리하는 중입니다."

특별 관리라고 해봐야, 일절 간섭하지 않고 건드리지 않는 거였지만!

회장이 고개를 끄덕였다.

"그래. 그기 차라리 낫다. 어설프게 건드리지 말고. 지멋대로 하는 거 가만히 지키 봐라. 쬐매만 실수해도 팔다리 날아가는 명검이라 카이!"

"네. 명심하겠습니다."

"내가 건설은 항상 지키보는 거 알제?"

회장의 사업 전체를 통틀어, 주춧돌이 되었던 것이 바로 건설 사업이었다.

그만큼 관심을 가질 수밖에 없으리라.

"네! 절대 실망시키지 않겠습니다."

"그래! 마, 그라믄 됐다."

문이 열리고 왕 비서가 들어와 허리를 숙였다.

"회장님. 회의 시간 다 됐습니다."

회장이 소파에서 일어났다.

"언능 일어나자. 그 비싼 놈들, 탱자탱자 놀릴 수는 없제!"

왕 회장의 등장으로 회의장에 긴장감이 맴돌았다.

작은 체구에 낡은 양복의 회장이었지만, 그 존재감만큼은 이사들 모두를 합친 것보다 묵직했다.

부사장이 보고에 회장이 물었다.

"오호라. 그래서 올해 첫 일거리를 벌써 따왔다고?"

"네!"

"그거는 알고 있고. 느그는 한 기 뭐 있노?"

부사장이 고개를 모로 돌렸다.

회장이 올 때부터 이런 상황은 예상하지 않았던가?

"그게 아직은……."

마뜩지 않은 표정으로 회장이 말했다.

"아직?"

회의장의 모든 이사가 고개를 숙였다.

"느그. 작년까지 놀았나?"

무슨 대꾸할 말이 있으랴!

"올해 일은 올해 땅 하든, 시작하는 기가?"

회장의 훈계가 이어졌다.

"작년에 똑바로 안 했으이, 이따구 결과가 나오는 거 아이가? 신입 하나보다 못한 놈들한테, 내가 월급 주고 일 시키야 하는 기가? 으잉!"

물 한 잔을 들이켠 회장이 말을 이었다.

"성훈이 글마가 따온 일이 얼마 짜라라꼬?"

"2억 1천 불입니다."

"작년 해외 수주액은?"

"2조 1천억이니까, 달러로 14억 불이었습니다."

"고 쥐방울만 한 놈이 작년 해외 수주액의 칠분지 일을 넘게 따온 거, 맞제?"

"네. 맞습니다."

쾅!

회의 탁자가 부르르 떨렸다.

"느그가 밥 처묵고 하는 일이 뭐꼬?"

"사장! 니 야들 월급 안 줬나?"

사장도 고개를 숙이며 말했다.

"줬습니다."

"머 할라꼬 주노? 이런 도둑놈들한테!"

화난 목소리로 말을 이었다.

"그기 아이믄, 사장 니가 무능한 기네?"

고개를 푹 숙인 이사들을 둘러보며 말을 이었다.

"느그 사장이 무능해서 그런 기다. 그쟈?"

이사들의 얼굴이 벌게졌다.

쥐구멍이라도 있다면, 숨겠건만!

"사장, 딴 놈으로 바까주까? 으잉! 그라믄 열심히 일 할 꺼가?"

이사들은 고개를 숙인 채, 이 폭풍이 지나가기를 기다렸다.

한바탕 호통으로 마음이 풀린 회장이 말했다.

"권 비서. 니 나가가 성훈이 좀 불러 온나. 일마들도 어떻게 일을 따왔는지, 좀 배야 될 꺼 아이가? 으이그 문디손들! 내가 이런 것들을……."

옆에 서 있던 권 비서가 고개를 숙였다.

"네. 알겠습니다."

그때, 밖에서 소란스러운 소리가 들렸다.

"이익! 물어볼 게 있어서 왔다니까요!"

"지금 회의 중인데, 어딜 들어가?"

호통 소리도 들려왔다.

회장이 말했다.

"권 비서, 와 이리 시끄럽노?"

문을 살짝 열어 확인한 왕 비서가 말했다.

"성훈 군이 왔습니다. 회장님."

"설레발이 치지 말고 들어오라 케라!"

문이 활짝 열렸다.

거기에는 회장의 수행원들을 쇠고랑처럼 질질 끌고 들어오는 성훈이 보였다.

회장이 인상을 찌푸렸다.

"쯧쯧. 힘 쪼매 쓴다카애가 붙어났디만, 저 여리여리한 놈 하나를 몬 이기가. 저기 뭐꼬! 쯧!"

회장이 손사래 쳤다.

"느그는 나가 있어라. 성훈이는 들어오고."

세 명의 수행원이 얼굴을 붉혔지만, 이마의 땀을 닦으며 뒤로 물러났다.

저린 손목을 이리저리 주무르며 말이다.

소란스러운 분위기는 금방 가라앉았고, 회장이 물었다.

"안 그래도 니 불러가 뭐 쪼매 물어볼라 캤는데, 니는 뭐 그리 급해가 여까지 쳐들어 왔노?"

성훈이 회의장을 둘러보고는 인사했다.

"안녕하세요. 회장님!"

"인사는 됐고, 용건이나 말해 보그라."

"그냥 뭐 좀 여쭤보려고 왔는데요?"

"뭐? 물어보러? 내가 보기에는 한 판 뜰라고 온 것 같은데?"

"따지긴요. 그냥…… 물어보러 왔다니까요."

속내가 너무 보인 것 같아, 이사들 쪽으로 눈을 돌리며 중얼거렸다.

'오늘 분위기 영 이상하네. 이 정도면 누가 호통을 쳐도, 쳐야 하는데?'

자신을 탐탁지 않게 보는 이사들이 얼마나 많았던가?

웬만하면 이사들과 마찰을 일으키지 않았지만, 지금의 사안은 그런 종류의 것이 아니었다.

'흥! 네고 좋아하시네? 얼마나 하청업체들을 졸라 죽이려고!'

이미 한바탕 할 각오를 하고 왔다.

'최 이사든, 나발이든 덤벼!'

그런 성훈의 각오가 눈으로 새어 나왔다.

'어떤 놈이 맘대로 네고 했는지 보자. 작살을 내주지!'

하지만 이사들이 눈길이 닿을 때마다, 눈을 피하기 바빴다.

'이거 오늘 분위기 왜 이래? 맨날 이빨 들이대던 최 이사도 없고!'

회장에게 말했다.

"제가 들은 견적가랑 달라서, 어떻게 된 건지 여쭤보러 왔습니다."

방금까지 주먹질도 마다치 않을 눈빛으로 덤비더니, 뻔뻔스럽게 여쭤 볼 게 있단다.

원래라면 소란을 일으켰으니 호통을 쳐야 마땅하건만, 이쁜 놈은 무슨 짓을 해도 이쁜 법이다.

웃음을 참느라, 회장이 눈주름이 꿈틀거렸다.

"그래! 얼마나 차이가 나길래 따지러 온 거냐?"

"그렇게 많이는 아니고요. 한 삼천만 정도……."

"달러?"

"네."

회장의 좁아진 눈매가 사장에게 향했다.

"삼천만 불이나 차이가 난다고?"

어제 급히 처리된 일이니, 벌써 보고받지는 못했을 것이다.

그래서 삼천만 불이 어디 갔냐고 묻는 것이리라.

사장이 말했다.

"리야드 측에서 네고 요청이 있었습니다."

"그래서 네고를 해줬다? 삼천만 불이나?"

회장의 매서운 눈초리가 '450억 원이나 네고를 하고 남는 게 있느냐?'고 묻고 있었다.

사장이 미리 준비하고 있던 견적서를 넘겼다.

"순익 10%는 고수했습니다. 순익 2,137만 달러입니다."

견적서에 순익의 금액을 보자, 회장의 눈꼬리가 초승달처럼 휘었다.

"흐음. 이 정도면 괜찮네."

회장이 웃으며 성훈에게 물었다.

"우리 성훈이. 큰일 했네. 그런데 문제가 뭐꼬?"

성훈이 물었다

"네고를 왜 한 겁니까?"

눈빛을 태우며 말을 이었다.

"혹시 자체 네고 한 겁니까?"

그렇다고 하기만 해봐!

사장이 대답했다.

"리야드 측에서 네고 요청이 왔네."

"그래요?"

섣부른 추측이었다는 생각이 얼굴이 붉어졌다.

내색하지 않으며 말을 이었다.

"그럼 자체 네고는 아니라는 거네요."

사장이 피식 웃었다.

"우리라고 이익을 줄이고 싶겠어? 더 챙기고 싶은 게 사람 마음이지. 안 그래?"

자체 네고가 아닌 것은 다행이었지만, 그렇다고 네고의 파장이 외주업체까지 미친다면 결과는 마찬가지가 아닌가?

'그건 내가 원하는 게 아니라고!'

사장이 물었다.

"자네가 왜 이렇게 왔는지 맞춰볼까?"

대답 없이 듣고 있으니, 사장이 대신 대답했다.

"네고의 영향이 장인들과 외주업체에 미칠까 봐서 온 거지? 맞지?"

사장은 이런 일을 예상했었던 모양이다.

"크으! 봐! 내가 이럴 거라고 했지. 부사장!"

부사장이 자리에서 일어서며 말했다.

"이번 네고를 하면서 외주업체에서 보내온 견적은 전혀 건드리지 않았다네."

성훈의 눈이 매서워졌다.

"진짭니까?"

곽 이사도 그의 말에 호응했다.

"진짜라네, 성훈 군. 전혀 외주업체나 장인들의 인건비에서는 건드리지 않았어."

성훈은 여전히 의심스러운 모습이었다.

'말만 듣고 믿을까 보냐?'

돈은 입에서 나오는 말이 아니라, 종이에 적힌 숫자로 말한다. 다급히 서류 더미를 뒤지던 곽 이사가 견적서를 내밀었다.

"성훈 군. 정말일세. 이것 봐."

견적서를 받아 들고 죽 훑었다.

곽 이사의 등줄기로 식은땀이 또르르 흘렀다.

잠시 후 성훈이 고개를 끄덕였다.

"그렇네요. 그럼 나머지 부담분은 현재에서 지겠다는 말이네요."

사장이 당당하게 말했다.

"그래. 그게 자네가 원하는 바였지!"

견적서를 흔들며 물었다.

"이거! 이대로 지킬 수 있는 겁니까?"

그만큼의 손해 감수와 더불어 외주업체에 대한 견적 보호도 지킬 수 있느냐는 말이었다.

'나중에라도 이 핑계 저 핑계 대면서 외주업체에 네고를 강요하는 건, 일도 아니라고! 한두 번 당해 봤나!'

사장은 미소가 어린 채, 눈썹을 으쓱하며 말했다.

"뭐. 외주업체에서 몇 푼 뜯자고, 일을 날릴 정도로 어리석지는 않아. 자네가 지금처럼 난리 칠 거 눈에 뻔히 보이고."

민망했던지, 성훈의 눈가가 꿈틀거렸다.

"난리는요. 그냥 좀 궁금해서 온 건데요."

"훗! 그래? 이제 됐나?"

"제가 성급했습니다. 죄송합니다."

성훈이 말을 이었다.

"네고 요청은 리야드 측에서 온 게 확실한 거죠?"

부사장이 고개를 끄덕이며 설명했다.

"확실하네. 그쪽 지배인이 자기는 이억 불대라는 말밖에 전달받지 못했다고 하더군."

"그런 것치고는 에누리까지 확실히 챙기셨네요?"

견적서의 네고된 금액이 20,990만 달러였다.

부사장의 한쪽 입술이 올라갔다.

"이억 불대라는 건 확실하지. 더 줄일 이유도 없고. 덕분에 지배인도 별말 없이 오케이 하더군."

"계약서는 이미 그쪽으로 넘어갔나요?"

부사장이 고개를 끄덕였다.

"어젯밤에 보냈으니, 오늘쯤 알리 왕자의 결재가 떨어졌겠지. 사장님께서 자네 요구를 맞추시느라, 많은 걸 양보하셨다는 걸 기억하게."

진짜로 사달을 낼 각오로 들어왔었다.

자신들의 백 원을 위해, 백 명의 십 원을 탐내는 거머리라면, 같이 일해 봤자, 내 몸만 피곤하고, 건축가로서의 이름에 먹칠을 할 뿐이 아니던가?

그러나 지금 이들은 그런 욕심이 없어 보였다.

'이러면 얘기가 다르지.'

이들은 내 입장을 충분히 고려해 주고 있다고!

'아! 괜히 흥분은 해서. 이거 미안하잖아.'

그리고 신세를 지는 건, 익숙하지 않았다.

'마음의 빚은 져 봤자, 득 되는 게 없지!'

게다가 현재건설 사장에게 신세 지는 거다.

'나중에 거슬릴 거야. 바로 털어버리지 뭐!'

이 건으로 손해를 봤다면, 만회해 주면 될 일!

다른 사람은 몰라도, 나는 그게 가능했다.

부사장의 말에, 툭 던지듯 대꾸했다.

"네. 기억하고 있겠습니다. 하지만 양보는 필요 없을 것 같습니다."

이사들의 눈빛이 변했다.

'감히 무례하게!'

부사장의 미간에도 주름이 생겼다.

호의를 호의로 받지 않는다 생각이 드니, 저런 거겠지.

"굳이 양보하시지 않아도 된다는 말이죠."

"그게 무슨 말인가?"

되묻는 그에게서 사장에게로 눈을 돌렸다.

"이 자리에서 이 계약 건은 결정하도록 하겠습니다."

"이미 계약서는 넘겼는데, 무슨 말이야?"

"다 같이 고생하는데, 현재건설만 손해 봐서 쓰겠어요?"

사장이 영문을 모르고 부사장과 눈을 맞췄지만, 그들이 무얼 예상할 수 있을까?

곽 이사 앞에 놓인 전화기를 들었다.

"이사님, 전화 한 통만 쓸게요."

곽 이사가 얼떨결에 고개를 끄덕였다.

"으, 응! 어디에 전화하려고 그러나?"

"네? 아! 알리하고 좀 통화하려고요."

"아! 알리……. 엉? 알리 왕세자?"

번호를 누르며 말했다.

"네. 급하게 오느라, 휴대폰을 놓고 왔거든요."

회장의 턱짓에 곽 이사가 자리에서 벌떡 일어났다.

"여, 여기 앉아서 하게나."

"네? 그럴 필요까지는 없는 데요?"

"전화가 길어질 수도 있지 않나? 얼른 앉게."

곽 이사가 나를 강제로 의자에 앉혔다.

회의장 분위기가 싸늘해졌다.

'전화 한 통 하는데 왜 이래?'

의아하게 회의장을 둘러보는데, 사장이 물었다.

"성훈 군, 알리 왕세자와 직통으로 통화할 정도로 친한 줄은 몰랐네."

"뭐! 그냥…… 안부 물을 정도는 돼요."

성훈은 대수롭지 않게 말했지만, 모두 2주 전을 기억하고 있었다.

'하긴 그때도 집사가 중얼거리지 않았던가?'

그 전날 알리 왕자와 직접 통화했다고 말이다.

무슨 말을 하려고 전화를 하는 것인가? 사장이 힐끗 곽 이사에게 눈짓했다.

곽 이사가 작게 고개를 까닥이고는 성훈에게 말했다.

"혹시 우리도 들어도 되겠나?"

성훈이 곽 이사를 올려다보며 물었다.

"이사님이야 그렇다 치고? 다른 분들도 아랍어 다 할 줄 아세요?"

"아차! 아니지. 저번에 견적 때문에 좀 골치 아픈 일들이 있어서 말이지."

"그런 일이 있었어요?"

곽 이사가 다급하게 고개를 끄덕였다.

"크흠! 있었다네. 그러니……."

"……."

곽 이사가 애절한 눈으로 힘겹게 말을 맺었다.

"영어로 부탁하네."

"그러죠. 뭐. 저도 괜한 오해를 사고 싶지는 않네요."

착신음이 끊어졌다.

—여보세요?

"엉? 알리가 아닌데? 알리 왕자 전화 아닌가요?"

—맞습니다만……

알리의 전화를 대신 받을 사람은?

대뜸 감이 왔다.

"안녕하세요. 집사님."

—누구신지요?

"벌써 목소리 잊으셨나 보네요. 저 성훈이에요. 성훈이!"

—아!

전화의 목소리가 한 옥타브 올라갔다.

—성훈 님이셨군요. 잘 지내셨습니까?

곽 이사를 대할 때와는 사뭇 다른 분위기.

사장을 비롯한 이사들은 그때의 삭막함과 긴장감이 꿈처럼 느껴질 정도였다.

"알리는 어디 가고, 집사님이 전화를 받으세요?"

—왕세자 전하께서는 지금 국왕께 저녁 문안 인사를 드리러 갔습니다. 아! 저기 나오십니다.

"그래요. 별일 없죠?"

—저희야 별일 있을 게 있습니까? 성훈 님 덕분에 잘 지내고 있습니다. 전하의 즉위식을 보시고 갔으면 좋았을걸. 아! 제가 보내드린 즉위식 영상은 보셨습니까? 같이 계셨으면

좋았을 텐데…….

 −누구야?

묵직한 목소리가 들려왔다.

 −성훈 님이십니다. 바꿔 드리겠습니다. 시간 되시면 언제
든…….

 −내놔!

아쉬워하는 집사의 목소리가 사라지고, 알리 왕자가 전화
기를 들었다.

퉁명스러운 목소리가 들렸다.

 −무슨 일이야! 이 사기꾼 동생 놈아!

 "누가 사기 쳤다고 그래요?"

성훈의 고함에 이사들의 안색이 파래졌다.

 '저 알리 왕세자에게 고함을 치다니! 아무리 친해도…….'

곽 이사와 일부의 사람들은 고함보다는 알리의 말에 놀
랐다.

 '동생?'

주변 사람의 반응과 상관없이, 성훈은 자연스럽게 대화를
이어갔다.

 −부왕께서 보고 싶어 하신다. 얼른 와라.

 "일이 시작돼야 가죠. 참! 그 공사 견적 때문에 전화했어요."

 −응. 2억 조금 넘게 나왔던데, 왜?

 "사인했어요?"

 −아니?

"응. 그렇구나."

-왜?

"그거 잘못된 견적서예요."

-엥? 왜? 네고까지 다 되어 있던데? 그럼 마지막으로 검토했다는 거잖아!

"잘못되었으니까, 찢어버리세요.

-뭐가 잘못된 건데?

그의 심각한 목소리와 달리, 옆에서 키득거리는 소리가 들려왔다.

"네고 없는 금액으로 갈 거예요."

그의 사업가적 기질이 발동한 모양이었다.

-왜! 이런 대공사를 하는데, 네고가 없다고?

"네!"

-한 푼도?

"네!"

성훈이 단언하며 말을 이었다.

"그대로 가면 현재건설이 손해를 봐야 돼요. 저는 제 사람들, 힘든 거 못 봅니다."

곽 이사의 가슴이 울컥했다.

'자기 사람이라니, 벌써 거기까지 생각하고 계신다는 말인가?'

다른 이사들은 또 다른 관점에서 가슴이 아렸다.

'어린놈이 건방지다고, 항상 무시했는데 말이야.'

'그런데 네고가 없으면 어떻게 되는 거야?'

'그럼 2,135만 불에 3,000불 정도가 더 붙으면……. 최하 5,000불이 넘는구만.'

속닥거리던 이사들의 눈이 동그래졌다.

'헉! 거의 순익만 800억 원인가?'

'그럼…… 단일 수주로 순수익이 이 정도 되는 게 있었던가?'

'기다려 봐! 아직 승낙한 게 아니잖아.'

회장과 사장의 마음도 마찬가지였다.

애사심, 애사심, 아무리 노래를 불러도 안 되는 게 그것 아니던가.

'그걸 이 어린 녀석이…….'

그리고 이어지는 알리의 말에 모두의 숨이 멎는 것 같았다.

─어차피 네가 인수할 리야드 호텔이다. 그 정도는 투자했다고 생각할 수 있는 거 아니냐?

'인수를 해? 그 호텔을?'

하지만 성훈은 별 감흥이 없는 듯 태연했다.

"아직 주지도 않아놓고는 무슨, 투자를 말해요?"

─끄응!

"쪼잔하게 푼돈 가지고 그러실 거예요?"

─내가 고작 그깟 푼돈 때문에 이러는 줄 알아?

뭔가 약이 오른 듯한 목소리였다.

'이거 쉽게 물러날 것 같지 않은데?'

웬만하면 양보를 하던 알리가 아니던가?

성훈이 말했다.

"알리, 연회장에서 제가 말했었죠?"

전화기에서 퉁명스러운 목소리가 울려 나왔다.

─무슨 말?

"제 작품은 비싸다고요."

─그때, 카심 형에게 했던 말 말인가?

"잘 기억하고 계시네요."

─그건 카심에게 했던 말이잖아?

"아니죠. 당연히 당신과 압둘에게 했던 말이죠. 전 애초에 카심과 거래할 마음이 없었어요."

우리의 대화에 다른 사람이 끼어들었다.

─내가 뭐라고 했어? 알리, 줘봐! 오! 성훈. 마이 프렌드!

예상한 대로 압둘이었다.

알리 옆에서 저리 편하게 웃을 수 있는 사람이 누가 있겠는가?

그가 인사와 함께 말을 이었다.

─그리고 다른 말도 했었지. 크! 지금 생각해도 쩌릿쩌릿한 한마디였지.

─무슨 말을 했다고 그래?

알리의 투덜거림에 압둘이 대사를 읊었다.

─'내 장인들의 땀방울은 비쌉니다. 고작 땅에서 나는 석유

따위와 비교하지 말아 주십시오'라고. 석유 신봉자인 그, 카심 앞에서 말이야!

"잘 기억하고 계시네요."

―이런 녀석이라고!

압둘의 말에 알리는 신음성을 삼켰다.

―크으.

"전 네고 안 합니다. 차라리 일을 더 해주면 더할망정! 제 손으로 제 몸값 깎는 짓은 절대……."

―안 하지! 암! 그래야 성훈이지!

―압둘! 나중에 네놈 호텔도 공사해야 한다는 걸 잊은 거 아닌가?

알리의 엄포에 압둘이 웃으며 말했다.

―그러게 말이야. 하기는 할 건데, 지금 심각하게 고민이 되는군. 큭큭!

―네놈 호텔 계약할 때, 옆에서 웃어주겠다! 쿵!

알리에게 물었다.

"어떡할 거예요?"

―인정해! 그 녀석은 올리면 올렸지, 제 손으로 깎아줄 녀석이 아니라니까!

―끄응!

―성훈, 알리 녀석, 지금 당황하고 있어. 누가 맞는지 내기 했거든.

"크. 무슨 내기를 했는데요?"

－성훈, 네가 양심이 있는지 없는지 말이야.

"네? 제 양심?"

－난 성훈, 네가 절대 네고 따위를 해줄 리가 없다고 했고! 알리는 '그래도 내 동생이 양심은 있군!' 이라고 했거든. 크하하하!

"양심은 무슨? 일 이야기하는데?"

알리의 고함이 들렸다.

－야! 이 양심도 없는 놈아! 호텔을 통째로 가져가면서, 이 코딱지도 안 되는 돈을 네고 안 하겠다는 말이냐?

알리의 탄성이 이어졌다.

－그래도 나는 동생이라고, 이것만큼은 믿었건만!

－믿을 인간을 믿어라! 저 친구가 돈 앞에서 물러서는 거 봤어? 응?

－어차피 네 거 아니냐? 이 정도는 양심이 있다면 양보해라!

'이 사람들이?'

지금 나를 보는 사람들의 시선이 시시각각 변하고 있었다.

'이 양반들이 진짜! 이래서 내가 말을 안 하려고 했는데!'

그냥 조용히 호텔 수익금만 들어오면 되는데, 괜히……!

둘의 주의를 환기할 필요가 있었다.

"알리, 압둘!"

－응. 왜?

"지금 스피커폰으로 통화하고 있어요."

－그런데?

"우리 식구들 다 듣고 있어요. 현재건설 이사들."

순간 전화기에서 정적이 흘렀다.

잠시 후.

알리의 묵직한 목소리가 흘러나왔다.

―커험! 거기 사장도 있나?

국왕에 어울리는, 더할 나위 없이 근엄한 목소리였다.

'이미 늦었어. 이 양반아!'

"네!"

―그럼 사장은 들으시오.

뜬금없이 호명된 사장이 놀라서 사레가 들렸다.

"케켁!"

다급히 물 한 잔을 들이켜며 말했다.

"말씀하시지요. 왕세자 전하."

―이 계약서는 폐기하겠소!

"네. 네. 전하."

―네고 없이 다시 보내주시오.

"아! 네. 알겠습니다."

사장의 목소리가 저도 모르게 올라갔다.

이쪽은 숨소리 하나 들리지 않는데, 알리 옆에서는 압둘이 배를 쥐고 구르는 모양이었다.

꾹꾹대는 소리가 들렸다.

'당신도 왕자이긴 마찬가지인데. 쯧쯧. 긴장이 풀려서 는…….'

알리가 중후한 목소리로 말했다.

─성훈, 이따 다시 전화하게. 사적으로 할 말이 있으니 말일세.

"네. 알았어요. 끊어요."

딸칵!

"후우!"

기다리기라도 한 듯, 사방에서 동시에 숨소리가 터져 나왔다.

모두 그동안 숨죽이고 있다가, 한꺼번에 호흡을 들이켠 모양이었다.

성훈이 엉덩이를 털며 일어섰다.

"사장님!"

"으, 으응."

"들으셨죠? 견적서 다시 보내시면 됩니다. 네고는 없습니다."

사장이 반사적으로 고개를 끄덕였다.

"으응, 그래. 무슨 말인지 알았네."

"이러면 신세 진 거 없는 거죠?"

성훈의 너스레에 사장이 멋쩍게 웃었다.

"그래. 잘 받았다."

성훈이 고개를 꾸벅 숙였다.

"그럼 전 또 일이 있어서 가볼게요. 회장님도 살펴 가십시오."

멍하니 상황을 지켜보던 회장이 그제야 정신을 차리고, 고개를 끄덕였다.

"응. 고생했네. 가보게."

"알리 왕자와 호형호제하던데?"

"소문이 과장된 게 아니라, 축소된 거였어!"

이사들이 웅성거렸고, 곽 이사도 정신이 없었다.

'알리 왕자의 동생? 압둘 왕자의 친구? 호텔 인수? 친한 건 알고 있었지만, 이건 뭐!'

넋을 잃고 있는 그를 옆에서 쿡 찔렀다.

"곽 이사, 어떻게 된 거야. 왜 이런 걸 숨기고 있었냐고?"

"하하하. 알고 있었지. 암! 알고말고."

그는 정색하며 말을 이었다.

"본인이 말하기 싫어하는 걸 내가 어떻게 말해?"

"캬! 자네가 확실한 사람을 잡았구만. 우리도 그쪽 라인에 서면 안 되나?"

곽 이사가 회장 부자의 눈치를 보며, 억누른 소리로 역정을 냈다.

"두 번 다시 그런 소리 하지 말래도. 내가 말할 때까지는 꺼내지도 마! 알았어?"

"끙. 알았네."

"그리고 호텔이 네 거라는 소리는 또 뭐야?"

곽 이사의 골이 띵 했다.

'애초에 인센티브 10%는 코딱지도 안 되는 거였구만. 저런 사람들이랑 어울렸으니…… 나 따위는 안중에도 없었던 거지.'

그의 가슴을 채우는 것은 두려움과 경이였다.

'이건 뭐! 현재건설 후계자가 문제가 아닌데?'

알고 있는 것보다 모르는 게 더 많지 않은가?

성훈의 최측근이라 자신하는 그가 말이다.

'확실한 건 성훈 님이 기지개를 켜는 순간, 게임이 끝난다는 거지!'

가능성 없는 소리가 아니질 않나?

저 왕 회장도 긴장하고, 사장을 사레들리게 하는, 알리 왕자와 농담을 하며 일을 가져올 정도인데.

'사실은 뜯어온 거지! 3천만 불을 푼돈이라고 하면서.'

거기다 압둘 왕자는 덤이지!

곽 이사의 충성심이 더욱 굳어졌다.

"허허허. 이거 참!"

제 이마를 탁 치는, 회장의 호탕한 웃음소리였다.

"카! 이거 뒤통수를 제대로 맞았는데?"

사장 또한 옆에서 어이없는 웃음을 짓고 있었다.

"그러게 말입니다. 넋 놓고 맞았는데요!"

회장이 사장에게 말했다.

"야! 봉준아! 니 자리. 절마한테 주믄 안 되겠나? 지금 당장 시키도 니보다 더 잘할 거 같은데?"

회장의 농담을 사장이 맞받아쳤다.

"그러고 싶습니다. 저 녀석한테 맡기고 전 돈이나 세고 있을까요? 하하하."

"아이다. 니는 주식부터 간수 잘해야 되겠다."

"왜요?"

"절마가 욕심 내믄 니 주식, 쥐도 새도 모르게 빼앗길 테니까, 잘 때도 품에 꼭 안고 자야 안 되겠나? 크하하!"

회장 부자의 농담이 이사들의 가슴에 팍팍 들이 꽂혔다.

사장이 안도의 한숨을 내쉬며 말했다.

"어떻게 말 한 마디에…… 3천만 불을 땡겨옵니까?"

회장도 기분 좋게 웃으며 대꾸했다.

"앞으로 사장 니는 중동 일 따올라믄, 성훈이한테 잘 보여야 되겠다. 으잉! 그 옆에 쿠웨이트 압둘 왕자도 안 있드나?"

"그러게 말입니다."

⁂

회의가 끝났다.

곽 이사 주변으로 이사들이 모였다.

"곽 이사, 그…… 소문 진짜였소?"

그는 시치미를 뚝 떼며 물었다.

"무슨 소문 말이오?"

"그 왕 회장님의 사생……."

"어허! 그게 무슨 소리요?"

"그게 아니면, 회장님께서 사장님을 젖히고, 성훈 군에게 사장 자리를……."

곽 이사가 급히 그의 입을 틀어막으며 말했다.

"거참! 입조심 하시오!"

그리고 말을 이었다.

"그걸 왜 나한테 묻소?"

"그야 당신이……."

그는 말을 하다 말고, 다 안다는 눈빛으로 곽 이사를 은근히 보고 있었다.

"솔직히 그렇게 생각한 적이 있소. 지금은 솔직히 모르겠소."

그의 시치미에 박 이사가 다그쳤다.

"당신이 모르면 누가 아오? 당신보다 성훈 군을 더 잘 아는 사람이 없는데? 뭔가 확신이 있었기에 그렇게 챙긴 것 아니오?"

"무슨 확신?"

박 이사가 은근한 말로 물었다.

"당신이 1년 전에 성훈 군과 같이 사우디에 갔다 온 뒤에, 그를 대하는 태도가 확 달라졌었지. 다른 사람은 몰라도 나는 압니다."

그 말에 곽 이사의 입술이 꿈틀거렸다. 입이 근질거리지만, 함부로 말할 수는 없다. 성훈의 정체는 추측일 뿐, 아무런 근거는 없다.

'아무 근거도 없이 그런 말씀을 하셨을 리도 없고.'

성훈에게서 찾을 수 있는 단서는 하나뿐이었다.

'정말 그럼…… 왕 회장님의 핏줄……'이라는 그의 질문에. 다리 꼬며 한마디 했을 뿐이다.

'그걸 확인하고 나니, 사람이 달라 보입니까?'

그때 회장의 핏줄이라 확신했었다.

'그런 카리스마는 아무나 가지는 게 아니라고!'

그러나 확답을 받은 것이 아니기에, 내심 불안했던 것도 사실이었다. 하지만 지금은? 의문 따위는 존재하지 않았다.

'그게 뭐가 중요해? 격이 다른데?'

피식 웃으며 곽 이사가 말했다.

"박 이사. 내 한마디만 하겠소!"

"뭘 말이오?"

"우리 계열사 사장 중에 아랍 왕자들과 저렇게 통화할 수 있는 사람 있소?"

길게 생각할 것도 없이 답이 나왔다.

"없지요."

"거 보쇼! 격이 달라. 격이!"

곽 이사가 말을 이었다.

"설령 왕 회장의 핏줄이 아니라고 해도, 마음만 먹으면 자력으로도 가능한 분이라는 말이지. 아니오?"

비릿하게 웃는 곽 이사의 눈동자에는 확신이 담겨 있었다.

"그건……."

"몇 년 만 기다려 보시오. 이 현재건설은 성훈 님 없이는 돌아가기 어려울 테니."

고민하는 그를 보며, 곽 이사가 흐뭇하게 웃었다.

'그때 성훈 님을 잡은 게, 신의 한 수였지!'

102장
모든 게 완벽!
하나만 빼고……

리야드 공사를 시작하기 전날.

한국에서 온 현장담당자들이 임시 회의실로 쓰기로 한, 호텔 컨퍼런스 룸에 모였다.

김 과장이 물었다.

"최 대리, 자네 전주 현장에서 일한다고 하지 않았어?"

"한 달 전에는 그랬었죠. 그러는 선배님은 평창 현장이었잖아요?"

김 과장은 태림 건설, 최 대리는 삼송 건설 소속이라 소속은 달랐지만, 동문이었기 때문에 가끔씩 연락을 나누고 있던 사이였다.

"현재건설 박 선배도 저기 계시던데요?"

"그 친구야 원래 현재니까 그렇다고 해도……."

"그런데 선배님은 여기 어쩐 일이세요? 이번에 승진 시험 치신다더니?"

그 말에 최 과장이 씁쓸하게 웃었다.

"안 될 것 같더라."

"왜요? 인사고과도 좋고, 경쟁자도……."

"이번에 다른 현장에서 들어온 과장이 소장 직속 후배더라."

"그럼……."

"공사가 반도 넘게 다 끝났는데, 굳이 우리 현장에 온 이유가 뭐겠냐?"

그가 씁쓸하게 말을 이었다.

"소장이 밀어주는 거지. 뭐. 그런데 내가 되겠냐?"

"어딜 가나 이놈의 학벌은……. 쩝!"

어느 회사가 되었든, 학벌은 존재했고, 잘된 선배가 후배를 당겨주는 것은 동문의 미덕 아닌, 미덕이 아니던가?

건설회사 또한, 그 관행을 벗어나기는 어려웠다.

"어차피 승진을 글렀겠다. 돈 많이 준다는데, 가자 싶어서 온 거지."

최 대리가 인상을 구겼다.

"선배님 회사도 똑같네요. 쩝."

"너도 이번 승진은 물 건너갔구나."

말없이 고개를 끄덕이는 그에게 김 과장이 물었다.

"무슨 일을 시키기에, 연봉이 이렇게 높은 거래냐?"

"엑! 선배님도 그러세요? 저만 그런 줄 알았더니. 에이."

최 대리가 머쓱하게 웃었다.

저만 연봉이 높은 줄 알고 좋아했건만, 그런 게 아닌 모양이었다.

"쯧쯧. 녀석아. 이번 일 업계에 소문 다 났어! 현재건설에서 실력 있는 사람들, 몽땅 긁어모은다고."

"그런 것치고는 SKY 출신은 안 보이는데요?"

"그 친구들이야 돈 줘도 안 올걸?"

"왜요?"

의아하게 묻는 그에게 김 과장이 답했다.

"앞길 탄탄하고, 승진 정해져 있는데, 굳이 모험하겠냐?

그가 푸념하며 말을 이었다.

"우리 같은 사람들이나 불나방처럼 모이는 거지."

"그런 거치고는 너무 높지 않습니까?"

"그러게…… 세 배라니……."

말하던 김 과장이 손을 흔들었다.

"어이! 최 과장. 이리 와 봐!"

"어! 니들도 왔냐?"

반갑게 손을 흔들며 다가온 최 과장에게 물었다.

"어떻게 된 거냐?"

"뭐가?"

"넌 알 거 아니냐? 현재 소속이니까?"

"나도 몰라. 그냥 현장에서 뺑이 치다가, 이리 발령받았다고 해서 온 거야."

믿을 수 없다는 듯, 인상을 찌그리며 김 과장이 물었다.

"정말 모른다고. 사실대로 불어! 자식아!"

"진짜 몰라. 나 같은 말단이 뭘 알겠어?"

김 과장의 그의 등을 툭 치며 놀렸다.

"현장에서는 귀신 같은 놈이……. 쯧쯧. 회사 돌아가는 사정에는 영 젬병이야."

그가 머쓱하게 머리를 긁었다.

"나야 뭐. 건축 말고는 아는 것도 없잖나!"

"흐흐. 연봉이 얼만지는 알고 왔냐?"

그 말에 최 과장이 헤실헤실 웃으며 말했다.

"엉! 방금 알았다."

"이런 얼빠진 놈이 있냐? 지가 얼마 받는지도 모르고 왔다고?"

여전히 히죽대던 최 과장이 말했다.

"나야 뭐. 인사부장님이 찍으라길래 찍은 거지. 그게 연봉 계약서인 줄 알았나? 아직 재계약할 때도 아니었으니, 그냥 발령서인 줄 알았지. 어느 현장을 가나, 하는 일 똑같은데 뭐!"

최 대리가 둘 사이에 끼어들었다.

"이렇게 선배님들이 승진에 관심이 없으니까, 저 같은 후배가 힘든 것 아닙니까?"

김 과장이 그의 옆구리를 쿡 찌르며, 입을 씰룩거렸다.

"난 관심은 있었거든. 자식아!"

"그거나 그거나, 못 한 건 똑같죠!"

"도대체 뭘 시키려고 일억이 넘는 연봉을 주는 거지?"

허나 현장 과장들끼리 아무리 말해 봐야, 근거 없는 추측일 뿐, 결론 나는 것은 없었다.

"하지만 하나는 확실하지."

주먹을 꽉 쥔 최 과장의 말이었다.

"뭔데?"

"우리는 돈 받은 만큼 일하면 되는 거지."

"크으. 말 편하게 하기는? 그 돈이……. 우리 현장소장 연봉보다 많다고!"

의문을 제기하는 김 과장의 말은 들은 채 만체하며 최 과장이 웃었다.

"그렇다고 죽으라고 하지는 않겠지. 난 죽어도 좋으니까, 여기다 말뚝 박고 싶다고. 하하하."

그때 회의실 앞쪽 문에서 젊은이가 나와서 말했다.

"곧 브리핑 있겠습니다. 자리에 앉아주십시오."

서로를 마주 보며, 의자에 앉았다.

"곧 시작하려나 보네. 일단 들어보세."

지금 곽 이사가 강단에서 연설을 하고 있다.

'곽 이사가 제일 만만하더라고!'

단지 그 이유 하나 때문에, 그를 KT팀의 대표로 세웠다.

곽 이사도 기꺼이 승낙했고 말이야.

"여러분은 KT팀을 위해 특별히 엄선한 최고의 현장담당자들입니다."

이 호텔의 주인이 누구인지 알고 있지 않던가?

강단에 선 곽 이사의 연설에 기백이 흘러넘쳤다.

"이 리야드 호텔을 자기 집이라 생각하고, 최고로 만들어주실 것을 믿어 의심치 않습니다."

힘이 넘치는 표정으로 말을 이었다.

"최고의 대우로 여러분을 모셨다는 것에, 자부심을 가지고 현장에 임해주시길 바랍니다."

이 말을 끝으로 곽 이사는 연설을 끝냈다.

힘찬 박수 소리를 들으며, 그가 말을 이었다.

"질문이 있으신 분들은 해주십시오."

현재 소속이었던 최 과장이 손을 들었다.

"현장은 이사님께서 총괄하시는 겁니까?"

곽 이사가 고개를 저었다.

"그러지 않아도 총괄담당자를 소개하려 했는데, 잘되었군요. 팀장님. 인사하시죠."

곽 이사의 자리에 성훈이 섰다.

생각보다 팀장이 어려서였을까? 기사들의 소곤거리는 소리로 회의장이 소란스러워졌다.

뭔가 묻고 싶은데, 조심하는 모습.

'묻고 싶은 건 많겠지.'

하지만 쉽게 말을 꺼내지 못하는 건, 돈에 연관되었기 때문이리라.

'쉽게 가지 뭐!'

마음을 굳힌 성훈이 입을 열었다.

"제가 불렀습니다."

모두의 시선이 성훈에게로 집중되었다.

"한국에서 어느 건설사도 해줄 수 없는 최고의 대우를 해주라고 했습니다."

모두를 둘러보며 말을 이었다.

"전 그 돈이 아깝지 않습니다."

명료한 말이었지만, 현장기사들의 눈에는 의혹이 어렸다.

'고작 4천을 받던 사람들에게 1억 2천의 돈을 주면서 아깝지 않다고?'

그들의 시선에 성훈이 비릿하게 미소 지었다.

'걱정들은 하지 마셔! 그 이상 뽑아낼 테니까!'

내가 아는, 최고의 장인과 기능공들을 불렀다.

그들에게서 최고의 결과를 뽑아내기 위해서는 필요한 게 뭘까?

'최고들을 모아뒀으니, 최상의 결과가 나올 것 같아? 그건

현실을 모르고 하는 말이지.'

기능공들의 목적은 작품의 완벽이 아니라, 돈을 버는 것이다. 그런 그들에게 장인들처럼 투철한 장인 정신이 있을까?

그들만큼의 품질을 뽑아내지 못하면, 말 그대로 돈을 버리는 거라고!

'하지만 나 혼자서는 현장 전체를 다 둘러볼 수 없잖아? 내가 신도 아니고!'

고로 내게는 그들을 컨트롤할 손발이 필요했다.

'고민의 결과가 이거지! 돈질!'

귀신도 부린다는데, 현장 기사들 정도야!

가진 능력 이하의 대우를 받는 자들을 모두 모아달라고 했지. 학벌이든, 인맥이든, 성격이든 상관없이 모두!

'특히 그중에서도 눈썰미 있는 자들!'

진짜 전문가가 어떤지 알아?

사람들이 완벽하다고 극찬하는, 이 5성급 호텔의 컨퍼런스 룸?

'완벽 좋아하시네? 그냥 슥 둘러보기만 해도, 하자가 열가지는 눈에 들어온다고!'

그런데 왜 다른 사람들은 모르고 지나칠까?

공사를 한 사람들이 초 베테랑들이거든!

'그들은 하자를 숨기는, 혹은 하자가 아닌 것처럼 보이게 하는 기술이 있지!'

그들의 땜빵 기술은 타의 추종을 불허한다. 그래서 이 호텔은 일반인들이 보기에 완벽해 보일 수 있다.

적어도 겉보기는!

현장이란?

공사인부와 현장 기사의 전쟁터다. 일의 실수를 숨기려는 인부와 그 잘못을 짚어내야 하는 현장 기사.

땜빵을 해서라도 실수를 숨기고 일을 늘리지 않으려는 기능공. 그걸 알고도 부족한 공기 때문에 울며 겨자 먹기로 넘어가야 하는 기사. 적절한 시기에 잡아내지 못하면, 알고도 넘어가야 하는 경우가 부지기수였다.

'그게 부실 공사지! 꼭 건물이 무너져야 부실 공사인가?'

돈을 투자한 것에 비해 만족할 수 없는 결과가 나오면, 내 기준에서는 모조리 부실 공사다.

'그걸 당신들은 잡아내야 한다고.'

수십 년간 현장에서 단련된 눈으로.

결코 나보다 눈썰미가 약하지는 않을 터!

'당신들은 내 사냥개라고!'

현장에서 닳고 닳은 너구리들을 상대할 늑대들.

그런 자들을 상대하려면, 현장 기사들도 최고의 현직 기사들이어야 했다.

높은 학벌, 뛰어난 머리가 아니라! 땜빵의 냄새를 맡고, 하자를 찾아내는 눈썰미가 필요한 거지.

최 과장이 물었다.

"우리가 현장관리 외에 해야 하는 것이 또 있습니까?"

성훈이 그의 눈을 직시하며, 손가락을 내밀었다.

"아니오. 제가 여러분께 원하는 것은 딱 두 가지입니다. 현장의 공사품질, 그리고 현장 정리 정돈!"

"정말 그 두 가지면 되는 겁니까?"

의혹 가득한 눈으로 묻는 최 과장이었다.

"저는 여러분께 현재 받으시는 연봉의 최소 세 배를 지급했습니다."

최 과장이 무뚝뚝한 눈으로 고개를 끄덕였다.

다른 이들도 마찬가지였다.

"딱 그 세 배만큼의 공사 품질과 정리 정돈! 어렵습니까?"

그 말에 최 과장이 눈가를 꿈틀거리며 물었다.

"구체적으로 말씀해 주시겠습니까?"

"하나라도 흠집이 있으면, 뜯으라고 하세요. 그 자리에서!"

"그래도 공사한 게 있는데, 아깝지 않습니까?"

성훈이 물었다.

"그래서요?"

그를 보며 말을 이었다.

"잘못된 걸 그대로 시공하시겠다? 그 부분 땜빵하시면서? 그 말씀이세요?"

"아, 아니…… 내 말은 그게 아니라."

성훈이 단언했다.

"현장에서는 당신들이 법입니다. 당신들 마음에 안 들면 제 마음에도 안 듭니다."

"이 현장을 당신 집이라고 생각하라던 곽 이사님의 말씀을 그대로 실천하라는 말입니다. 품질에 관한 한, 당신들의 말이 정답입니다."

"다시 작업하게 되면, 작업자들의 노임……."

내가 항상 고민했던 것도 그거였지.

항상 을의 처지에서 가혹한 노동을 강요당하는 사람들!

'하지만 내 현장에서는 해당 사항 없어!'

타 현장과 비교하면, 비용을 두 배로 지급하거든!

'저들이 내게 할 수 있는 건, 가혹한 노동에 대한 짜증이 아니라, 오로지 가격에 걸맞은 품질을 만들어 줄 의무뿐이지!'

대가를 충분히 지급함에도 큰소리치지 못하면, 그건 착한 게 아니라 호구다!

"작업자들에게 미안해하지 마세요. 충분한 가격을 지급하고 있으니까!"

현장 기사들을 아우르며 말을 이었다.

"혹시라도 당신들 말에 따르지 않는 팀이 있으면, 저한테 말씀하세요."

"그럼?"

"바로 쫓아내 버립니다."

"그러면 공사에 차질이……."

"공사에 차질? 훗! 그런 거 없습니다. 급하게 가다가 문제를 안고 가느니, 천천히 가도 확실하게 가는 게 더 이득입니다."

"그러면 공사비가……."

현장 경험이 풍부한 기사임이 틀림없었다.

적어도 다른 현장에서 꽉 찬 과장급이었겠지.

"공사비 걱정을 기사님이 왜 하십니까?"

"그렇다는 말씀은?"

"공사비도, 공기도 신경 쓰지 마십시오. 품질에만 신경 쓰시면 됩니다."

전체를 보며 공언했다.

"당신들이 신경 써야 할 것은 오로지 두 가지, 공사 품질, 청결 상태, 그거면 됩니다."

'공기를 말했나?'

엄밀히 말하면, 기사는 공기를 독촉하는 것일 뿐, 실제적인 일은 작업자들이 한다.

누구보다 그들이 현장을 더 빨리 끝내고 싶을걸! 그래야 또 다른 현장에 가서 돈을 버니까.

'그 욕심 때문에 하자를 뻔히 보면서도 그냥 넘기는 거지! 이 현장이라도 별다를까?'

사람 마음은 간사하다. 처음에는 두 배의 돈에 감지덕지하겠지만, 원래대로의 습관으로 돌아가는 건 얼마 걸리지 않을 것이다.

습관의 관성은 쉽사리 변하지 않는다.

'그 급한 마음에 당신들이 제동을 거는 거죠. 그것도 꼬장꼬장하게.'

한국의 기사들이 공사를 설렁설렁한다고? 반드시 그런 것

만은 아니겠지만, 충분한 공기와 공사비가 주어져도 그럴까?

누구보다 건축에 대한 사랑과 자부심이 넘치는 사람들이 그들이다. 다만 현실에 직면하고 실망하다 보니, 설렁설렁하게 되는 것이지.

적어도 나는 그렇게 믿는다!

"그리고 부탁 하나 하겠습니다."

"뭡니까?"

"업무 시간에 당신들을 위한 책상은 없습니다."

"아니! 그럼 책상 없이 일하라는 말입니까?"

어차피 기사들이 책상에 앉을 때는 월말 기성 처리할 때 말고는 쓸모없다고!

'그 기성, 내가 다 처리할 테니! 현장에만 신경 쓰라고!'

기사들이 현장을 돌아다녀야지, 책상이 왜 필요해?

"도면 설명할 일이 있으면, 작업자들 부르지 말고 찾아가세요."

"가서 다시 한 번 현장 꼼꼼히 점검하시고, 그 자리서 설명하세요. 절대 작업자들 흐름 끊기게 하지 마시고. 그 사람들 일 시키려고 우리가 존재하는 거지. 오라 가라 하려고 있는 게 아닙니다. 아시겠습니까?"

최 과장이 비릿하게 웃었다.

"네. 잘 알아들었습니다."

전체를 돌아보며 말을 맺었다.

"만약 책상에 앉아 있는 게 제 눈에 보이면, 이 현장에서 나가고 싶다! 그렇게 받아들이겠습니다."

공사를 시작하는 첫날!

어젯밤 한국에서 들어온 자재들이 모두 지하 주차장에 적재되어 있었다.

각 로트별로 차곡차곡 정리되었고, 그 옆에는 간이 작업대가 설치되었다.

반드시 현장에서 해야 할 작업이 아니라면, 대부분의 작업들은 이곳에서 진행될 것이다.

식사를 마친 인부들이 삼삼오오 모였다.

"워매! 나 어제 추워 디지는 줄 알았시야!"

"그러게. 더워서 잠 못 잔다고, 마누라가 모시 저고리 싸줬는데, 에어컨이 얼마나 빵빵한지, 이불 똘똘 말고 잤구만!"

"호텔이 이런 데란 걸 첨 알았어. 역시 돈은 있구 봐야 하는 거구만."

그다지 친하지 않은 얼굴들이니, 서먹할 수도 있었지만, 예상과 달리 친근한 모습들이었다.

인사부장의 치밀한 안배에 따라, 전국 각지에서 손꼽아주는 시공 팀만 고른, 철저하게 실력 위주로 진행된 스카우트!

얼추 비슷한 수준의 실력이기에, 마주치는 현장 또한 중복되는 경우가 많았으리라.

어제 비행기에서는 서먹했지만, 함께 자재를 받아 적재하면서, 그리고 같은 객실에 뒹굴면서 서로에 대해 많이 이야기했다.

그리고 오늘 아침 뷔페에서 식사를 할 때 즈음에는 어느 누구보다 막역한 사이가 되어 있었다.

"이 현장에 있으면, 오늘 아침 같은 그런 밥을 매일 먹는다는 말 아니여?"

"나는 여기 어디 함바가 있을 줄 알았는데, 호텔 뷔페라고 해서 깜짝 놀랐다고!"

"일하고 그…… 식당 들어갈 때는 옷에 먼지 한 톨도 없이 털고 들어가라고. 그…… 높은 사람들 식사하러 오셨는데, 기분 상하지 않게 말이여. 알아들었어? 크크크."

"내 말이! 난 우리 마누라가 해주는 밥이 제일 맛있는 줄 알았는디, 고것이 아니더만. 하하하."

현장 따라 각지를 떠도는 사람들에게 즐거움이 뭐가 있으랴! 맛있는 음식 먹고, 따스하게 자는 것이지!

객실이 따스하지는 않지만, 음식에서는 만족스러웠으리라.

한 작업자가 말했다.

"이 현장은 단연코! 세상에서 제일 완벽한 현장이여!"

"그라제! 돈도 따블로 주잖여! 이런 곳이 어디 있겠어!"

앞에서 줄을 맞추던 김 반장이 한숨을 내쉬었다.

"휴! 저 인간들, 속 편한 소리 하고 있네."

옆에 서 있던 최 반장이 물었다.

"왜 그래. 김 반장? 얼굴이 어둡네?"

그는 주변을 스윽 훑고는 목소리를 낮췄다.

"아까 아침에 밥 먹을 때, 태림 김 과장 봤어?"

"누구? 김 과장? 그 깐깐하기로 소문난 인간?"

"그래! 그 깐깐돌이 김 과장!"

혹여 누가 들을까 조심하는 모습이 역력했다.

"진짜로? 작년에 정가네 식구들, 그 인간한테 걸려서 짐 싸서 쫓겨났다면서?"

"소문 다 났나 보네. 내가 그때 그 현장에 있었잖아. 그런데 그게 다가 아니야?"

"그럼?"

"태림 다른 현장에도 정가네 식구들 들어가 있었거든?"

"작년에 꽤 잘나갔잖아. 그 친구, 전 현장에 쫙 깔았었지, 아마?"

"거기까지 몽땅 쳐냈잖아."

최 반장의 눈이 휘둥그레졌다.

"진짜로?"

"그 깐깐돌이가 본사에 품의서 올려 가지고, 아예 못 들어오게 막아버렸잖아."

"그럼 앞으로도?"

반장이 고개를 절레절레 흔들었다.

"태림은 무조건 못 들어가."

"쯧쯧. 나도 정가네 그놈들 좋게는 안 보지만, 그건 좀 심했네. 밥줄은 끊지 말아야지."

"정가가 어리석은 짓을 했지."

"뭔 짓을 했는데?"

손짓하며 최 반장을 불렀다.

그러고는 귓속말로 소곤거렸다.

"돈도 먹는 놈한테 먹여야지."

"김 과장한테 돈 먹였대?"

"응."

"먹을 인간이 아닌데?"

"당연하지. 김 과장이 안 먹으니까, 소장한테 먹인 거 아니겠냐?"

"크크. 딴에는 머리 썼네."

"장고 끝에 악수 둔다고. 딱 그 짝이었지."

"왜? 소장한테 먹였다면서?"

김 반장이 좌우를 보며, 고개를 더 숙였다.

"그거 때문에 김 과장이 현장 소장이랑 한판 했잖아."

"진짜? 미친 거 아니야?"

김 반장이 고개를 끄덕였다.

"빡 돈 거지! 돈 먹인 건 그러려니 하고 넘어갔는데, 현장에 하자가 그대로였거든."

"그래서?"

누가 그랬던가?

제일 재밌는 게, 강 건너 불구경이라고.

최 반장이 얼른 말하라며 재촉했다.

"그 성격에 가만히 있겠어? 김 과장이 본사에 꼰질러 가지고, 현장 발칵 뒤집혔지."

"볼만했겠네."

상황이 머리에 훤히 그려지는 모양인지, 최 반장의 입술이 씰룩거리고 있었다.

"그래. 그때까지만 해도 다음 현장 소장으로 밀어준다고 소장이 푸시하고 있었거든."

"그렇지. 일은 잘하잖아. 깐깐해서 그렇지."

"그거 다 좋났잖아. 자네 같으면 밀어주겠어?"

"미쳤어? 그걸 밀어주게? 에휴! 지 무덤, 지가 팠네. 팠어."

"이제 승진은 영원히 안녕! 물 건너간 거지. 그러고도 김 과장, 그 또라이가 그걸로도 분이 안 풀렸던지, 본사에 불량업체 퇴출 품의를 올렸잖아. 그걸로 구매부 또 한 번 뒤집히고!"

어이없이 웃던 최 반장이 그 말에 배를 움켜쥐었다.

"하이고. 그 미친놈! 크크큭!"

"죽은 놈, 확인사살까지 한 거지."

최 반장이 고개를 끄덕였다.

"어쩐지 언제부터인가 정가네가 안 보인다 했는데, 그런 사정이 있었구만?"

"독한 놈 잘못 건드렸다가, 작살난 거지 뭐."

"정가는 지금 뭐 한 대? 소식 못 들었는데."

"지금 지방에 작은 건설 업체들 일 하고 다닌다는 말은 들었는데, 예전 같겠어? 지금은 직원이 스무 명도 안 된다고 하더구만."

"그럴 만도 하지. 태림이라는 그 대형 건설사를 놓쳤는데, 그때만 해도 직원 200명이라면서, 모가지 힘 딱 주고 다녔는데…… 쯧쯧."

"하여간 그 김 과장이 여기 있다고!"

가끔가다 그런 정신병자가 있는 현장이 있다.

잘못 건드리면, 본전이 아니라 밑천까지 탈탈 털리는…….

긴장할 줄 알았던 최 반장이 작게 한숨 쉬며, 고개를 저었다.

"휴. 고작 그것 때문에 그러나?"

"고작이라니. 자네는 그 친구를 직접 겪어보지 못해서 그런 거야!"

최 반장이 피식 웃자, 김 반장이 한숨 쉬며 탄식했다.

"그래. 겪어봐라. 고작이라는 말이 쏙 들어갈 거다."

"훗. 난 아침에 최 과장 봤다."

"누구?"

"현재건설 최 과장."

의심스러운 눈초리로 물었다.

"엉? 월성 현장에 있다고 알고 있는데? 에이, 아냐! 분명히 그렇게 들었다고!"

농담하지 말라는 투의 그에게 최 반장이 정색하며 말했다.

"뭔 소리 하고 있어? 내기할까? 내가 아침에 밥 먹다가 눈 마주치는 바람에 기겁을 했구만!"

"진짜야?"

"어허이! 진짜라니까 그러네."

긴장한 모습이 예사롭지 않았다.

김 반장이 물었다.

"자네는 최 과장이라면 질색을 하대? 왜 그래?"

"재작년에 내가 태안 현장 들어간 거 알지?"

"그래. 고생 좀 했다면서?"

그는 그때 생각도 하기 싫은 듯, 머리를 털었다.

"고생 같은 소리 하고 있네! 자다가도 그 일만 생각하면 뒷골이 버쩍 선다."

"왜?"

"내가 거기서 아파트 드레스룸 가벽 공사를 천 세대 맡았거든."

"그거 자네 전문이잖아."

"근데 그 공사 들어간 업체가 실수한 건지, 단가 아낀다고 일부러 그랬던 건지, 쩝."

"뭐가?"

"C-찬넬 두께가 다르더라고."

"아!"

"우리야, 뭐 아나? 공사하라면 하는 거지! 나중에사 알게 됐지만 어쩌겠어? 반이나 끝난 공사 다시 해? 다음 공사도 밀려 있는데?"

"크. 고민 좀 했겠구만."

"양심에 찔려도 어쩔 수 있나? 업체 사장한테 넌지시 말했더니, 그러더구만. 어차피 도배하면 티도 안 난다고."

"쯧쯧. 단가 아끼려고 꼼수 썼구만."

최 반장이 말없이 수긍했다.

"그렇지. 꼴 보기 싫어도 어쩔 수 있나? 어떻게든 마무리하고 우리 철수하기 전날, 최 과장이 전출을 왔었지."

"그런데? 문제 될 거 없잖아. 철수하면 끝난 건데?"

"그랬으면 좋게? 그게 전출 온 첫날, 공사장 한번 둘러보고 오더니, 뜬금없이 가벽 공사 한 걸 뜯어보라는 거야. 난리 났지. 소장하고 싸우고."

그 말에 어이없다는 듯, 김 반장이 실소를 터뜨렸다.

"허 참! 미친놈이네!"

"그래! 좀 하자가 있다고 쳐도, 다 끝난 공사를 엎는 경우가 어디 있냐고! 도배까지 끝났는데?"

"소장이 허락 안 했을 텐데."

"당연하지! 소장이 방방 뛰었지. '네가 공기 늘어나면 책임질 거냐?'부터 해서 개새끼, 소새끼, 내가 평생 들을 욕을 거기서 다 들었다."

"그런데도 했다고?"

"그게 참! 어이가 없었다고."

"뭐가?"

"결국은 뜯었다는 거 아닌가?"

"허. 어떻게?"

도저히 이해할 수 없다는 표정이었다.

현장의 최고 책임자는 소장!

소장이 하지 말라면 못하는 거다.

군대보다 더 엄격한 군기가 건축 현장 군기가 아니던가?

"최 과장이 사람들 끌고 현장으로 가더라고."

"그래서?"

"현장 드레스룸 3단 선반 앞에 서더니 묻더라고. '저 선반 하나에 30키로씩 버티는 건 맞지요?' 그러고는 가타부타 답도 듣지 않고, 턱 하니 매달려 버리대."

"허! 그 덩치가? 90킬로 넘지 않나?"

"그때는 더 뚱뚱했어! 0.1톤이었지. 버티겠어?"

김 반장의 인상이 확 구겨졌다.

상상하기도 싫은 모습이 머리에 떠올랐기 때문이리라.

"버텼으면 자네가 이런 말 안 하겠지."

"그래. 말 그대로 와장창 무너지더라고. 그렇게 벽이 통째로 뜯어지는 건, 내 살다 살다 처음 봤어."

그때를 회상하듯, 어느새 최 반장은 눈을 감고 있었다.

"뜯겨진 벽에서 C-찬넬을 뜯어오더니, 도면하고 비교해 보라고 하대."

"그래서?"

"그래서는 무슨. 누가 무슨 말을 해? 다 꿀 먹은 벙어리였지. 3.2t로 들어가야 할 게 1.6t로 들어갔는데. 소장도 어안이 벙벙해가지고……. 크크. 그걸 봤어야 하는 건데."

"허!"

탄성을 내지르는 것 밖에 김 반장이 할 수 있는 일이 뭐가 있으랴?

"바로 업체 사장을 호출하더라고."

"음……."

"사장이 어떻게 했을 것 같아?"

"뭘 어떡해? 빌어야지."

"그래. 잘못을 했으면 빌어야지. 진짜 거짓말 안 보태고, 무릎 꿇고 싹싹 빌더라."

그 뒤의 상황은 불을 보듯 뻔했다.

김 반장이 선수를 쳤다.

"통할 리가 있나? 그 철면피한테!"

당해 보면 안다. 빠져나갈 구멍이 없다는 게, 얼마나 사람을 구차하게 만드는지. 그리고 어디까지 나락으로 떨어지게 하는지.

무릎 꿇는 것으로 모든 것을 해결할 수 있다면 얼마나 좋으랴!

최 반장이 말했다.

"얼마나 급했던지, 현장 직원들 다 보는 앞에서 봉투를 내밀더라. 나중에 알아보니, 이억 넣었었다고 하더군."

"이, 이억? 와! 대단하네."

말만 들어도, 김 반장의 마음이 흔들렸다.

"사장이 애걸복걸하더라고. '세상천지에, 그렇게 선반에 매달릴 사람이 어디 있냐!'고! 그런데 씨알이나 먹히냐? 그 인간, 봉투는 확인도 안 하고 쓱 되밀더니 한마디 하더라."

"뭐라고?"

"사장님, 딴 거 안 바랍니다. 도면대로 해놓으소!"

"허어. 천 세대를?"

저도 모르게 김 반장이 침을 꿀꺽 삼켰다.

"사장이 엉엉 울면서 빌더라고."

이제껏 호응해 온 김 반장이 아무런 대꾸도 하지 못했다.

'생각을 해보라고, 천 세대야, 천 세대!'

자신이 그 사장의 상황이 된다고 생각하자, 등으로 소름이
쫙 끼쳤다.

저승사자가 따로 있을까?

'그게 저승사자지.'

경악하는 그를 보며 최 반장이 말을 이었다.

"그러고는 한마디 더 하고 현장으로 나가더라."

"뭐라고? 화라도 내던가?"

"차라리 그랬으면 인간처럼 보이지. '저 일 보러 나갑니다.
오늘부터 해체반 들이세요.' 이 말."

"크. 피도 눈물도 없구만."

"원망해서 뭘 해? 처음부터 속이려고 했던 사장 잘못이지."

긴 이야기의 끝에 긴장감이 풀린 김 반장이 크게 숨을 들
이쉬었다.

"휴! 그래서 어떻게 됐어?"

그때가 기억나는 듯 입맛을 다셨다.

"쩝. 괜한 트집 잡는 것도 아니고, 맞는 소리 하는데 어쩌

겠어? 사정해도 안 되고, 돈도 안 통하는데."

쓸쓸하니 혀를 차며 말을 이었다.

"나 그거 뜯고 다시 한다고, 내 평생 처음으로 다음 현장 빵꾸냈잖아."

"얼마나 걸렸길래?"

"그 현장, 석 달 후에 나왔다."

"공수도 많이 들었겠네?"

걱정하는 김 반장의 말에 고개를 끄덕였다.

"해체비, 자재비 빼고, 우리 공사만 1,000공수 더 들어갔다."

"회사 망했겠네?"

최 반장이 말없이 고개를 끄덕였다.

하지만 무슨 말을 하랴?

동정할 것도 없다.

자신의 손으로 제 배를 찔렀는데!

하지만 궁금증은 남았다.

"햐! 그런데 그건 어떻게 알았대? 난 도저히 상상이 안 가네."

그 말에 최 반장이 어이없다는 듯, 코웃음 쳤다.

"나도 궁금해서 나중에 한잔하면서 물어봤지. 그거 어떻게 알았냐고!"

최 반장의 입에 귀를 바짝 대며 물었다.

"어떻게 알았대?"

"현장도 둘러볼 겸 돌아다니는데, 현장 구석에 쪼매난 C-찬넬 쪼가리 하나가 굴러다니더란다."

"그런데?"

"그거 쓸 곳이 가벽 공사밖에 없더라는 거지. 그런데 규격보다 얇았던 게 문제지."

김 반장의 눈이 휘둥그레졌다.

"와! 그거 하나 때문에 가벽 전체를 뜯었다고!"

"그렇다니까. 오히려 '그게 아니면, 자기가 귀신도 아닌데, 어떻게 알았겠냐고?' 반문하던데? 그 현장에 계속 있었던 것도 아니고, 처음 온 현장에서 바로 그날! 현장을 뜯는다는 게 말이나 되냐고!"

"허허허. 참. 귀신이 따로 없네. 그래서 자네가 최 과장을⋯⋯."

최 반장이 고개를 끄덕였다.

"응. 꼼수 쓰는 놈 박살 내는 거 보니까, 통쾌하기는 하더라만, 자네 같으면 그런 사람하고 일하고 싶어?"

김 반장이 정색하며 고개를 저었다.

"시, 싫어. 차라리 귀신하고 일을 하지. 그런⋯⋯."

현장 기사들이 들어오는 것을 보며, 최 반장이 다급히 말했다.

"어이. 줄이나 마저 세우자고. 들어온다."

주차장에 간이로 만들어진 단상 앞으로 기사 안전모를 쓴 사람들이 죽 줄지어 섰다.

그리고 그 뒤에 들어온 성훈이 단상 위로 올라섰다.

"잘들 주무셨습니까?"

내 물음에 주차장이 쩌렁쩌렁 울렸다.

"잘 쉬었습니다!"

"식사는 잘들 하셨습니까?"

하나같이 화창한 웃음을 머금은 얼굴로 답했다.

"잘 먹었습니다."

그럴 수밖에! 장관급이나 와야, 겨우 묵을 수 있는 호텔이었다. 1박에 1,000달러가 넘는……

잠자리가 불편하다면 거짓말이고, 먹거리가 입에 맞지 않는다면, 입이 너무 저급한 거다.

나는 이로써 내가 할 도리를 다했다. 최고의 잠자리와 식단, 그리고 최고의 일터를 제공했다. 물론 최고의 인건비는 물론이고!

앞에서 500명의 얼굴을 직시했다.

'내가 생각하는 본전을 뽑게 안 해주는 사람은 죽었다고 복창해라.'

내 돈 거저먹을 거라는 생각은 꿈도 꾸지 마라.

지금 내 앞에는 백 명의 현장과장들이 내게 등을 보인 채, 50명씩 2열로 도열해 있다.

그 뒤로 500명의 반장과 작업자들이 각을 맞춰 줄지어 서 있다.

'이게 내 현장의 명령 체계지.'

처음으로 내 뜻대로 만든 나만의 사단이라고.

나는 사령관! 내게 등을 보인 건축 기사들은 장교!

작업자들의 맨 앞줄에 늘어선 반장들은 부사관! 나머지 뒤에 있는 사람들은 전투 사병들!

이들이 내 손발이 되어, 공사라는 전투를 해 나가게 될 것이다.

'물론 낙오자도 많이 생기겠지.'

그 걱정을 곽 이사도 했었다.

어젯밤 식사 후에 가장 먼저 나를 찾아온 사람은 민수가 아니라, 곽 이사였다.

내게 신신당부했었지.

"성훈 님, 처음인데, 평소에 굴리는 것 반만 굴리시는 게 어떻겠습니까?"

"네. 저도 그럴 겁니다. 급하게 할 필요도 없고, 공기에 쫓기게 하지도 않을 겁니다."

하지만 곽 이사의 말은 그런 의미가 아니었다.

"그런 말씀이 아니라……."

"그럼요?"

"공사 품질을 말씀드리는 거죠. 작업자들의 수준에 비해 너무 높은 요구는…….."

그의 부탁을 단호하게 거부했었지!

"그건 불가합니다. 작업량이 많아서 돈을 더 달라면 줄 수 있지만, 품질은 타협의 대상이 아닙니다."

"하지만 성훈 님 기준대로 나가면, 작업자 중에 남아날 사람이……."

그럴 건 이미 예상했다고!

내 뜻과 어긋나자, 나도 모르게 말이 퉁명스레 나왔다.

"이사님! 제가 호굽니까? 돈 다 주고, 불량품을 받게?"

곽 이사의 볼살이 씰룩거렸다.

'생각해서 해주시는 말씀인 건 압니다. 그래도 안 되는 건 안 됩니다.'

"제가 세상의 모든 건설사와 차별을 두려고 하는 건, 속도 따위가 아닙니다."

"이 김성훈이 지휘하는 KT팀이라면 돈에 상관없이 품질은 무조건 믿을 수 있다는, 완벽에 대한 신뢰를 심어주는 겁니다."

"하하하. 그야 저도……."

"집을 새로 지을 때, 집주인이 몇 번이나 현장을 와 보는지 압니까?"

"그야……."

제집을 짓는데, 관심을 가지지 않을 사람이 누가 있으랴! 하루에도 수백 번 관심이 가고, 결국은 현장을 방문하고야 만다.

어떤 사람에게는 투자일 것이고, 또 다른 이에게는 평생의 소원을 이루는 것일 수도 있다.

"아파트 분양을 받아도, 수십 번은 다녀가는 게 사람입니다."

곽 이사에게 물었다.

"건축 기사들이 가장 정신없을 때가 언제라고 생각하십니까?"

"음……. 아마 공사 마감……."

"물론 그 말씀도 맞습니다만, 제 생각에는 준공 후, 입주가 시작되기 한 달 전입니다."

"아!"

"그때 한 번만 자기 집을 방문하는 사람이 있습니까?"

그가 고개를 저었다.

"없지요."

"그러고 싶어도 그럴 수가 없지요."

물론 공사가 급히 진행된 탓에, 완벽한 마감이 덜 된 채로 준공을 따내는 건설회사의 탓도 있지만, 다른 원인도 있다.

'다른 사람에게는 보이지 않는 하자가 집주인에게는 보이거든!'

완벽한 집을 인수하고 싶으니까!

"저는 그 사람들에게 완벽한 집을 건네주고 싶습니다. 덜 된 집에 와서 실망하고, 기사들에게 짜증 내는 모습을 보고 싶지 않습니다."

그런 모습은 지난 삶에서 진절머리나게 겪었고, 수없이 머리를 숙였다. 가구는 전체 공정의 마지막이었고, 나는 가구 공정의 총괄담당자였으니까!

"하하하!"

이미 전의를 상실한 듯한 웃음이었다.

그에게 정색하며 말했다.

"저는 제 기사들이 그런 부끄러운 일로 고개를 숙이게 하고 싶지 않습니다."

"제 말은 그런 의미가……."

당황해하는 그에게 단언하며 말했다.

"알고 있습니다. 저는 기사들이 당당하게 '이게 내가 만든 당신 집입니다!'라고 말하고, 그들에게 감사하다는 인사를 받게 하고 싶습니다."

이사급이 현장에서 입주자를 만날 경우가 얼마나 있었을까?

"물론 이사님 세대는 그렇지 않았죠."

"확실히 그건……."

그가 현장에서 뛰어다닐 당시는, 건설회사가 갑이었다.

집을 지어주는 것만으로도 집주인들이 고마워하던 시절 말이다.

"지금은 다릅니다. 기사가 직접 고객을 만나죠."

고객층도 바뀌고, 건설 서비스의 흐름도 바뀌었다.

"하지만 건설사의 '빨리빨리' 행태는 여전하죠. 자재와 공법이 조금 바뀌었을 뿐, 현장의 인식은 바뀌지 않았단 말입니다. 그러고는 고생한 기사들을 방패막이로 내세우죠!"

이 말에 곽 이사가 얼굴을 붉혔다.

'나는 아직도 잊을 수 없다고.'

입주자를 안내하려고 집에 들어갔을 때, 안방 이불장에 덩그러니 놓여있던, 그 누군가의 냄새 나는 흔적을……

'고작 서른 명의 건축 기사로 어떻게 1,000세대 이상을 관리하냐고?'

과중한 업무에 허덕이는데, 잘도 품질관리를 하겠다.

그의 잘못도 아니겠지만, 곽 이사에게 볼멘소리로 투덜거렸다.

"왜 몇 년 동안 고생해서 만든 작품을 넘기면서, 고객에게 안 좋은 소리를 들어야 합니까? 건축가가 고작 그런 존재입니까?"

그도 반평생을 건축을 위해 살아온 사람이 아니던가?

얼굴을 붉힌 채 대답했다.

"아니지요. 당연히!"

"어차피 처음 한 달은 각오하고 있습니다."

"그게 무슨 말씀이신지?"

의아해하는 그에게 말했다.

"공사 안 할 각오하고 있다고요."

"공사를 안 한다고요?"

"네. 처음 한 달은 적응 기간입니다. 이 현장에, 그리고 저에 대한 적응 기간!"

"그 말씀은?"

"끊임없이 뜯어내고, 하자 요소들을 잡아낼 겁니다."

각오하고 있다는 내 말에 피식 웃으며 물었다.

"고작 한 달로 성훈 님 성에 차겠습니까?"

"되게 만들어야죠. 모두 다!"

걱정하는 그를 보며 말을 이었다.

"저한테도 시험 기간입니다. 과연 이 팀이 내가 원하는 대로 움직여 줄까? 하는 시험이요."

"알리 왕자가 뭐라고 하지 않을까요?"

"알리가 왜요? 이미 내 건데!"

내 당당한 말에 곽 이사가 항복을 선언했다.

"하하하. 제가 그걸 잊었군요."

"아직은 많이 부족하지만, 이 공사가 끝나갈 때쯤이면, 품질로는 우리 팀을 따라올 회사가 어디에도 없을 겁니다."

"그럴 겁니다. 공사에는 도가 튼 사람들을 작업자들에게 개인 교사로 붙이셨으니까요."

곽 이사에게 확신했다.

"기사들 또한, 지금보다 한 단계 높은 눈썰미를 가지게 될 겁니다."

작업자들을 보며 스스로 맹세했다.

'공사가 끝날 때, 당신들 몸값은 지금보다 더 올라 있을 겁니다. 이 까탈스러운 기사들이 만족할 수준이 되어 있을 테니까!'

서슬 퍼런 기사들의 눈빛에 앞줄의 반장들이 움찔하는 모습이 보였다.

난 그들이 왜 저러는지 알지!

'긴장할 수밖에 없을 겁니다.'

이 건설판에서는 너무나 유명한 사람들이거든!

여기 이 기사 중에, 작업자들에게 멱살 몇 번 안 잡혀본 사람이 있을까? 현장 한 번 안 뜯어 본 사람이 없다는 말이지.

뜯으라는 말! 그 말이 과연 기사들은 하기 쉬운 말일까? 일하면서 가장 하기 싫은 말이 그 말일 텐데?

'뜯으세요!'

그 말 한 마디로 인해, 얼마나 큰 손해가 발생하는지 누구보다 잘 아는 사람이 바로 기사들이다. 전 공정에 공수를 계산하고, 투입물량을 누구보다 빠삭하게 알고 있거든. 그리고 시간에 따라 로스 되는 비용도 말이다.

자신의 말 한 마디에 적게는 수천만 원, 혹은 수십억이 왔다 갔다 한다. 어찌 부담을 느끼지 않을 수 있으랴!

나도 매일 후회했었다고!

'하루만 일찍 발견할걸! 일주일만 빨리 발견할걸! 현장을 한 번만 더 돌아볼걸!'

낡아빠진 워커 굽으로 내 머리통을 찍어버리고 싶다고!

하지만, 그 부담에 자신을 굽히면, 불량품을 만들어낸다.

'그들도 안다고! 사람들이 자기 욕한다는 걸!'

욕먹을 각오하고 내지르는 것이다.

그 욕설은 금액이 크면 클수록 더하며, 상관의 폭언 또한 이겨내야 한다.

아마 우리나라 현장에 종사하는, 대부분의 기사가 하는 갈등이고, 결국은 실행한다.

'왜? 그렇지 않으면……. 공사가 실패하고, 고객에게 실패작을 넘겨야 하니까!'

고객에게 부끄러우니까!

"길게 말 안 하겠습니다."

이 말로 운을 뗀 성훈이 말을 이었다.

"여기 계신 분들, 다들 베테랑이십니다. 그런 만큼 풀질에 대해서는 따로 말하지 않겠습니다. 하자가 생기면, 여기 있는 기사들이 뭐라고 하기 전에 알아서 수정하십시오."

지금 내 앞에는 백 명의 현장 기사들이 도열해 있었다.

'뭐 이리 많으냐고 생각하겠지.'

기껏해야 80층밖에 안 되는데, 기사가 100명이냐고!

실제 공사는 30층을 진행하고, 그게 끝나면 또 30층을 공사하게 되니, 한 층당 적어도 3명의 기사가 달라붙는 셈이지.

'이런데도 땜빵할 배짱이 있으면 해보라고!'

그들 중에서는 이미 기사들을 알고 있는 반장들도 있었던 모양이다. 눈을 피하며 몸서리치는 것이 보였다. 다들 자기 현장에서는 '매의 눈'으로 불리는 사람들이라고!

이들은 절대 하자를 놓치지 않을 것이다.

만에 하나, 그들이 실수로 놓친 것이 있다고 해도, 내가 발견할 테니까!

'하자의 천라지망이지!'

"하자가 발견되면 무조건 뜯을 겁니다."

대놓고 뜯겠다고 하자, 현장이 술렁거렸다.

"초반에 잡지 못한 하자가 나중에 얼마나 큰 골칫덩이가 되는지 아실 겁니다. 그걸 현장에서는 A/S라고 하지만, 그게 무슨 애프터서비스입니까? 애초에 하자인 걸! 처음 발견했을 때도 공정상의 이유로, 손실이 크다는 이유로 감춰왔던 걸 공사가 완료된 뒤에 뜯는다고? 그런 개소리를 믿으세요?"

수긍은 하지만, 그만큼 작업자인 자신들이 고생할 것을 알기에, 묵묵부답 아무도 말이 없었다.

"공사 끝난 뒤에도 계속 남아서 A/S랍시고 몇 년이고 남아 있고 싶습니까? 무급으로?"

싸늘한 정적이 주차장에 내려앉았다.

맨 앞줄의 반장이 손을 들었다.

"내장팀 최 반장입니다."

그가 반장 중, 가장 영향력 있는 인물로 보였다.

"말씀하세요."

"재시공으로 인해 손해는 누가 보상합니까?"

"그게 지시 불이행으로 인한 손해라면, 지금 인건비에 포함된 겁니다."

"그런……."

"기사들의 말에만 잘 따르면, 재시공할 일 없습니다. 아시는 분들도 계시겠지만, 모두 베테랑들입니다. 최 반장님 못지않은……."

"하지만……."

최 반장에게 물었다.

"다른 현장에서 이렇게 인건비 책정한 거 보셨습니까?"

"……."

"처음이시죠?"

그가 고개를 끄덕였다.

"그럼 왜 이 현장의 인건비만 터무니없이 높은 건지, 또 왜 귀책사유에 따라 시공팀이 책임져야 하는지 충분히 설명되었으리라 봅니다."

그를 보며 말을 이었다.

"재시공으로 인해 발생하는 다른 공정의 피해 또한 귀책사유에 따라 보상하게 됩니다.

누가 뭐라 할 것인가?

네가 잘못했으니, 네가 물리라는데!

"재시공을 하지 않는 것이 지금의 인건비를 온전하게 보존하는 유일한 방법이 될 겁니다."

엉뚱한 놈의 실수로, 다른 공정에 피해가 가는 불공정한 행위는 용서할 수 없다고!

"더 질문 있습니까?"

"어, 없습니다."

전체를 아우르며 외쳤다.

"이상. 해산!"

그리고 백 명의 기사들이 동시에 복명복창했다.

"이상! 해산!"

백 개의 날이 선 목소리가 지하주차장에 쩌렁쩌렁 울려 퍼졌다.

◯

최 반장이 현장으로 향하며, 급히 모임을 소집했다.

"비상사태야! 반장들 모두 모이라고 해!"

김 반장이 그의 말을 바로 옆으로 전했다.

"초비상사태야. 최 반장 방으로 다 모이라고."

반장들이 은밀하게 움직였다.

"뭐 땀시 불렀다요? 정수 성님."

"손 반장, 네가 꼴찌다. 얼른 들어와라."

작은 키에 땅땅하게 생긴 손 반장이 들어오면서 고개를 부르르 흔들면서 투덜거렸다.

"언능 말씀하쇼. 나 어여 가야 된께."

영문을 모르는 몇몇 반장이 불만을 토로했다.

"뭐요? 지금 작업자들, 지시 기다리고 있는데?"

"그래요. 할 얘기 있으면 얼른 합시다."

하지만 최 반장을 비롯한 경력 오래된 자들의 분위기에 압도되어 말을 잇지 못했다.

심각한 분위기에, 손 반장이 슬쩍 고개를 낮추며 물었다.

"무신 큰 문제라도 있습니까? 최 반장 성님?"

반장들과 눈빛을 나누던 최 반장이 말했다.

"어제…… 내가 이 현장, 육 개월 본다고 했던 말 기억하나?"

모두 고개를 끄덕였다.

이렇게 좋은 근무환경이 어디 있냐면서, 에어컨 바람을 쐬며 기분 좋게 건배까지 하지 않았던가?

손 반장이 의아하게 물었다.

"언능 끝내불고 다른 현장에도 데불고 가 주신다고 했잖아유!"

"계획이 바뀌었다."

"어떻게유?"

"현장 분위기 보면서, 처음 한 달간은 최대한 천천히 진행한다. 살얼음판 걷듯이."

"그게 무슨 말이유?"

"팍팍 치고 나가려고 생각하는 사람들은 당분간 자중하라는 말이다."

그러고는 침착하게 생긴 서른 중반의 남자를 보며 말을 이었다.

"박 반장! 뭐 그리 골똘히 생각하고 있어?"

박 반장이 퍼뜩 정신을 차렸다.

"형님! 잠시만 이야기 좀 할 수 있을까요?"

그의 물음에 잠시 갸웃하더니, 최 반장이 말했다.

"뭔가?"

박 반장이 낮은 목소리로 물었다.

"혹시 저 팀장이라는 친구에 대해서, 아는 것 좀 있습니까?"

최 반장이 미간을 모았다.

"팀장? 그건 왜? 얼굴도 잘 기억 안 나는데?"

워낙 기사들의 기세에 눌렸기 때문인지, 얼굴을 보기는 했지만 잘 기억나지 않았다.

"그냥 이십 대 중반 정도로 보이던데."

"네. 저도 그렇게 봤습니다. 그런데 분명히 어디서 본 얼굴이거든요."

"어디서?"

"그게 잘⋯⋯."

박 반장은 연신 고개를 갸웃하며 기억을 떠올리려 하고 있었다.

그런 그에게 최 반장이 어깨를 도닥였다.

"우리가 현장을 한두 군데 다니나? 사장 아들이나 조카, 뭐 그런 거 아닌가 싶던데?"

"네?"

예상치 못했던지, 박 반장이 고개를 번쩍 들었다.

"생각을 해봐라. 그 나이에⋯⋯ 어떻게 현장을 지휘하냐? 빨라도 마흔 중반이 넘어야 현장 소장 달잖냐?"

"그렇기는 하죠. 그래도 어디선가 봤는데⋯⋯."

하지만 최 반장은 미소를 지었다.

"그렇게 생각하면 딱딱 아귀가 맞아떨어지잖아."

"무슨 말씀이십니까?"

"회장 아들은 아닌 것 같으니까, 뭐 조카 정도겠지만."

"좀 자세히 말씀을 해보시죠?"

"생각을 해보라고. 조카가 현재건설에 데뷔는 해야 하는데, 딱히 실적 쌓아둔 게 없어. 아무리 낙하산이라도, 직원들에게 보여 줘야 할 건 있어야 할 거 아니냐? 어차피 나중에는 경영이나 하겠지만."

확신하는 최 반장에게 물었다.

"그럼 실적 쌓기라 그겁니까?"

"그래. 그것도 실패하면 안 되는 중요한 거지."

"아! 그래서 그런 악바리들을 불러 모은 거군요."

최 반장이 그의 말에 호응했다.

"그렇지. 여기 모인 작업자들하고, 그리고 저 기사들. 실패하기가 쉽겠어?"

박 반장의 얼굴에 자부심이 어렸다.

"그게 더 어렵죠. 완전 베테랑들만 모아놓은 건데. 그래서 인건비 단가를 그렇게 쳐준 거구나. 군말 없이 일하라고."

"이제 이해가 된 모양이군."

박 반장의 어깨를 두드리며 말을 이었다.

"너무 깊이 생각하지 마. 어차피 이 현장 끝나고 나면, 우리가 그 팀장 볼 일은 더 이상 없을 거야. 현장도 이번이 처음이자 마지막이겠지."

그 말에 박 반장은 수긍이 되었다.

"그렇겠군요."

"그런 거야. 지금 중요한 건 팀장이 아니라, 현장 기사들에게 어떻게 대응하느냐? 이거라고."

"알겠습니다."

"그러니까 자네는 그동안 젊은 친구들한테 상황 설명하고, 잘 좀 다독거려 줘."

"네. 알겠습니다."

'밸 꼴리믄 현장 한 번 뒤집으믄 되는 것이제. 뭐 이리 심각하다냐?'

눈을 두리번거리던 손 반장이 박 반장에게 물었다.

"정수 성님! 거시기 큰 성님이 야그하는 게 뭔 말이유?"

"자네 2군 업체에 있다가 이쪽으로 호출되어 왔다고 했지?"

그 말에 손 반장이 티껍다는 듯 대꾸했다.

"정수 성! 나가 2군에 있었다고 무시하는 거요?"

"무시는. 하하. 다 같이 노가다 밥 먹는 처지에."

"그라믄 고것이 뭔 상관이다요?"

박 반장이 남은 반장들을 둘러보며 물었다.

"저기 서 있던 과장들, 모르는 사람이 또 있나?"

몇몇 반장들이 손을 들었다.

손 반장을 비롯하여 모두 2군 업체에서만 일을 못 해본, 군소업체 반장들이었다.

박 반장이 고개를 끄덕이며 말했다.

"다른 사람들은 다 알지?"

기다렸다는 듯이, 불만들이 튀어나왔다.

"그럼! 어떻게 저 인간들을 어떻게 몰라! 난 저번에 투산에서 일할 때 정 과장 저 인간! 으으…… 패대기칠 뻔했다고. 하도 열 받아서."

"난 삼송 박 과장! 어휴…… 내가 그 현장에서 아주 그냥…… 내가 저 인간 얼굴을 두 번 다시 안 보고 싶었는데?"

모두 1군 업체들과 일해 본 반장들이었다.

손 반장이 그들에게 호통쳤다.

"성님들! 대체 뭐 땀시 그란다요? 뜯는다는 엄포 땜시 그러는 거유?"

그걸 겁내냐는 호기로운 말에 박 반장의 입가에 웃음이 어렸다.

'엄포가 아니니까 문제지.'

손 반장이 입꼬리를 내리며, 고개를 저었다.

"나 참! 이런 배포로 무슨 일을 한다고. 현장 진행된 걸 뜯는 게 쉬운 일도 아니고. 거참!"

박 반장이 그의 무모함에 혀를 찼다.

"쯧쯧. 손 반장, 분위기 파악 좀 해라. 여기 있는 사람들이 그걸 몰라서 이러는 것처럼 보이냐?"

하지만 아직도 그는 억울한 듯했다.

"현장에서 기사들하고 싸우는 거시야. 맨날 있는 일인디. 뭐 그딴 걸 가지고⋯⋯."

박 반장이 피식 웃었다.

'눈에서 피눈물 뚝뚝 흘리면서 제가 세운 거 뜯어봐야 정신을 차리겠구만.'

2군 업체에서는 품질을 따질 겨를이 없다.

빨리빨리 지어서 빌라를 분양해야 하니까, 그리고 분양 대금을 회수해서 다른 곳에 땅을 사고, 또 건물을 지어올려야 한다.

그들에게는 말 그대로 시간이 돈인 것이다.

'이렇게 꼼꼼하게 따지는 것도, 울산 현장 이후로 간만이네.'

그리고 다시 고개를 갸웃했다.

'저 팀장이라는 사람, 어디서 분명히 봤는데, 기억이 잘 안 난단 말이야!'

"정수 성님! 지가 먼저 현장 분위기 함 험악허게 맹글어 봐유?"

"됐네. 이 친구야! 아서라. 여기 형님들이 실력이 안 돼서 저 기사들한테 꼼짝 못 하시겠냐?"

그 말에 손 반장이 이해가 안 된다는 듯, 혀로 입술을 핥았다.

"참말로 이해가 안 되는구마이! 거시기, 나는 기사들이랑

술 한 잔 딱! 허고, 존데 델꼬 가서 떡 한 번 딱 쳐 주믄, 기사들이 사근사근 하던디!"

손바닥으로 주먹을 탁탁 치며, 히죽거렸다.

다른 반장들의 얼굴이 새파랗게 질렸다.

"손 반장, 너 이 새끼! 절대 그러지 마라. 내 손에 진짜로 디진다!"

"왜유? 그넘들 거시기는 부처님 반 토막 이래유?"

설명해 무엇하랴? 돈 밝히는 놈은 여자 밝히고, 안 그런 놈은……

그런 접대 했다가는, 오히려 더 가혹하게 당한다.

'자기를 그런 정도로밖에 안 봤다는 게, 불쾌하다는 거지. 어디 한두 번 당해 봐?'

하지만 손 반장은 저들의 무서움을 전혀 모르는 것 같았다.

"쫄지 맙시다! 뜯긴 뭘 뜯어유. 남이 개고생해서 맹글어 논 거를, 우덜헌티 그라믄 이 장도리로 대갈빡을 꽉 쪼사놀랑게."

자신만만한 그를 박 반장이 피식 웃었다.

"손 반장, 내가 힘이 없어서 뜯었을 것 같아?"

"성님도 뜯었다고라?"

손 반장이 눈을 번쩍 떴다.

서로 다른 현장에서 일하더라도, 고수들은 이미 알음알음으로 소문이 전해진다. 여기 있던 사람 중 몇 명은 가히 전설처럼 들리는 무용담을 가진 사람들이었다.

기사들이 꼼짝을 못하는 반장들 말이다.

그가 알기로는 박 반장도 그런 사람 중 하나였다.

눈을 홉뜨며 물었다.

"정말이오? 성님?"

도저히 믿을 수 없다는 눈빛이었다.

'이 사람이 얼마나 빠꼼인데, 현장 기사들도 혀를 내두른다고!'

그런 그가 스스로 뜯었다고?

박 반장이 쓸쓸하게 웃었다.

"그래. 내 생전 처음으로 내가 작업한 거 뜯어봤지. 첫 번째 줄 왼쪽 세 번째……."

"그넘이 누군디유?"

"세산 건설 박 과장!"

여기저기서 우후죽순처럼 증언들이 튀어나왔다.

"나도 타일 붙여놓은 거 다 망치로 깨부셔 봤지! 삼송 박 대리 때문에. 씨팔! 대충 넘어간다고, 누가 제 놈을 잡아가냐고!"

욕지거리가 튀어나올 수밖에 없는 상황이리라.

타일 반장이 말을 이었다.

"한 장 한 장 내 손으로 깨부수는데, 눈물이 나더라. 개 또라이 새끼! 그때는 망치로 패 죽이고 싶더만."

손 과장이 제가 당한 듯, 방방 뛰었다.

"콱! 대굴빡을 쪼사 불지 그랬시유? 아니제. 그 비실이들, 한 주먹이믄……."

박 반장이 입맛을 다셨다.

"무슨 근거로?"

"근거는 무신…….'

"작업자가 실수한 건데! 무슨 근거로 따지냐고?"

"그려도 남이 고생해서 한 건디…….'

답답한지 가슴을 치며 화살을 돌렸다.

"타일 성님은 왜 가만히 당하고 있었던 거유?"

타일 반장이 먼 산을 바라보며 답했다.

"나중에 보니까, 그치 말이 맞더라고. 쩝!"

반장 하나가 푸념했다.

"나 여기 온 지 하루도 안 되었는데, 한국이 그리워졌소! 젠장!"

결국, 손 반장도 짜증을 터뜨렸다.

하늘처럼 여기던 선배들이 이런 나약한 꼴을 보이니, 그도 억장이 무너졌던 모양이다.

"이려도 안 되불고, 저려도 안 되불믄, 걍 때려치고 나가믄 될 건 아녀?"

박 반장이 피식 웃었다.

"성님은 뭐시 그리 우습소?"

"자네. 해외로 공사 안 가봤지?"

"당연한 말을 왜 허요? 우덜 같은 무지렁이가 꼬부랑 말을 어쩌케 한다고…….'

"여기까지 온 비행깃값이 얼만지 알아?"

"그걸 나가 워처게 아유? 기냥 태워주니께 타고 온 거제.

"쯧. 그냥 돈 많이 준다는 말에 혹해서 왔구만?"

"당연한 거 아니유. 것도 있지만."

"다른 이유도 있었나 보군?"

"나 겉은 눔이 대 현재건설허고 언제 연을 맺어 보겠소! 나헌티는 절체절명의 기회였으니게. 두말없이 잡은 거지라."

"절호의 기회겠지."

"어쨌거나! 나는 여그서 존재감을 어필허고, 현재건설에 자를 딱 잡겄다! 허는 각오로 왔는디."

그가 반장들을 돌아보며 말을 이었다.

"적어도 이런 큰 회사에서 나헌티, 사기치지는 않을 거 아니유?"

그의 입장에서는 구구절절 옳은 말이었다.

박 반장이 상황을 훤히 본 듯 물었다.

"계약서 제대로 안 봤겠네?"

"뭐. 현장에서 술 처묵고 사고 치지 마라. 그런 거지. 뭐 딴 거 있겠수?"

"쯧!"

"우덜 같은 막장 인생이 뭐 있수. 일 잘허는디 건들지만 안으믄 별일 없겄지만, 건들믄 콱! 망치로 쪼사불고, 징역 살믄 되는 것이제!"

손 반장에 눈에 쌍심지를 켰지만, 이곳에 그의 엄포 정도에 겁먹을 사람이 누가 있으랴!

그보다 현장 경험이 적은 사람은 아무도 없었다.

박 반장이 피식 웃었다.

'나도 저럴 때가 있었는데……. 세상 물정 모르고 투덜거릴 때가 말이야.'

손 반장 나름대로는 경력 있다고 어깨에 힘주고 다니지만, 그보다 베테랑들이 보기에는 그저 치기에 불과했으니.

박 반장이 흥분한 그를 달랬다.

"자네 팀 스무 명이지?"

"그런데요?"

뚱하게 대답하는 그에게 말했다.

"그럼 한국 돌아가려면, 최소 6,000만 원은 있어야 가능할 거야?"

손 반장이 펄쩍 뛰었다.

"나가 나 발로 가겠다는디, 거 무신 개소리다요?"

"쯧쯧. 제 돈으로 비행기 안 끊었다고, 얼만지도 안 봤구만."

그가 답답한 가슴을 치며 말했다.

"그랑게 설명을 해 달랑께요!"

"비행깃값이 인당 150만 원이야. 편도로만."

그럼 올 때 탄 비행깃값도 물어야 할 판이니, 박 반장의 계산은 틀린 것이 아니었다.

손 반장이 튀어나올 듯 커진 눈으로 주변을 둘러봤다.

'믿을 수 있어?'라는 듯이.

"참말이여?"

하지만 돌아오는 것은 어이없는 웃음뿐이었다.

"그럼 거짓말이겠냐? 우리 올 때 피곤할까 봐서, 경유도 한 번만 하고 13시간 만에 왔잖아."

"뭐땀시. 고로케 비싼 걸루다가?"

"조금 싸게 할 수도 있는데, 그러면 30시간 넘게 걸린다고, 일부러 그걸로 한 거였어."

"그라믄 싸게 하믄……."

"그래도 140이야. 대신 하루는 완전히 공치지."

"워매. 완전히 눈탱이 맞아부렀구만! 무신 뱅기 값이 글케 비싸다요?"

"이런데도 간다는 말이 나와?"

손 반장이 목소리를 낮추며 물었다.

"성님, 그라믄……."

"뭐 또?"

"나가 소시적을 배를 탔구만이라."

그의 말에 반장들, 모두가 박장대소했다.

"와 그래 웃고 있다요?"

박 반장이 웃음을 참으며 말했다.

"하하하. 구하기도 힘들겠지만, 최소 한 달은 넘게 걸릴 거야. 배가 매일 출발하는 것도 아니고……. 쯧쯧. 생각도 하지 마라."

반장 하나가 놀리듯 물었다.

"손 반장, 계약금은 어떻게 할 거냐?"

"그거야 차차 갚아가믄 되는 것이고."

"일수 찍냐? 차차 갚게?"

"다 써부렀는디, 어쩌요?"

"다 썼다고?"

"허면 그걸 여태 놔둘 여유가 있간디요? 밀린 임금들 다 주고, 돈 생긴 김에 장비 좀 바꾸고 그렁께 남는 것도 없더구만요"

반장들이 놀라서 물었다.

"이, 이억을? 그새?"

"뭘 그런 눈으로 보셔? 그 씨부랄 놈들, 2군밖에 안 되는 새끼들이 임금 체불하다가 망해 부리는 바람에. 맘 같아서는 장기라도 팔아서 주고 싶은디, 방법이 있소? 발만 동동 굴럿제."

"때마침 현재에서 연락이 왔다? 그거지."

"그라지요. 디지지는 말라는 건지, 1군 업체에서 콜이 오더만요."

"그래서 계약서도 안 보고 도장을 찍었다."

"보기사 봤지유."

"보기는…… 쯧쯧."

박 반장은 '액수만 봤구만!'라는 말을 목으로 삼켰다.

"그래도 현재건설 정도 되믄 사기는 안 칠 거 아니오? 돈도 이리 두둑허게 주는디, 인건비 떼일 일도 없을 거고!"

그 말에 박 반장도 고개를 끄덕였다.

'그 말은 맞지. 일을 좀 독하게 시켜서 그렇지!'

훨씬 높은 품질을 요구한다.

"그래 좋은 회사 잘 왔다. 그리고 계약금 세 배 무를 자신 있으면 도망가라."

손 반장이 다급하게 귓구멍을 후볐다.

그러고는 눈을 연신 껌뻑이며 귀를 들이밀었다.

"뭐라고 헌 겨? 지금? 세, 세 배?"

최 반장이 조용히 고개를 끄덕였다.

"그라믄, 육억인 겨?"

최 반장의 표정을 보며, 믿기지 않는 듯 투덜거렸다.

"씨부럴. 알고 보니 진짜 개 도둑놈들이구마이."

단가를 두 배로 준 건 생각도 않는 손 반장이었다.

한국에 건설 공사하면서, 작업자에게 계약금을 이억이나 주는 회사는 또 어디 있던가?

"우짠지……. 계약금을 그렇게 턱턱 줄 때, 알아봤어야 허는 것인디, 큰 회사는 다 이렇게 주는구나 했지요."

그 상황이 눈에 보이듯, 훤했다. 자신 또한 첫 계약 때는 그렇게 성급하지 않았던가?

씁쓸하게 웃으며, 혀를 찼다.

"쯧쯧. 돈에 눈이 멀었던 거지. 어쩔 텐가?"

방법이 있을 리 없다.

손 반장이 인상을 팍 쓰며 중얼거렸다.

"남은 건 몸뚱이밖에 없는데……. 몸으로 때워야지요. 어쩌긴 뭘 어째요?"

설령 그 돈이 있다고 한들, 그걸 물리고 싶은 사람은 아무도 없었다.

"인자 우리는 꼼짝 못 하고 여그서 발이 묶였다는 거구마이."

이보다 더 정확한 표현이 있으랴.

작은 방에 들어갔던 최 반장이 나왔다.

"자네들도 얘기 나눠 봐서 알겠지?"

반장들의 끄덕임을 보며 말을 이었다.

"이번 현장은 다른 현장과 다르다. 하나만 있어도 현장 하나는 씹어먹을, 그런 현장 기사들이 100명이나 포진해 있다."

그의 말을 이해하지 못할 반장들은 이제 아무도 없었다. 그는 차분하게 말을 이었다.

"우리도 현장에서 싸움은 해볼 만큼 해봤다."

손 반장이 눈을 빛내며 물었다.

"한바탕 벌려 봐유? 나가 총대 멜랑게!"

신입다운 패기가 아닐 수 없었다. 잔다르크라도 될 요량, 각오의 눈빛이었다. 최 반장이 한숨 쉬며 고개를 저었다.

"잘 들어라. 중요한 거니까! 뜯으라면 뜯어라. 아무 대꾸 하지 말고."

"워떠케 그런대요? 말 안 되는 소리하믄, 콱!"

최 반장의 얼굴에 비웃음이 어렸다.

'성질 급한 녀석. 저런 놈이 제일 먼저 사고 치지.'

몸싸움이야 누구에게 밀릴 것인가? 하지만 명분에서 밀리는 싸움은 패배를 자청하는 지름길이 아니던가? 잘못 덤비다가는 돈도 못 받고 쫓겨나는 것은 물론, 다시는 이 일을 할 수가 없게 된다.

'이 바닥이 얼마나 좁은데…….'

한숨만 나오는 최 반장이었다.

"으휴. 어쨌거나 내가 피하고 싶은 인물들을 모조리 모아 놓았다."

한숨 쉬는 반장들을 보며 말을 이었다.

"소장이 지랄해도 뜯는 것들이 그 독종들이야."

"……."

"그런데 이번에는 팀장이 직접 얘기했잖아! 바로 뜯는다고!"

전체를 아우르며 말을 이었다.

"이 말이 엄포로 들리냐?"

최 반장이 주먹을 꽉 쥐었다.

"뜯으라고 했는데, 대충 땜빵하고 넘어갔다가 다음 공정까지 피해 주는 반장들이 없도록 주의하도록!"

옆에 있던 김 반장이 으르렁거렸다.

"특히 너, 손 반장! 몰딩 공정 때문에 내 도배지 뜯는 상황이 생기면, 내 너부터 죽여버린다. 알아!"

둘의 말다툼을 보며 최 반장이 피식 웃었다.

'이 정도 말해 뒀으면 피차 주의하겠지.'

박 반장을 보며 말했다.

"정수야, 손 반장 저거 사고 치는 거 아닌지 잘 지켜봐라."

"쩝. 객기 부리는 면도 있지만, 이왕 박살 날 거라면, 초반에 깨지는 게 낫지 않겠습니까? 한 번 당하고 나면, 다음에는 엄두도 안 날 텐데."

"흐흐. 자네 말도 맞아."

"하지만 너무 걱정하지 않으셔도 될 겁니다. 말은 저렇게 해도 손이 아주 꼼꼼합니다. 예전에 한 번 현장 한 거 봤는데, 생각보다 흠이 없었습니다."

"그래? 생긴 거하고 다르네."

"네. 보면 놀라실 겁니다. 말만 거칠죠. 뭐."

"하여간 가급적이면 사고 치지 말고 가자고, 우리는 기사들만 조심하면 되니까."

박 반장이 고개를 끄덕였다.

"네."

"해산시키고, 난 팀장이 오라고 했으니까, 이따가 현장 둘러볼게."

최 반장이 문을 열고 들어갔다.

애송이 팀장이 책상에 앉아 있고, 최 과장이 옆에서 업무

지시를 듣고 있었다.

'최 과장이 지시를 받아? 내 예상이 정확하군.'

그가 아는 최 과장은 실력보다 저평가되고, 승진이 늦은 사람이었다.

소장이 되었어도 전혀 이상하지 않은 실력자!

그런 그가 지시를 받는다?

'아무리 실력이 있어도, 저 나이에는 안 되지.'

속으로 고개를 저으면서도, 다른 생각이 들었다.

'아니지. 어쩌면 최 과장한테는 좋은 일일 수도 있지. 저 낙하산이랑 친해지면 승진에도 도움을 받을 거 아니야?'

최 반장에게 그는, 현장에서 만났을 때는 두려운 사람임에는 분명했지만, 별다른 악감정은 없었다. 잘되자고 한 일이지, 일부러 그런 것도 아니질 않은가? 분명히 일의 원인은 그때의 인테리어 사장이 제공했고 말이다.

굳이 말하면, 애증과 존중의 관계랄까?

"최 과장님. 저 왔습니다."

"오셨습니까? 반장님. 오랜만입니다."

"아이고. 반갑습니다."

최 과장이 머쓱하게 웃으며 말했다.

"별로 반갑지는 않으실 것 같은데요. 하하하. 그때 고생 많으셨습니다. 반장님 안 계셨으면, 저도 아주 힘들었을 겁니다."

최 과장이 팀장에게 물었다.

"제가 말씀드릴까요?"

"네. 그렇게 하세요. 앞으로도 종종 하셔야 할 텐데요. 앞으로 자리 비울 일이 좀 있을 겁니다. 귀찮게 하는 사람들이 좀 있어서요."

성훈은 사우디아라비아에 들어오는 순간부터, 알리로부터 귀찮은 독촉을 받고 있었다.

'왔으면 응! 부왕을 먼저 뵙고 인사를 드려야지! 아무리 일이라고 해도 말이야. 사람이 그러는 게 아닐세! 내일 아침에는 꼭 입궁하도록 하게!'라고 최후통첩을 받은 것이 어젯밤의 일이었다.

하지만 그 말은 최 반장이 확신을 굳히기에 충분했다.

'그럼 그렇지! 역시!'

"아시겠죠. 반장님. 특히나 안전과 현장 정리 정돈에 신경 써 주십시오. 앞으로도 함께 계속해서 현장을 진행하려면, 이게 가장 중요합니다."

최 반장이 웃으며 답했다.

"네. 걱정하지 마십시오. 이 현장 끝날 때까지, 어떠한 사고가 없도록 주의하겠습니다."

그의 진심이 담긴 말이었다.

'실적을 쌓아야 할 현장에서 사고라도 나봐! 앞으로 현재 건설 일은 하지 말 각오를 해야 한다고.'

최 과장이 지시를 마치고, 옆으로 돌아보며 물었다.

"팀장님, 추가하실 지시사항이 있으십니까?"

"음……."

잠시 생각하던 성훈이 입을 열었다.

"앗! 지나치고 갈 뻔했네요."

성훈이 말을 이었다.

"반장님."

"네. 팀장님."

"작업자들 톱날이랑 핀 타카 공이 부분, 자주 손보십니까?"

"공이요?"

"네! 그 핀 타카 혓바닥 있지 않습니까?"

"아!"

성훈이 말없이 대답을 기다렸다.

뜻하지 않은 말에 최 반장이 머뭇거렸다.

'그걸 누가 손 봐!'

가끔 핀 타카의 핀이 끼게 되면, 그제야 한 번씩 손보는 것
이 아니던가?

"가끔 손보기는 합니다만……."

"인테리어 교체라서, 재단과 부착이 주된 작업이 될 겁니다."

'당연한 말을 왜 하는 거지?'

최 반장은 속으로는 고개를 갸웃하면서도 수긍했다.

"그렇겠지요. 그런데 왜 그러시는지?"

"몰딩 작업 끝났을 때 보면, 모서리 마감 부분에 깨진 게
많이 보이더라고요."

"가끔 그런 경우가 있지요."

어쩌라는 말인지, 가만히 듣고 있었다.

"톱날은 사흘 사용하고 나면, 새 톱날로 교체해 주세요. 무조건."

"네? 그걸 사흘마다 바꾸라고요?"

"네. 그리고 톱날은 최상급으로 사용해 주세요."

최 반장은 속으로 헛웃음이 나왔다.

그게 돈이 얼마나 드는 일인데, 매번 교체하라는 말인가?

'쯧쯧. 젊은 친구가 물정 모르는 소리 하네.'

속내를 숨기고, 거부를 표시했다.

"굳이 그런 것까지……."

그의 마음을 알 리 없는, 애송이가 말했다.

"작업자들에게 1,000번 자를 때마다 한 번씩 교체하라고 말할 수는 없잖아요. 대충 그 정도 자르면 나무가 튀더라고요."

순간 최 반장의 눈에 이채가 어렸다.

'이런 걸 어떻게 알지? 초짜가?'

팀장이 말을 이었다.

"그분들한테 카운트하라고 할 수도 없고, 그렇다고 일 바쁜데, 톱날 상태 보며, 살살 눌러가며 재단하진 않을 거 아닙니까? 안 그래요?"

팀장의 말이 틀린 것은 아니지만, 작업자들은 그들만의 처한 처지가 있는 것이다.

"명심하세요."

애송이가 최 반장의 눈을 직시하며 말을 이었다.

"이번에 들어오는 몰딩, 비싼 겁니다."

그 말에 슬며시 웃음이 나왔다.

'그래 봤자 몰딩이 이, 삼만 원이지, 톱날 가격이 얼만지는 알고 말하는 거야?'

"지금까지 했던 현장과는 다르다는 말이죠. 그러니 그저 그런 몰딩처럼 다루지 말라는 말입니다. 무슨 말인지 아시죠?"

어느 현장이나, 자신의 현장을 가장 소중하게 생각하지 않는 사람이 어디에 있으랴?

건성으로 대답했다.

"네. 주의하도록 하겠습니다."

그 말에 애송이가 눈살을 찌푸렸다.

그러고는 최 과장을 돌아보며 말했다.

"이해를 잘못하신 것 같네요."

가만히 듣고 있던 최 과장이 얼른 끼어들었다.

"저도 미처 생각하지 못했던 부분인데, 정확히 지적해 주셔서…… 부끄럽습니다. 팀장님!"

그가 얼굴을 붉히며 말을 이었다.

"최 반장님, 약간 과장하면, 몰딩 하나가 톱날 하나의 값과 비슷합니다."

최 반장이 눈을 빠르게 깜빡거렸다.

놀란 기색이 연연한 모습이었다.

"네, 네?"

"전동 톱날이 비싸면 15만 원 정도 하죠?"

"네. 그렇지요."

"이번에 들어온 몰딩, 하나에 십만 원 정도 합니다."

입이 벌어질 수밖에.

"대체 무슨 몰딩이기에……."

최 과장이 말을 이었다.

"팀장님의 우려가 괜한 걱정은 아니죠?"

하나가 망가지면, 톱날 하나에 비할 정도의 손해가 아니질 않은가?

저도 모르게, 정신이 번쩍 들었다.

'이건 몰딩이 아니라, 숫제 금덩어리잖아!'

팀장이 말을 덧붙였다.

"그냥 금덩어리 하나 다룬다 생각하고 다뤄 달라는 말입니다."

"네! 무슨 말씀이신지, 확실히 알아들었습니다."

애송이 팀장이 다시 말을 이었다.

"그 연장선이지만, 타카 혓바닥은 매일 한 번씩 점검하고, 뭉툭해져서 몰딩에 쓸데없는 상처를 입히지 않도록 해주세요. 아시겠습니까?"

'이건 아주……. 몰딩에 흠집 가면 물리겠다는 경고……. 같잖아!'

이러니 정신이 번쩍 들 수밖에.

허리를 곧추세운 차렷 자세로 또박또박 대답했다.

"네! 확실히 이해했습니다."

어린 팀장이 말했다.

"일단은 생각나는 건 없네요. 최 과장님!"

"그럼 저도 나가 보겠습니다. 팀장님."

"네. 샘플 진행에 최선을 다해 주십시오. 전 개인적인 볼일이 있어서 잠시 자리 비울 테니, 무슨 일 생기면 전화 주세요."

문을 닫고 나오며, 최 반장이 물었다.

"저 팀장, 뭐하던 사람이랍니까?"

최 과장이 멋쩍게 웃었다.

"사실 저도 잘 모릅니다."

"에이. 우리 사이에 뭘 감추고 그럽니까?"

그런 그의 마음을 아는 듯, 최 과장이 말했다.

"반장님, 우리 팀장님 초짜라고 생각하셨죠?"

최 반장이 뜨끔해서 말을 더듬었다.

"아, 아닙니다."

"아니긴 뭐가 아닙니까? 아까 뜨끔해 하시는 보니까 그러신 것 같던데요."

"하하하."

이리 정확하게 지적하는데, 영혼 없는 웃음만 흘릴 수밖에.

"그럴 만도 하죠. 나이가 어리시니까."

진지한 목소리로 최 과장이 말을 이었다.

"하지만 어리다고 만만하게 봤다가는 큰코다치실 겁니다."

"그러게요."

고개를 끄덕이며, 인정할 수밖에 없었다.

최 과장이 말을 이었다.

"아까 보셨지만, 우리는 생각도 안 하던 부분을 막 찍어냅니다."

"하하하. 그렇더군요."

최 반장 자신도 아까는 깜짝 놀라지 않았던가?

"특히나 현장 품질을 보는 눈은 저를 포함한 기사들보다 더 좋으실 겁니다."

"에이. 설마요. 최 과장님보다……."

최 과장이 말없이 피식 웃었다.

"차, 참말로 하는 말인 거요?"

'이런 베테랑이 진심으로 인정할 정도라고? 대체 정체가 뭐지? 외국에서 건축이라도 전공하고 온 건가? 그래도 너무 어리잖아!'

최 반장의 머리가 복잡했다.

"네. 팀장님은 지금 정말 자기 호텔을 만든다는 마음으로 임하고 계십니다. 반장님도 그런 각오고 임해주십시오."

최 반장이 입을 꾹 다물고 고개를 끄덕였다.

"네. 알겠습니다."

국왕이 물었다.

"성훈, 공사를 시작한 지 얼마나 되었지?"

"이제 이 주 정도 되었죠."

"작업은 순조롭게 진행되고 있나?"

사실 진행은 그렇게 빠르지 않았다.

"아직은 샘플 공사 중입니다."

의아한 눈으로 그가 물었다.

"아직도?"

이미 공사가 진행되고 있으리라 생각한 모양이었다.

"한국 건설사들의 공사 실력은 어마어마한 것으로 알고 있는데? 특히나 속도 면에서는 타의 추종을 불허하지."

아크람이 그의 말에 호응했다.

"맞습니다. 신 또한, 예전에 한국 건설사의 공사를 보고 기겁을 했던 적이 있지 않습니까? 공사를 시작한 지 일 년도 되지 않았는데, 30층짜리 아파트의 골조 공사가 이미 끝나 있더군요."

왕도 고개를 끄덕였다.

"그렇지. 나도 그래서 하는 말이 아니던가?"

"하지만 진정으로 놀랐던 건 따로 있지요."

"그래? 그게 뭔가?"

"'골조 공사가 일 년쯤 걸렸으니, 내장 공사도 일 년쯤 걸리겠거니' 하고 생각했었으나, 그로부터 한 달 후에 모든 공사가 끝나 있더군요."

"허허. 어떻게 그런……."

"마치 마법을 보는 것 같았습니다. 그렇다고 날림 공사도 아니었습니다."

"그게 사실인가?"

"제 가족이 그 아파트에 살고 있지 않습니까? 전하."

사는 당사자의 말이니, 어찌 믿지 않을 것인가?

왕이 웃으며 물었다.

"어떻게 그런 기이한 일이 가능한 것인가?"

성훈이 왕의 의문에 답했다.

"아마 그건 골조 공사 뒤에, 바로 내장 공사가 따라붙었기 때문일 겁니다."

아크람이 의아해하며 물었다.

"바로 따라 붙는다고? 그럼 공사 동선이 엉키지 않나?"

"서로 동선이 중복되지 않도록 한 것이죠. 그렇게 하면 공사 시간도 단축되고, 인원 활용에 낭비가 없죠."

한국인이기 때문에 가능한 것이리라.

가진 것이 없었기에, 그리고 가난을 벗어나고 싶었기에, 그들의 열망이 만들어낸 궁여지책이리라.

가진 거라곤, 몸뚱이 하나에 누구에게나 평등하게 주어지는 시간을 최대한 이용하려는 열정이 만들어낸 결과이리라.

열정과 근면이 만들어낸 산물.

'지금도 속도를 내려면, 충분히 가능하죠.'

허나 어설프게 빨리 만들어서 100원에 파는 것보다, 하나를 만들어도 제대로 만들어서 1,000원에 파는 것이 낫지 않나?

왕이 고개를 갸웃하며 물었다.

"그걸 알고 있음에도, 속도가 느리다라……. 혹시 걸리적거리는 것들이 있는 건가?"

진지한 표정의 왕이었다.

방해하는 자들이 있다면, 당장에라도 치워 주겠다는 각오의 눈빛이었다.

그의 말에 고개를 저었다.

"전혀요. 자재는 이미 다 들어갔고, 호텔 쪽의 협조도 아주 좋습니다. 작업은 순조롭습니다."

"그런데도 아직 본 공사를 못 들어갔다니?"

그는 도저히 이해가 되지 않는 듯, 고개를 갸웃거렸다.

"공사를 안정적으로 하기 위함이죠? 초반에 잘 잡아두면, 본 공사에서 예상치 못하게 튀어나오는 오류를 미리 잡을 수 있거든요."

국왕이 고개를 끄덕였다.

"불필요한 실수를 하지 않겠다? 그건 아주 좋은 생각일세. 혹여라도 불편함이 있으면 말하게."

아크람이 빙긋이 웃었다.

"왕께서는 성훈 님의 작품이 보고 싶어 조바심내시는 겁니다."

"크흠. 내가 언제 그랬다고? 알리 녀석이 칭찬하니, 그냥 궁금해서 그런 것이지."

왕이 헛기침하며 아크람을 타박했다.

"조금만 기다려 주세요. 현장이 정리되고 나면, 의부를 제일 먼저 초대할게요."

성훈의 말에 왕이 웃으며 너스레를 떨었다.

"너무 급하게 생각하지 말게. 뭐. 내일모레 죽기야 하겠나? 쿨럭! 쿨럭!"

"그럼 먼저 나가보도록 하겠습니다."

호들갑 떠는 왕에게 인사를 건네고, 궁을 나왔다.

'오늘쯤 샘플 작업을 완료한다고 했었지?'

바로 현장으로 향했다.

샘플 현장으로 향하며 물었다.

"작업자들이 불편한 건 없답니까?"

곽 이사가 웃으며 말했다.

"전혀, 전혀 없답니다. 추운지 이불을 더 갖다 달라는 요청만 있지요. 흐흐."

"작업 진척은요? 오늘 첫 번째 샘플을 완료하기로 했잖아요. 보시기에 어때요? 최 과장님!"

옆에서 따르던 최 과장이 어깨를 으쓱했다.

"뭐. 아직은 별다른 점이 없고, 작업도 순조롭게 진행되고 있습니다."

"샘플이니만큼, 더 신경 써 주세요. 여기서 못 잡으면 나중에 본 공사할 때, 일이 커집니다."

"명심하고 있습니다. 여기가 첫 번째 샘플실입니다. 나머지는 내일부터 순차적으로 완성될 겁니다."

공사는 완료되었고, 깔끔하게 정리되어 있었다.

거실을 둘러보던 곽 이사가 말했다.

"역시 실력자들이라, 완벽합니다. 그렇지 않나? 최 과장?"

"네. 거의 흠잡을 곳이 없을 정도입니다."

대답하는 최 과장의 어깨에도 힘이 들어갔다.

샘플이니 깔끔할 수밖에 없겠지만, 성훈은 묘하게 미간을 좁혔다.

"몰딩의 이음매를 잘 이어 붙였으니, 그럴 만도 하지요."

"네?"

곽 이사의 물음에 성훈이 옅은 미소로 답했다.

"몰딩 연결 부위가 끊어진 부분이 없잖아요. 꽤나 신경이 쓰이는 작업인데, 그걸 했네요."

그제야 곽 이사와 최 반장도 탄성을 터뜨렸다.

"아! 그렇군요. 이음매가……."

이음매가 보이지 않는다는 건, 몰딩 문양의 연속성을 계속 살렸다는 말이다. 공장에서 생산된 몰딩을 그대로 붙여서는 이런 결과가 나올 수 없다. 문양이 이어질 수 있도록 부분마다 재단해서 시공했다는 것이다.

성훈이 몰딩을 전체를 가리키며 말했다.

"이렇게 하면, 실 전체를 몰딩 하나로 두른 느낌을 주죠."

최 과장도 탄성을 터뜨렸다.

"과연 그렇네요. 세세하게 신경을 썼군요."

성훈이 입술을 말아 올리며 말했다.

"세심하게 했는데……. 아직은 좀 부족하네요."

최 과장이 곽 이사와 눈을 맞추었다.

'저게 무슨 말입니까? 전 이보다 더 완벽한 현장을 본 적이 한 번도 없는데요.'

'그러게. 이음매를 신경 쓸 정도면……. 크.'

감탄사밖에 토할 것이 없건만, 성훈은 불만을 표시하고 있었다.

성훈의 말에 최 과장이 고개를 갸웃했다.

"네? 뭐가 말입니까?"

그가 의아한 눈으로 성훈을 바라보았다.

당연한 일이리라. 조금 전까지도 괜찮다며 미소 짓지 않았던가? 성훈이 고개를 갸웃하며, 말을 이었다.

"흠. 신경이 쓰이네요."

"네? 어디가 잘못되었다는……."

질문하며 앞으로 나서는 최 과장의 손을 곽 이사가 잡았다.

'대체 뭐가 잘못되었다는 거야? 아무리 봐도 흠집 하나 안 보이는데요?'

의문을 제기하는 최 과장과 눈을 맞추며, 곽 이사도 미간을 살짝 찌푸렸다.

'나도 자네와 같은 마음이라네! 이 정도 품질이면……. 더 말할 것도 없지.'

'그런데 왜 이러시는 겁니까?'

곽 이사는 대답 대신 앞으로 나서며 물었다.

"작업자를 불러올까요? 팀장님?"

성훈은 고개를 저었다.

"아뇨. 제가 직접 가서 보는 게 낫겠습니다."

곽 이사가 돌아보며 물었다.

"네. 알겠습니다. 최 과장, 어딘지 알지?"

최 과장이 성훈을 앞질러 나갔다.

"큼큼. 샘플 2호실로 안내하겠습니다."

윙! 윙!

문을 열자, 전동 톱 돌아가는 소리가 복도로 요란하게 터져 나왔다.

사다리 위에서 줄자로 치수를 잰 반장이 들고 있던 몰딩에 연필로 자를 곳을 표시하고, 아래에 대기하던 조수에게 전달했다.

"여기! 1,853㎜ 45도 재단해서 올리고!"

몰딩을 받아든 사내는 연필을 꺼내 기재하며, 재단 틀이 있는 곳으로 바삐 발걸음을 옮겼다.

반장이 현장의 한쪽으로 소리쳤다.

"거기! 몰딩 제대로 이어지게 안 해? 여기서 딱 봐도 이상하잖아! 아까 내가 한 말 허투루 들었어? 엉! 하나로 이어진 것처럼 바짝 밀어붙여서 타카를 쏘란 말이야!"

박 과장이 고개를 끄덕였다.

"팀장님의 말씀이 맞았군요."

"그래 말이야. 인사부장이 제대로 하는 사람들을 골라 보냈어."

일하던 모습을 지켜보던 성훈이 물었다.

"누굽니까? 과장님."

"박 반장입니다. 몰딩 작업에는 일인자라고 소문이 자자했는데, 직접 보니 생각 이상이군요."

성훈이 고개를 끄덕였다.

"그런 말을 들을 만하네요."

보통 몰딩 작업을 할 때, 저렇게 문양을 이어서 작업하는 사람은 거의 없으니까.

아니, 아예 없다.

'저게 여간 신경 쓰이는 작업이 아니거든!'

게다가 작업 시간이 오래 걸린다.

저리 꼼꼼하게 작업한다고 해서 누가 알아주는 것도 아니거니와, 돈을 더 주는 것도 아니었다. 그러니 어지간히 실력 있는 작업자라고 해도, 저렇게 하는 경우는 드물었다. 스스로가 만들어낸 결과에 만족하는 사람이 아니고는 말이다.

성훈이 속으로 곽 이사의 말에 동의할 수밖에 없었다.

'인사부장님께서 제대로 골라 보내셨네.'

그래도 제대로 써먹으려면 좀 더 트레이닝이 필요하겠군.

'내가 승부를 보려는 곳은 한국이라는 좁은 무대가 아니니까.'

"저쪽으로 가보죠."

성훈이 재단기 쪽으로 걸음을 옮겼다.

윙! 윙!

전동 톱이 있는 곳으로 발걸음을 돌렸다.

몰딩을 치수대로 재단하는 사람, 접착제를 발라서 다시 작업자에게로 운반하는 사람 등. 모두 맡은 바 일에 집중하고 있었다.

'일머리가 제대로 잡혀 있군.'

쓸데없는 행동을 하는 일꾼은 보이지 않았다.

짜임새 있게 돌아가는 명품 시계의 속을 들여다보는 느낌이랄까!

그리고 재단기의 한쪽으로 눈이 향했다.

몰딩을 재단하기 전, 몰딩을 이리저리 조명에 비춰 보며 꼼꼼하게 점검하고 있었다.

그러고는 마카펜으로 몰딩의 군데군데에 콕콕 점을 찍고는 재단틀 옆에 겹치지 않게 진열하고 있었다.

'저것 때문이었군. 아쉬워. 꽤나 신경 썼는데……'

물론 어떤 물건이든, 완벽하기는 어렵다.

하지만 나는 내 호텔의 방문을 열었을 때, 고객이 감동하기를 바랐다.

'휴대폰 상자를 막 개봉했을 때의 그 느낌! 포장지를 벗기면 죄를 짓는 느낌이었지.'

완벽한 무결점의 그 순간!

무결점의 상태에서는 어중간한 터치가 오히려 독이 된다. 백지에 작은 얼룩이 생긴 느낌이랄까?

'얼마나 눈에 잘 보이겠어? 안 그래?'

터치는 흠을 숨기기 위한 것이 아닌, 완벽을 위한 장치여야 했다.

최 과장에게 말했다.

"작업 정지시키고, 작업자들 모아주세요."

잠시 후.

웅성거리는 소리와 함께 작업자들이 내 앞으로 모여들었다.

박 반장이 앞으로 나서며, 의아한 눈으로 물었다.

"팀장님, 무슨 문제라도 있습니까?"

그러면서도 눈은 최 과장을 향해 있었다.

박 반장에게 물었다.

"터치 색상은 저게 한계입니까?"

"네?"

박 반장의 반문에, 최 과장이 더 놀라서 물었다.

"터치펜을 썼다는 말입니까? 이 몰딩에요? 전혀 몰랐습니다."

그럴 수밖에, 흠이라는 것을 모를 정도로 정교하게 마무리했으니까.

박 반장이 고개를 갸웃하며 물었다.

"최대한 신경을 쓴다고 한 건데, 그게 문제가 됩니까?"

"아뇨. 터치한 것을 문제 삼고자 하는 건 아닙니다. 흠이 있으니 하셨겠죠."

당연한 일이 아니던가?

아무 하자가 없는데, 터치를 하는 사람은 없다.

그런데 왜 그러냐는 듯 박 반장이 눈매를 좁혔고, 그의 뒤에서 거친 물음이 들려왔다.

"그라믄 터치에는 아무런 문제가 없다는 말씀이신디, 무엇이 문제당가요?"

자칫 시비조로 보이는 말투에 곽 이사의 표정이 험상궂게 변했다.

그걸 본 박 반장이 다급히 그를 변호했다.

"저 친구가 말투가 원래 저렇습니다. 손 반장, 말 좀 조심해서 하라고!"

"칫! 알겠당께요."

현장에서 저런 사람을 한둘 만나봤던가?

손 반장은 그나마 양반이었다.

해머를 휘두르며, 죽이겠다고 덤벼드는 사람도 있었는데 뭘! 간혹 작업자들은 무시당하지 않기 위해, 자신을 강하게 보이려 한다.

좋은 의도에서 양보하면, 만만하게 보는 것이 보통의 인간이기에. 인간답게 살기 위한 궁여지책이리라.

하지만 나는 이들과 싸우고 싶은 생각이 없었다.

물론 '내가 너보다 강하다'라는 경쟁심리는 더더욱!

투덜대는 손 반장에게 말했다.

"색상 때문에 그러는 겁니다."

내 말에 손 반장이 너털웃음을 터뜨렸다.

"아하! 지가 터치하는 걸 보셔서 그러시는구마이. 걱정허지 마쇼. 첨에는 조금 티가 나는디, 쬐금 지나서 말라버리믄, 나도 나가 워디를 터치했는지 못 찾는당께요."

최 과장이 인정하듯 고개를 끄덕였다.

"하긴 저도 전혀 눈치를 못 챘는데, 다른 사람들이야 오죽하겠습니까?"

곽 이사를 보며 말을 이었다.

"이사님도 그렇게 생각하십니까?"

뜨끔한 곽 이사가 대답했다.

"그야 사람 따라서 다른 거 아니겠습니까?"

"그럼 이 호텔 주인도 모를까요?"

질문에 곽 이사가 쓴웃음을 지었다.

"그, 그게…… 이 호텔 주인이라면, 워낙 눈썰미가 좋으니……."

말을 맺지 못하는 곽 이사에게 손 반장이 가슴을 앞으로 내밀며 장담했다.

"이사님! 그라믄 함 찾아 보시랑께요."

곽 이사가 몸을 뒤로 빼며 발뺌했다.

"이 사람아. 나야 나이도 있고, 요즘 눈도 영 침침해서 말이지."

손 반장이 기세 좋게 가슴을 텅텅 쳤다.

"그라믄 젊은 팀장님이 찾아보시오! 찾으시믄 나가 팀장님 허라는 대로 다 헐 텡게!"

그 말에 웃으며 말했다.

"한 입으로 두말하기 없습니다. 반장님."

"당연한 말이제. 나가 부랄 두 쪽 찬 사내라는 말이시!"

"박 반장님도 마찬가지 생각이십니까?"

박 반장이 마뜩잖은 표정으로 고개를 끄덕였다.

작업자들을 보며 말을 이었다.

"아직 이 현장은 몰딩 설치가 덜 됐으니까, 다된 샘플실로 가서 볼까요? 거긴 다 말랐겠지요?"

"워디라도 상관 없당께요. 가 봅시다."

손 반장이 자신만만하게 걸음을 옮겼다.

to be continued